Dédié à « Dusty » Rhoades, Mike Hackett, Scott Rodgers, et à tous ceux qui savent que l'autoroute de l'information est un outil et pas une religion.

CHRONOLOGIE OFFICIELLE DE LA

Par Mercedes Lackey

1000 AF — **0** — **750 PF** — **798 PF**

0

Fondation de Valdemar

1000 AF

Préhistoire
Les Guerres Magiques
Ère du Griffon Noir

LA GUERRE DES MAGES
Le griffon noir
Le griffon blanc
Le griffon d'argent

750 PF

Règne d'Elspeth
la Pacifique

LA TRILOGIE DU DERNIER HÉRAUT-MAGE
La Proie de la Magie

798 PF

Règne de Randale

LA TRILOGIE DU DERNIER HÉRAUT-MAGE
Les Promesses de la Magie
Le Prix de la Magie

AF : Antérieur à la Fondation
PF : Postérieur à la Fondation

SÉRIE DES HÉRAUTS DE VALDEMAR

Le déroulement des événements selon la chronologie de Valdemar

1270 PF

Règne des co-consorts Arden et Leesa

DUOLOGIE
DES SERMENTS
ET DE L'HONNEUR
Sœurs de Sang
Les Parjures

1315 PF

Règne de Roald

1355 PF

Règne de Sendar

1376 PF

Règne de Selenay

LA TRILOGIE
DES HÉRAUTS DE VALDEMAR
Les Flèches de la Reine
L'Envol de la Flèche
La Chute de la Flèche

Par le Fer

LA TRILOGIE DES VENTS
Les vents du destin
Les vents du changement
Les vents furieux

LA TRILOGIE DES TEMPÊTES

CHAPITRE PREMIER

Liberté !

Tadrith Skandrakae déploya ses ailes grises, étirant ses muscles au maximum pour profiter du vent tiède.

Libre, enfin ! J'ai cru que cette réunion de Section ne finirait jamais. Il tourna un peu sur la gauche. *J'ai attiré l'attention du vieux corbeau et je ne le dois ni à la chance ni à mon charme. Ma parole, Aubri doit aimer s'entourer de gens qui voudraient être ailleurs !*

Tadrith ferma à demi les yeux pour les protéger des reflets du soleil sur l'eau. Il était conscient de deux sortes de pressions, l'une réelle et l'autre imaginaire : le soutien du courant ascendant et la poussée du soleil contre son dos. Mais tout bien réfléchi, il y en avait peut-être une troisième : son désir d'échapper à la monotonie quotidienne et de faire quelque chose d'excitant.

L'air sentait l'iode et les algues. Sur sa gauche, la Mer Occidentale s'étendait jusqu'à l'horizon, où le bleu turquoise du ciel rencontrait le vert émeraude de l'océan. Sur sa droite, Griffon Blanc, la cité de pierres blanches, bâtie sur des terrasses taillées dans la falaise, renvoyait les rayons du soleil. Des cascades et des plantes venaient ajouter ici et là une touche de couleur. Le jour, elle resplendissait ; la nuit, elle brillait de mille feux, des flammes des bougies aux globes magiques, en passant par les halos lumineux des lanternes.

Tadrith adorait sa ville.

Elle abritait des milliers d'âmes.

Sous lui, les eaux vert olive de la baie se jetaient contre la falaise et le quai, les vagues se coiffant d'écume blanche. Les mouillages étaient déserts ; la flotte de pêche de Griffon Blanc ne rentrerait pas au port avant le coucher du soleil.

Tadrith avait servi avec la flotte, au cours de sa première année chez les Griffons d'Argent. Les jeunes griffons servaient d'éclaireurs. Ils repéraient les bancs de poissons et aidaient à ramener les prises.

La décennie suivant leur installation dans la baie, les Kaled'a'in avaient pêché principalement avec des filets, mais ils ne le faisaient plus. Leurs alliés haighleis avaient été horrifiés par le carnage que cela entraînait. Car des multitudes de formes de vie marine venaient se prendre dans les mailles et y mourir.

A juste titre, les Haighleis avaient souligné que les Kaled'a'in n'auraient pas permis un tel gâchis s'il s'était agi de chasse. Alors pourquoi le faire dans le cas de la pêche ? La pêche et la chasse n'étaient pas si différentes, après tout. Si on ne tuait pas les créatures de la forêt par plaisir, pourquoi massacrer celles de la mer ?

Aujourd'hui, la flotte se servait de lignes, ce qui permettait aux pêcheurs de relâcher les poisons trop jeunes pour être consommés. Ça prenait plus de temps et demandait plus de travail, mais c'était bien peu si on considérait que les dix générations à venir trouveraient de quoi se nourrir grâce à ces précautions.

Les dix générations à venir. Ils ne pensent qu'à ça... Il faut prévoir et travailler pour les dix générations qui vont nous succéder, comme le répète Ambredragon. Même si pour ça, il faut trimer à longueur de temps.

Ce genre de pensées traversait parfois l'esprit des

habitants de Griffon Blanc. Mais parmi les jeunes, comme lui, c'était une fois par heure — voire, en cas de durs labeur, toutes les cinq minutes.

Quoi de plus naturel, pour un jeune griffon viril, que de vouloir être libre par une journée ensoleillée et pleine de promesses ? C'était beaucoup mieux que perdre son temps sur des cartes de Patrouilles et des emplois du temps de gardes, en compagnie d'un vieux griffon.

J'ai des endroits à voir et des choses à faire. J'en suis sûr.

La plate-forme d'atterrissage qu'avait sélectionnée Tadrith n'était pas déserte, ce qui avait en partie déterminé son choix. Il n'était pas *vaniteux*, non — pas beaucoup, en tout cas. Mais il avait repéré trois jeunes femelles griffons qui prenaient un bain de soleil en compagnie de leurs mères avec l'espoir de se faire remarquer par les célibataires.

Il les connaissait. Dharra était magicienne. Kylleen, qui avait un an de moins que lui, servait toujours avec la flotte de pêche. Quant à Jerrinni, c'était une collègue des Argents. Mais *elle* avait déjà un partenaire et remplissait ses missions sans supervision. Il avait très envie de l'impressionner, pas seulement parce qu'elle était de loin la plus jolie des trois. Etant également sa supérieure, si elle disait du bien de lui à leurs chefs, il accéderait peut-être enfin au poste qu'il convoitait depuis longtemps.

Je porte la broche des Griffons d'Argent, mais je n'ai aucune des responsabilités qui vont avec. Il n'avait pas besoin de baisser les yeux sur son harnais pour voir le bijou représentant un griffon stylisé.

Les Griffons d'Argent remplissaient tous les rôles réservés d'ordinaire à l'armée et à la police. Ils étaient des combattants, des gardes, des douaniers et des gardiens de la paix. En plus de cela, ils se rendaient utiles en se chargeant de nombreuses tâches pour le bien de la communauté — surtout les plus jeunes.

Pour être précis, c'était leurs chefs qui les affectaient à ces travaux. Ils transportaient des conteneurs de marchandises ou des paniers pleins de poissons et descendaient les denrées alimentaires — la viande des troupeaux, les fruits, les céréales et les légumes des cultures — du haut de la falaise.

Ils devaient aussi assister à des réunions ennuyeuses.

J'ai une bonne centaine de choses à faire. Ou comme le dit papa : « de lieux à visiter et de personnages à jouer ». Il lance ça en plaisantant, mais moi, je vis cette situation plus qu'il ne l'a jamais fait, malgré toutes ses missions !

Il glissa sur l'aile et prit un autre courant ascendant.

Comme toujours, il avait suffi qu'il pense à son géniteur pour s'énerver. Skandranon n'était pas un mauvais père — ça, non ! C'était aussi un excellent professeur et un ami formidable. Mais il n'était pas aisé de l'avoir *pour* père. Se montrer à la hauteur de l'image du Griffon Noir était… difficile et contrariant.

Il est peut-être une légende vivante… Mais c'est le genre de chose qui rend la vie infernale à son fils !

Alors que les trois charmantes femelles de la plate-forme le regardaient approcher, Tadrith se permit une certaine satisfaction. Il était fier de ses acrobaties aériennes, et tout particulièrement de sa maîtrise. Sa mère, Zhaneel, ayant été le griffon le plus applaudi pour la finesse et l'élégance de son vol, il avait davantage étudié ses techniques que celle de son père.

Au moins, le Grand Skandranon ne peut pas faire ça aussi bien que moi…

Tadrith s'orienta vers la plate-forme et freina, s'arrêtant juste au-dessus, les ailes tendues vers le ciel, pour atterrir sur une patte, avant d'en poser une deuxième, et enfin les deux autres. Voilà. Les planches craquèrent un peu sous son poids, mais il ne fit pas d'autre bruit.

Les femelles griffons furent impressionnées par son contrôle et son agilité. Kylleen se permit même de roucouler, appréciative, et de lui sourire.

Oui ! Ça a marché. Tadrith prit la pose, ailes repliées et crête fièrement dressée. *Il est temps qu'elles sachent de quel bois je suis fait. Papa n'a* jamais *volé comme ça ! Il aurait foncé comme un fou et les aurait renversées. Moi, j'ai du style et de la finesse.*

Les félicitations que s'adressa Tadrith furent gâchées un instant plus tard quand une des mères lança :

— Vous avez vu ça ? C'est un as des acrobaties aériennes, exactement comme son père !

Anéanti, Tadrith baissa la tête et descendit de la plate-forme.

Je suis maudit.

Par bonheur, les jeunes femelles ne virent pas l'effet que cette remarque lui faisait. Elles continuèrent à lui sourire et à lui jeter des regards faussement timides alors qu'il s'éloignait aussi dignement que possible.

La plate-forme donnait sur une des « rues » à balustrade qui couraient le long des terrasses. Les Kaled'a'in, la majeure partie de la population de Griffon Blanc, avaient l'habitude de vivre entourés de verdure. Ils avaient admirablement réussi à fleurir et égayer la cité, pourtant taillée dans la pierre.

Des bacs avaient été aménagés dans les balustrades et remplis d'une terre apportée sac après sac du haut de la falaise. Les Kaled'a'in y avaient transféré des plantes tombantes qui atteignaient parfois l'étage audessous. D'autres bacs étaient disséminés ici et là, chacun contenant un arbre ou un buisson, aux pieds desquels poussaient des fleurs. Il y avait suffisamment d'eau pour alimenter les petites cascades tombant de terrasse en terrasse avant de se jeter dans la mer.

Les espaces verts conçus de façon à dessiner des plumes ajoutaient une certaine texture au blanc pur du griffon de pierre.

Quand les plans de la ville avaient été établis, la philosophie adoptée par les colons était la suivante : « Se relever avec dignité ». Leurs chefs — dont faisait partie Skandranon — avaient décidé d'inclure dans son architecture tous les arts et tous les styles connus des réfugiés. Question de fierté et d'unification, tout à la fois.

Une simple boîte pouvait faire l'affaire, mais une boîte décorée était plus agréable à regarder. Cette stratégie visant à augmenter l'estime de soi de la population, imaginée par les *kestra'chern*, était parvenue à donner aux gens le sentiment d'être davantage des colons que des réfugiés.

Une philosophie élémentaire. Si un objet pouvait être amélioré — qu'il s'agisse d'une rue, d'une porte ou d'un jardin —, il l'était.

Les habitations étaient creusées dans la falaise, certaines ayant une profondeur proche d'une trentaine de longueurs de griffons. Leur taille variait en fonction de deux éléments : il fallait qu'une famille ait envie de creuser — ou qu'elle trouve quelqu'un pour le faire à sa place — et que ses membres puissent dormir dans des pièces sans fenêtres.

Les griffons n'étaient pas à l'aise dans ces « terriers », contrairement aux hertasis, aux kyree et même aux humains. Ils se contentaient d'avoir au maximum deux arrière-pièces. Mais Tadrith admettait que la profondeur avait un avantage : aucun souci à se faire pour les changements de saison.

Ambredragon et Bichehivernale avaient leur chambre au fond de leur habitation, dans une grotte qui ne voyait jamais la lumière. Parfait pour des lève-tard. Mais penser à toute cette roche donnait des frissons à Tadrith. Il ignorait comment sa partenaire, Dagueargentée, pouvait le supporter.

Mais aucun griffon ne sera jamais forcé de vivre dans un terrier tant qu'il y aura des kyree et des herta-

sis prêts à échanger leur résidence en façade contre de tels mausolées.

Au début, la préoccupation principale des réfugiés était d'avoir un toit. Ils s'étaient donc contentés de creuser des salles côte à côte, agrandissant parfois des grottes déjà existantes. La magie ne fonctionnant plus, ils avaient dû tailler la roche à la main.

Ce genre d'habitation convenait aux griffons, aux humains et aux tervardis, mais les hertasis et les kyree n'aimaient ni le vide ni les espaces à ciel ouvert. Ils avaient dû faire contre mauvaise fortune bon cœur, en attendant que les ressources de la colonie leur permettent d'avoir des terriers.

Voilà comment Tadrith et son jumeau, Keenath, avaient pu avoir leur aire. Ils avaient trouvé une étroite bande de terrasse vierge, tout en bas de ce qui constituait la « queue » du griffon, et y avaient fait tailler six pièces en enfilade. Quand elle avait été terminée, les deux jeunes griffons avaient fait savoir qu'ils échangeraient volontiers leur « terrier » contre une habitation munie de fenêtres. Autant dire qu'ils avaient eu l'embarras du choix…

Finalement, Tadrith et Keenath avaient trouvé leur bonheur : un logement de quatre pièces. Ils avaient chacun leur chambre à coucher, disposées de part et d'autre d'un agréable salon. Les trois pièces étaient pourvues de grandes et belles fenêtres donnant sur la baie. Derrière, ils disposaient d'une grande salle de rangement.

La famille de kyree avec qui ils avaient fait l'échange s'était déclarée enchantée d'avoir enfin une habitation décente et de ne plus devoir vivre sur un perchoir balayé par les vents. Mais pourquoi leurs parents avaient-ils choisi une telle habitation ?

Ce qui prouve que le nid douillet des uns est une cage en bambous pleine de courants d'air pour d'autres !

A mesure que Tadrith approchait de son aire, située

à l'emplacement exact de la première rémige de l'aile droite du griffon, l'avenue devenait de moins en moins large, jusqu'à ne plus être qu'un sentier. La balustrade ne lui arrivait plus qu'aux genoux — ce qui avait dû être une des principales sources de frayeur des kyree, dont les petits, très maladroits, auraient pu basculer dans le vide. Tadrith et Keenath avaient été élevés dans une aire en tout point pareille, mais celle de leurs parents était au bout de l'aile *gauche* du griffon... Il fallait bien l' avouer : c'était une des raisons qui les avaient poussés à troquer leur terrier contre le perchoir des kyree.

S'il l'avait voulu, Tadrith aurait pu atterrir directement devant chez lui. Mais pour des raisons de sécurité, les griffons et les tervardis n'étaient pas encouragés à se poser ailleurs que sur les plates-formes publiques, car cela pouvait inciter les jeunes, dont la coordination était encore imparfaite, à faire des acrobaties dangereuses. Avant que les plates-formes ne soient installées — à la demande de mères hystériques — il y avait eu des blessés, mais par bonheur, aucun tué.

Sachant que tout Griffon Blanc avait les yeux rivés sur eux, Tadrith et Keenath mettaient un point d'honneur à donner l'exemple.

Au moins le jour. Mais comme les jeunes n'ont pas le droit de voler la nuit, ils ne peuvent pas nous voir.

Par un temps pareil, les fenêtres et les portes étaient grandes ouvertes. Tadrith entra dans l'habitation qu'il partageait avec son frère, ses serres et ses griffes cliquetant sur la pierre nue.

La pièce commune était bien aérée et très ensoleillée grâce aux baies vitrées. Celles-ci étaient réalisées à partir de grands panneaux du matériau transparent qu'utilisaient les Kaled'a'in, montés sur des cadres en bois et fixés au mur de pierre par des charnières. L'intérieur était décoré de coussins couverts de tissu coloré, dans les tons d'ardoise, de granit, de grès et d'argile. En hiver, des peaux de moutons et des tapis en laine couvraient le sol et les portes et fenêtres étaient soigneusement calfeutrées. En été, tout cela disparaissait dans la salle de rangement, pour que les griffons puissent s'allonger sur la pierre fraîche, histoire de baisser leur température.

Ce que faisait justement Keenath.

— Je pensais à dîner, dit-il. J'aurais dû savoir que cette idée te ferait rentrer.

Tadrith renifla, dédaigneux.

— Ce n'est pas parce que tu es obsédé par la nourriture que je le suis aussi ! Je viens de sortir d'une réunion ennuyeuse. Manger est la dernière chose à laquelle j'ai pensé. Echapper à Aubri était ma priorité !

Keenath rit doucement, sa langue sortant de son bec entrouvert.

— Ça, c'est une première, railla-t-il. Qui est-ce ? Celle qui occupe tes pensées, je veux dire. Kylleen ?

Tadrith n'avait pas l'intention de tomber dans un piège aussi grossier.

— Je n'ai pas encore choisi. Pourquoi se précipiter ? Il serait injuste que je ne fasse profiter de ma compagnie qu'une seule jeune et belle femelle.

Keenath harponna un coussin du bout d'une serre, le jeta en l'air deux fois, puis le lança sur son frère. Tadrith esquiva, et le projectile s'écrasa contre le mur.

— Tu devrais faire attention, dit-il en se laissant tomber sur la pierre fraîche. Nous avons perdu beaucoup de coussins de cette manière directement dans la baie.

« Qu'as-tu étudié aujourd'hui ?

— Les opérations de sauvetage sur les champs de bataille, en particulier comment panser une plaie ou la suturer dans les cas extrêmes. Dans quel but ? Je n'en ai pas la moindre idée. Il n'y a pas eu de combat depuis longtemps avant notre naissance.

« C'est une idée de Bichehivernale. Sans doute parce que je tiens de maman.

Tadrith hocha la tête. Keenath ressemblait vraiment à leur mère. Comme elle, il était techniquement parlant un grifaucon plutôt qu'un griffon. Petit et léger, avec une musculature répartie principalement dans les épaules et la poitrine, il avait le plumage et les marques d'un faucon pèlerin et des ailes longues et étroites. Mais surtout, il avait hérité des « mains » de Zhaneel, avec des « doigts » terminés par de courtes serres.

Ça avait son importance, car Keenath apprenait le métier de *trondi'irn* avec Bichehivernale en personne et il avait besoin de mains aussi habiles que celles des humains. Quand son apprentissage serait terminé, il ferait tout ce qui était à la portée d'un Guérisseur sans Don. Mais à la différence d'un Guérisseur d'herbes, de feu ou de lame, comme tous les *trondi'irn*, il connaissait mieux la physiologie des griffons et des autres non-humains que celle des humains.

Zhaneel avait été formée pour le combat — même si plus tard, on s'était dit qu'avec sa petite taille, son agilité et ses « mains », elle aurait pu apprendre une autre profession. Elle avait dû trouver un style de combat adapté à sa morphologie plutôt que continuer à essayer d'imiter ses congénères plus lourds et plus grands. Avec l'aide de Skandranon, elle avait réussi à s'en sortir. Mais quand on avait vu que Keenath était comme elle, on l'avait encouragé à faire carrière ailleurs que dans les Argents.

Tout le monde avait été surpris qu'il veuille devenir *trondi'irn*. Jusque-là, la profession était réservée aux humains et au hertasis.

Tadrith s'étira et bâilla, tournant la tête pour que la brise lui ébouriffe la crête.

— Au moins, tu faisais quelque chose ! râla-t-il. Moi, je suis resté assis là jusqu'à ce que mon derrière se transforme en pierre — et par une si belle journée, si une partie de mon corps doit se raidir, je préférerais que ce ne soit pas celle-là !

« Je ne pouvais même pas faire un somme. Aubri m'avait placé au premier rang et il me gardait à l'œil. Il faut se montrer à la hauteur du Griffon Noir et faire comme si toutes les réunions de section étaient importantes. Et surtout, avoir l'air de croire que tous les détails sont une question de vie ou de mort.

Il soupira. Par bonheur, il pouvait toujours donner libre cours à sa frustration devant son jumeau.

— Tu as de la chance de tenir de maman, Keeth. Il est déjà pénible d'être le fils de Skandranon. Mais lui ressembler, c'est l'enfer ! Essaie, rien qu'une fois, de te montrer digne de notre légende vivante de père ! Moi, ça me donne envie de mordre !

Pour le prouver, il attrapa le coussin lancé par son frère et le mordit. Heureusement, leur « mobilier » était couvert d'un matériau résistant, car les deux frères lui menaient la vie dure.

— Eh bien, si tu trouves dur de te montrer digne de la légende, essaie de ne pas t'y conformer ! répliqua Keenath. (Il imita son frère, s'étirant paresseusement.) La moitié du temps, je me demande si Bichehivernale ne me pousse pas dans l'espoir de me voir échouer. Et l'autre moitié, je pense qu'elle fait ça parce que tout le monde sait que Skandranon a toujours tout réussi.

Tadrith fit mine d'enterrer quelque chose.

— S'il a jamais échoué, il s'est bien gardé de s'en vanter. C'est toujours pareil avec les faiseurs de légende !

— Et quand ce n'est pas Bichehivernale, renchérit son frère, c'est la cité entière qui m'observe pour voir si la bonne vieille magie du Griffon Noir me permettra d'accomplir un nouveau miracle ! (Il eut un sourire railleur.) Au moins, tu as une voie à suivre. Moi, je vole dans des cieux inconnus, par temps de brouillard, et j'ignore si je ne vais pas m'écraser contre une falaise.

Naturellement, Tadrith pouvait surenchérir. Il avait une réplique toute prête pour prouver à son frère que suivre les traces du Griffon Noir était le pire des destins. Entre eux, c'était un dialogue bien huilé et souvent répété…

A qui puis-je me plaindre, si ce n'est à mon jumeau ?

Si Tadrith et Keenath avaient des morphologies et des caractères différents, ils étaient unis par un lien spécial, comme tous les jumeaux de leur connaissance. Tadrith pensait souvent qu'il n'aurait pas tenu le coup, sans la présence de Keenath. Et celui-ci avait le même sentiment.

Finalement, ils arrivèrent à la conclusion habituelle : il n'y avait pas de solution.

Ils entonnaient cette litanie une fois par jour. S'ils ne pouvaient rien changer à leurs situations, se faire ce petit plaisir les défoulait.

— Alors qu'est-ce qui t'a mis dans cet état, cette fois ? demanda Keenath. Ce n'était pas seulement la réunion.

Tadrith roula sur le dos, pour que la brise lui rafraîchisse le ventre.

— Parfois, je me dis que je vais faire un malheur si Dague et moi ne sommes pas très vite nommés à un poste ! Qu'attendent-ils ? Nous avons mérité notre liberté !

— Ils attendent peut-être que tu apprennes la patience, tête de piaf !

Keenath dut esquiver le coussin, qui faisait le voyage retour. La bataille d'oreillers aurait duré un moment, si Dagueargentée, l'équipière de Tadrith, n'avait pas fait son apparition.

Elle se tenait dans l'encadrement de la porte, le soleil découpant sa silhouette sombre sur fond de ciel bleu. Tadrith admira sa désinvolture naturelle. Il n'était pas dans le style de Dague d'attirer l'attention sur elle si elle pouvait l'éviter.

Les griffons la connaissaient sous le nom de Dague, mais dans son enfance, elle en portait un autre : Brisechantante. Ses heureux parents avaient certainement espéré qu'elle suivrait les traces de l'un ou l'autre. Brisechantante était un nom parfait pour une *kestra'chern*, une *trondi'irn* voire une magicienne ou une Guérisseuse kaled'a'in.

Mais Brisechantante n'avait montré aucun penchant pour ces professions.

La jeune femme qui entra dans l'aire avec la démarche souple et silencieuse d'une chasseresse était petite, selon les critères kaled'a'in, même si elle était k'Leshya jusqu'au bout des ongles.

Ses cheveux noirs, coupés court et coiffés de manière à ressembler au plumage d'un rapace en colère encadraient un visage aux traits purement kaled'a'in. Son nez aquilin augmentait la ressemblance avec un aigle. Sa peau dorée proclamait son héritage, ainsi que ses yeux très bleus.

Physiquement, elle n'avait rien de sa mère et tout de son père… mais la ressemblance s'arrêtait là.

Car si elle avait des affinités avec certains membres du clan k'Leshya, c'était surtout avec ceux qui descendaient de guerriers. Malgré sa petite taille, elle était faite sur le même modèle qu'eux. En elle, rien ne suggérait la douceur ou la souplesse d'esprit. Elle était mince, forte et musclée.

Tadrith se rappelait la première fois qu'il l'avait vue se tenir ainsi. Le jour où elle avait montré sa véritable personnalité… Un mois après son douzième anniversaire, elle était passée du stade d'enfant ordinaire à une version mal dégrossie de ce qu'elle était aujourd'hui.

Ce soir-là, Ambredragon organisait un banquet où les enfants étaient conviés. Tadrith et Keenath étaient de la fête. Pendant le dîner, Bichehivernale s'était adressée à sa fille en l'appelant Brisechantante. La petite s'était levée. Devant tout le clan, elle avait annoncé, d'une voix forte, qu'elle ne voulait plus porter ce nom.

— Je serai une Argent, avait-elle dit avec une totale conviction. Dorénavant, je veux être appelée Dagueargentée.

Dagueargentée s'était rassise, empourprée mais fière d'elle, alors que l'assistance se répandait en murmures étonnés. Même une aussi forte personnalité que Tadrith aurait hésité avant de se lancer dans une démarche si audacieuse. Alors, il avait dû falloir beaucoup de courage et de volonté à une gamine aussi effacée que Brisechantante pour se lever et faire une déclaration pareille devant toute la ville.

Rien de ce que ses parents avaient pu dire ne l'avait fait changer d'avis — non qu'Ambredragon et Bichehivernale aient vraiment fait pression sur elle. Depuis ce jour, elle répondait au nom de Dagueargentée, ou Dague, et même ses parents l'appelaient ainsi.

Ça lui va mieux que Brisechantante. Elle ne sait pas plus chanter juste que moi soulever un rocher !

— Salut, Keeth ! On m'a dit que tu n'as pas tué trop de patients, aujourd'hui. Félicitation ! lança-t-elle en entrant avant d'y avoir été invitée.

— Merci, répondit sèchement Keenath. Mais entre, je t'en prie.

Elle ignora l'ironie.

— J'ai une bonne nouvelle, gros oiseau, lâcha-t-elle, en se tournant vers son équipier, un sourire aux lèvres. Je pensais que ça ne pouvait pas attendre. Et je voulais être celle qui te l'annoncerait.

— Une nouvelle ? (Tadrith s'assit.) Quelle nouvelle ?

Une seule l'intéressait vraiment... et c'était sans doute celle que Dague voulait lui annoncer en personne.

Le sourire de la jeune femme s'élargit.

— Tu aurais dû rester après la réunion. Aubri avait une bonne raison de te vouloir au premier rang. Si tu étais moitié aussi assidu que tu prétends l'être, tu saurais pourquoi.

Elle l'étudia, taquine.

— Je suis tentée de faire durer un peu le plaisir, de te voir ramper.

— *Quoi ?* explosa-t-il, bondissant sur ses pieds. Dis-moi ! Dis-moi tout ou je… je…

Il laissa tomber, faute d'imaginer ce qu'il pourrait lui faire qu'elle ne pourrait pas retourner contre lui.

Voyant qu'elle avait atteint son objectif, Dague éclata de rire.

— Eh bien, puisque tu exploserais sûrement si je continuais à me taire… C'est la nouvelle que nous espérions depuis des mois, gros nigaud ! Nous avons une affectation… et une bonne, en plus !

Le plafond étant bas, Tadrith se retint de sauter en l'air avec trop d'exubérance. Mais il bondit assez haut pour que sa crête et le bout de ses ailes effleurent la roche.

— Quand ? Où ? Combien de temps avant que nous soyons en poste ?

Il ouvrait et fermait les serres, agitant la queue comme un chat impatient.

Devant sa réaction, la jeune femme ne put s'empêcher de sourire. Elle lui fit signe de s'asseoir.

— Aussi vite que nous pouvions le souhaiter, gros emplumé. Nous partons dans six jours. Nous sommes affectés à l'Avant-Poste Cinq.

Le griffon ne se tint plus de joie.

— Le Cinq ? Vraiment ? glapit-il. *Le Cinq ?*

L'Avant-Poste Cinq, le plus éloigné de tous ceux qui étaient placés sur le territoire conjointement gardé par les Kaled'a'in et leurs alliés haighlei. Fuyant les effets du Cataclysme, survenu à la fin de la guerre entre Urtho, le Mage du Silence, et le Kiyamvir Ma'ar, le clan k'Leshya et ses « adoptés » étaient arrivés dans une baie, au bord de la Mer Occidentale, et y avaient construit leur cité. Les réfugiés ignoraient alors que les terres qu'ils s'étaient octroyées appartenaient à un des empereurs haighleis — qu'ils connaissaient sous le nom de Roi Noir. Grâce au bon sens et aux sacrifices consentis par Ambredragon et Skandranon, une guerre avait été évitée de justesse.

Aujourd'hui, le roi Shalaman laissait la jouissance des terres revendiquées par Griffon Blanc à ses habitants, à condition qu'ils patrouillent sur la « frontière ».

La frontière en question était un territoire de plusieurs lieues de large. L'empereur n'avait jamais pris la peine d'y placer des gardes, comptant sur la jungle pour se charger des intrus. Mais grâce aux griffons, ce n'était pas une tâche impossible à accomplir.

L'Avant-Poste Cinq était le plus isolé de tous. Les Argents ne se bousculaient pas pour y être affectés.

Enfin, la plupart d'entre eux, car Tadrith et Dague voyaient les choses différemment. Pour eux, ça signifiait six mois dans une contrée si éloignée de Griffon Blanc que rien ne transpirerait jusqu'à la cité, à moins qu'ils ne décident de le transmettre par téléson.

Il n'y aura personne pour me surveiller et attendre que j'imite les exploits légendaires de mon père ! Pas de langues bien pendues pour commenter mes faits d'armes, réels ou imaginaires !

Bien sûr, il ne verrait pas non plus de délicieuses jeunes femelles griffons, mais ce n'était pas trop cher payé. Six mois de chasteté lui feraient du bien. Et il pourrait les passer à imaginer toutes sortes de choses à faire ou à dire pour impressionner les belles. Oui, ce serait le moment idéal pour parfaire son panache. Et quand il reviendrait, auréolé du prestige des vétérans de la frontière, aucune de ses congénères ne pourrait lui résister.

Si les affectations aux divers avant-postes duraient si longtemps, c'était à cause des difficultés qu'avaient les Argents pour y aller. La magie fonctionnait normalement depuis plusieurs années, mais personne n'avait envie de risquer sa vie en empruntant un Portail. Même dans les meilleures conditions, c'était toujours un mode de transport aléatoire, alors mieux valait s'en servir uniquement pour les objets inanimés. Leur nourriture et leur courrier seraient acheminés ainsi. Un mage ouvrirait un Portail et le refermerait sitôt sa tâche accomplie.

Personne ne veut garder un Portail ouvert très longtemps. Impossible de savoir si une créature indésirable n'en profitera pas pour passer de l'autre côté...

— Tu sais qu'il y a un territoire peu habité et très mal gardé entre le Poste Cinq et Griffon Blanc, continua Dague. Nous serons livrés à nous-mêmes entre le moment où nous quitterons la ville et celui où nous y reviendrons.

— Quoi ? Pas de jolies femelles griffons ni de jeunes étalons humains pour adoucir votre exil ? lança Keenath. Ne t'en fais pas Tad, je me charge des belles demoiselles. Elles ne s'apercevront pas de ton absence.

— Je pense plutôt qu'elles s'arracheront les plumes de désespoir devant tes pitoyables tentatives de séduction, riposta Tadrith, avant de se tourner vers son équipière. Tu réalises que ça montre à quel point ils nous font confiance. En général, pour une première affectation...

— Ils envoient surveiller des fermes sur la falaise, je sais. C'est sans doute pour ça qu'ils nous ont gardés en formation plus longtemps que les autres. Je parie qu'ils nous ont choisis parce que nous sommes les seuls à avoir envie d'aller aussi loin. Je serais prête à parier mon plus beau bracelet qu'Aubri a prévu de nous expédier en mission de longue durée aussi souvent que possible.

Ils se sourirent. Un autre aspect de cette aventure leur plaisait : pouvoir jouer les explorateurs. Cela faisait partie de la mission des Argents envoyés dans les avant-postes. Bien sûr, s'ils trouvaient quelque chose, Shalaman et Griffon Blanc prendraient leur part, mais le reste leur revenait de droit.

Tadrith n'était pas cupide, mais il aimait les bijoux et les jolies choses. Et pour impressionner les filles, avoir les moyens était l'idéal.

— Y a-t-il eu beaucoup d'exploration aux alentours du Cinq ? demanda-t-il.

— Non, pas tellement… Et survoler un périmètre n'est pas forcément la meilleure façon de l'explorer.

Il acquiesça, sachant ce qu'elle avait voulu dire. Tous leurs prédécesseurs étaient des équipes de griffons. Logique, même si les pauvres souffraient terriblement quand ils n'avaient ni humain ni hertasi pour prendre soin d'eux.

Un humain pouvait explorer en détail une zone définie, répertorier les animaux et les plantes et prélever des échantillons de minéraux. Un griffon n'était pas en mesure de faire ça. Et il n'en éprouvait pas non plus le besoin.

— Il n'y a pas eu de problèmes depuis des années au Cinq, continua Dague, pensive. Ça devrait nous laisser du temps pour découvrir les environs.

— Mais surtout, vous serez seuls, dit Keenath, un peu envieux. Si je pouvais échapper quelques mois à Griffon Blanc !

Dague lui tapota l'épaule, compatissante.

— Et te priver des faveurs des *trondi'irn*, des hertasis et des *kestra'chern* ? Quelle horreur !

« Quand tu auras fini ton apprentissage, tu pourrais demander à intégrer les Griffons d'Argent, suggéra-t-elle. Alors, tu auras une chance d'être affecté hors de la ville. A Khimbata, peut-être. Tu pourrais devenir le *trondi'irn* attitré de la garde griffonique de l'empereur.

A cette idée, le regard de Keenath s'éclaira ; Tadrith savait ce qu'il ressentait. Pour avoir une chance de quitter Griffon Blanc, il aurait accepté n'importe quoi.

Hélas, quoi qu'il puisse dire ou faire, cela arriverait tôt ou tard aux oreilles de Skandranon. Le Griffon Noir n'espionnait pas ses fils…

Pas vraiment, du moins. Et pas ouvertement.

… Mais grâce à la diligence de ses concitoyens, il était au courant de tout ce qui se passait dans la cité. Une souris ne pouvait pas éternuer sans qu'il l'apprenne.

Nous non plus, d'ailleurs… Si l'un de nous éternuait, quelqu'un courrait informer papa. Et le rapport serait très détaillé. Il saurait très vite comment et à quelle fréquence son fils éternue.

Ce n'était pas vraiment de la délation, car les gens se montraient élogieux. Skan était extrêmement fier de sa progéniture.

Il ne se lasse pas d'entendre raconter les prodiges que Keeth et moi multiplions, surtout depuis que nous avons quitté la maison et qu'il ne peut plus nous tirer les vers du nez. Le problème, c'est qu'il transforme tout en acte héroïque.

C'était embarrassant.

Tous ceux qui voulaient s'attirer les faveurs du Griffon Noir savaient que le plus sûr moyen d'y arriver était de vanter les mérites de ses fils. Skan s'assurait que ceux qui disaient du bien de sa progéniture soient entendus. Il n'en faisait pas plus, mais c'était suffisant.

Soudain, Keeth parut chagriné ; Tadrith lui lissa les plumes au-dessus des oreilles.

— J'aimerais qu'il existe un moyen de t'envoyer compléter ton apprentissage ailleurs, souffla-t-il.

Keenath soupira.

— Moi aussi. Quand nous avons dû choisir une carrière, j'ai essayé d'en trouver une qui m'éloigne de Griffon Blanc, mais je n'ai pas réussi. Je serai un bon *trondi'irn*, mais je suis ici pour y rester.

Dague eut un sourire aussi compatissant que celui de son équipier.

— Tu sais, il suffit que tu continues à faire ce que tu fais et tu auras bien gagné le droit d'être considéré comme un griffon unique et spécial, dit son jumeau. Tu es en train d'inventer ta propre définition du *trondi'irn*.

« Inutile de rester là, à rougir d'embarras, dès qu'un de nos congénères revient de l'entraînement, comme si traverser le parcours d'obstacles équivalait à voler une arme dans le camp de Ma'ar.

Keenath ébouriffa les plumes de son cou et claqua du bec.

— C'est vrai. Le problème, c'est que père ne me comprend pas. Quand je parle avec lui, il fait une drôle de tête, comme si j'utilisais une langue étrangère. (Il eut un petit rire.) Je suppose que c'est l'impression qu'il a quand il m'écoute. Enfin, j'aurai ma chance... Un jour.

— Oui, tu l'auras, promit Dague, qui ne fit pas mine de se lever. Il faut que j'aille annoncer la nouvelle à mes parents, s'ils ne sont pas déjà au courant.

« Tad, tu ferais bien de réfléchir à un moyen de l'apprendre aux tiens.

— Inutile, ils doivent déjà le savoir, répondit le griffon, résigné. Papa est probablement en train de dire à qui veut l'entendre que personne d'aussi jeune que moi n'a jamais été aussi loin de chez lui pour une première affectation.

Dague eut un petit rire triste.

— Tu as probablement raison. Le mien doit faire la même chose... sauf que...

Elle ne termina pas sa phrase ; Tadrith la connaissait suffisamment pour ne pas l'y forcer. Ils avaient chacun leurs problèmes et en parler ne servirait pas à les résoudre.

Seul le temps le pourrait.

Peut-être…

Dagueargentée s'assit sur les talons pendant que les jumeaux parlaient entre eux de ce que Tadrith devait emporter. Elle n'était pas pressée de rentrer. Contrairement à son équipier, elle vivait toujours chez ses parents. Dès qu'elle passerait la porte, elle devrait subir leurs questions et leurs félicitations — mêlées d'inquiétude à peine voilée — et elle ne se sentait pas le courage d'affronter ça maintenant.

Elle inspira profondément en fermant à demi les yeux. Ça sentait le sel et la pierre chauffée au soleil.

J'aime cet endroit. Les seuls voisins sont des griffons et ils ne font pas assez de bruit pour qu'on ne puisse pas entendre les vagues s'écraser contre la falaise. Il est appréciable de ne pas avoir d'humains aux alentours.

Comme elle enviait sa liberté à Tad ! Ne comprenait-il pas qu'il était bien plus facile d'être le fils de Skandranon que la fille d'Ambredragon ? Même si ça lui brisait le cœur, le Griffon Noir savait quand se taire et laisser Tad prendre ses propres décisions. Et il essayait de modérer son enthousiasme devant les exploits de sa progéniture, même si c'était très dur pour lui.

Mais au moins, il montre qu'il les approuve.

Ambredragon n'avait jamais été heureux de voir sa fille entrer dans les Argents. Même s'il faisait de son mieux pour que sa désapprobation n'entache pas leur relation, ce n'était pas une réussite. Et comment aurait-il pu en être autrement ?

« Désapprobation » était peut-être un mot trop fort. Ambredragon connaissait les combattants. Ayant travaillé en leur compagnie presque toute sa vie, il avait pour eux un profond respect. Il les aimait bien et comprenait leurs motivations.

Ce qu'il ne saisissait pas, c'était comment leur enfant, à Bichehivernale et à lui, avait pu vouloir devenir une combattante.

Il ne comprend pas pourquoi maman et lui ont produit un rejeton comme moi. Avec tout ce qu'ils m'ont enseigné depuis ma naissance, je n'aurais jamais dû être attirée par ce genre de vie.

Ce gouffre d'incompréhension ne pourrait jamais être comblé car Dague elle-même ignorait la réponse à cette énigme.

— Dague ? Tu veux bien jouer à la secrétaire et écrire une liste pour moi ? demanda Tadrith. Sinon, j'ai peur d'oublier quelque chose d'important.

— Si c'est le cas, tu pourras toujours demander qu'on te l'envoie par le Portail, répondit Dague.

Elle éclata de rire devant sa tête déconfite.

— Ce serait *tellement* humiliant que je préférerais encore m'en passer ! s'exclama-t-il. J'en entendrais parler jusqu'à la fin de mes jours.

« S'il te plaît, va chercher un bâton-d'argent et une feuille de papier.

— A quoi servent les équipiers des griffons, sinon à écrire pour eux ?

La jeune femme traversa la pièce jusqu'au coffre où les jumeaux rangeaient soigneusement toutes les petites choses dont ils pouvaient avoir besoin. Le meuble était fait dans un bois parfumé que les Haighleis appelaient *sadar*. Parmi les objets qu'il contenait se trouvaient une boîte de bâtons d'argent aux mines tendres et un bloc de feuilles de roseaux résistantes — l'un et l'autre produits par leurs alliés.

Dague prit une feuille et un bâton et retourna s'asseoir avec les griffons. Elle s'adossa à son équipier et, pliant les genoux, s'en servit d'écritoire improvisée.

Pendant que les jumeaux se chamaillaient sur l'utilité ou l'inutilité d'un objet ou d'un autre, elle garda le silence, attendant qu'ils se décident. Elle n'intervint qu'une seule fois dans la conversation. Keenath insistait pour qu'ils emportent un kit de fracture. Tad s'obstinait à refuser, prétextant que ce serait une charge inutile.

Elle flanqua une grande tape sur l'épaule de son équipier.

— Qui est le *trondi'irn*, ici ? demanda-t-elle. Keeth ou toi ?

Tad tourna la tête vers elle, comme s'il avait oublié sa présence.

— Parce que c'est lui l'expert, je devrais l'écouter ?

— Précisément. Pourquoi lui demander son avis si tu n'as pas l'intention d'obéir quand il sait de quoi il parle ?

— Mais les risques qu'il nous faille un kit de fracture sont infinitésimaux ! Et c'est très lourd ! C'est moi qui devrai le porter, tu sais !

— Oui, mais si nous en avons besoin, rien d'autre ne pourra le remplacer. Nous ne savons pas s'il y en a un à l'avant-poste. Si nos prédécesseurs pensaient aussi qu'ils étaient invulnérables, je préfère ne pas prendre de risque.

Keenath prit un air suffisant quand elle ajouta le kit à la liste.

— S'il n'y en a pas dans la nacelle au moment de partir, j'en enverrai chercher un, insista-t-elle. Nous pourrions en avoir besoin *avant* d'arriver à destination. Et imagine que nous ne puissions pas demander qu'on nous en envoie un par Portail !

Tad baissa les oreilles, concédant la victoire à son équipière.

— Tu as gagné. Je ne peux pas lutter contre vous deux.

Les griffons ne pouvaient pas, à proprement parler, afficher de « sourire narquois », mais ils contrôlaient assez les muscles de leur bec pour une imitation convaincante. Et Keenath ne s'en priva pas.

Si Dague se sentait tellement à l'aise parmi les Argents, et en particulier avec les griffons, c'était en grande partie parce que leurs motivations et leurs pensées étaient relativement simples et faciles à comprendre. Et les griffons étaient de très mauvais menteurs. Avec leurs faces expressives, quand on les connaissait, personne ne pouvait être bluffé.

Créatures intelligentes et souvent têtues, les griffons ressemblaient en général à ce qu'ils étaient. Rien de plus. Bref, tout le contraire des *kestra'chern*, son père en tête.

Au fond, le travail de ceux-ci consistait à manipuler les autres. Quand ils aidaient un client à se sentir mieux et à mieux comprendre ce qui se passait en lui, c'était de la manipulation pure et simple. Or Dague détestait l'idée de manipuler qui que ce fût pour quelque raison que ce fût, même si ça donnait un résultat.

Oh, je sais que les choses ne sont pas toutes noires ou toutes blanches...

Non, mais elles étaient beaucoup plus simples au sein des Argents. Leurs problèmes relevaient plus souvent de l'extrême que de la nuance. Quand on n'avait qu'un instant pour décider ce qu'on voulait faire, on ramenait les choses à leur plus simple expression. La subtilité, comme aimait à le rappeler Judeth, était bonne pour les moments perdus.

Elle inscrivit un autre objet et laissa ses pensées vagabonder.

Je suis impatiente d'être loin d'ici. Si nous pouvions partir sans informer mes parents.

Dès qu'ils seraient sortis de Griffon Blanc, elle se détendrait, ce qu'elle n'avait pas fait depuis des années. Une fois encore, son père était indirectement responsable de son malaise.

Il en sait trop, voilà le problème !

Quand elle était petite, elle trouvait tout naturel qu'il sache tout sur tout et sur tout le monde à Griffon Blanc. Elle ne voyait pas pourquoi il aurait dû en être autrement. En grandissant, elle avait commencé à comprendre quelle était sa profession et ce que cela impliquait — enfin, plus ou moins. Mais même avec une idée encore imprécise, elle avait été bouleversée.

Enfin, un jour, le puzzle s'était assemblé. Elle avait associé l'homme à la définition du *kestra'chern* et eu une illumination.

Son père connaissait toutes les personnes influentes et leurs petits secrets : leurs motivations, leurs désirs, leurs rêves et leurs indécisions. Au fond de son cœur, elle pensait que personne ne devrait jamais savoir ce genre de choses sur autrui. Car cela donnait un pouvoir sur les autres… et une bien lourde responsabilité.

Non que papa ait jamais pensé à se servir de ce pouvoir…

Etait-ce bien vrai ? S'il avait une occasion de manipuler quelqu'un pour une cause qu'il croyait juste, ne serait-il pas tenté de le faire ? La peur de voir ses secrets étalés sur la place publique n'était-elle pas suffisante pour qu'un individu consente à faire tout ce que souhaitait Ambredragon ?

Elle n'avait jamais eu vent que son père ait cédé à la tentation de faire mauvais usage de son pouvoir… Mais c'était son père, justement, et elle savait qu'elle n'était pas objective. Et s'il avait abusé de la confiance de ses clients, l'aurait-elle su ?

Oh, non ! Papa ne blesserait jamais sciemment quelqu'un. Surtout qu'il est Empathe et ressent la souffrance des autres.

Elle le savait. Elle aussi était Empathe, mais elle devait toucher les gens pour percevoir leurs émotions.

C'était pour ça qu'Ambredragon n'arrivait pas à comprendre son choix de carrière. Comment un Empathe pouvait-il exercer une profession qui l'amenait à blesser ou à tuer quelqu'un ?

C'est facile. Pour que les gens dont je suis responsable n'aient pas à blesser ou tuer quelqu'un.

Mais il n'accepterait jamais cette explication. Ni l'idée qu'elle refuse d'utiliser son Empathie.

Rien que d'y penser, elle en frissonna.

Il connaît tous les vilains petits secrets, toutes les peurs cachées, tous les besoins inavoués et tous les désirs enfouis des clients qui sont passés entre ses mains. Comment fait-il pour garder tout ça en lui sans devenir fou ? Quand je pense qu'il veut *savoir toutes ces choses...*

Non, je ne pourrais jamais faire ça. Ça me donne la chair de poule. Je refuse de connaître un être aussi intimement. Ce serait comme si on m'écorchait vive... Ou comme si j'écorchais quelqu'un...

Dague aimait son père et sa mère. Elle savait que c'étaient des gens merveilleux, tout le monde s'accordant pour dire qu'ils étaient admirables. Mais leurs métiers la rendaient parfois malade. Tout ce qu'un Argent avait à faire, c'était mettre un terme aux bagarres et employer la force quand les mots n'étaient pas suffisants. Une simple question de chair, et celle-ci guérissait vite... Ce n'était pas comme pénétrer dans le cœur des autres...

Dès qu'elle avait compris qui était son père et ce qu'il faisait, elle avait été terrorisée à l'idée que les gens pensent qu'elle était comme lui. Sa grande peur, c'était qu'ils trouvent tout naturel qu'elle ait envie de les écouter mettre leur âme à nu devant elle...

Dieux. Non. Tout mais pas ça.

Avant que les Guérisseurs ne lui enseignent comment contrôler son Empathie, elle avait évité de toucher les gens, de peur d'en apprendre plus sur eux qu'elle ne l'aurait voulu. Même après, elle avait toujours farouchement défendu sa vie privée.

Autant qu'il était possible en vivant toujours chez mes parents.

Elle ne se confiait à personne. Même au sujet de l'amour et de ses désirs.

Surtout au sujet de l'amour et de mes désirs.

Arrivait-il à ses parents de se demander si elle était un enfant des fées ? Ils connaissaient tout ce qu'il y avait à savoir sur le sexe et leur fille semblait être aussi asexuée qu'une vierge sacrée.

Dague avait décidé qu'elle ne donnerait jamais à son père et à sa mère un indice leur permettant de penser qu'elle s'intéressait à quelqu'un — et ce n'était pas pour éviter de les choquer. Car ils faisaient sans cesse allusion aux partenaires qu'ils auraient été ravis de la voir fréquenter. Ils étaient même prêts à lui donner tous les conseils utiles.

Mais elle n'en voulait aucun. Y penser la faisait rougir d'embarras. Trop d'informations… c'était trop.

Pourquoi ne sont-ils pas comme les autres parents ? Pourquoi ne sont-ils pas horrifiés à l'idée que je ne reste pas toujours leur innocente petite fille ? Pourquoi ne gardent-ils pas ma vertu aussi farouchement que les mines d'or du roi Shalaman ? Ce serait tellement plus simple avec ce genre de parents…

Il était beaucoup plus difficile de faire face à la coopération de ses parents qu'à leur opposition.

Ça ressemble beaucoup au combat à mains nues qu'apprennent les Argents. Quand un adversaire attaque, on peut réagir de plusieurs manières. Parer son attaque, l'esquiver ou la retourner contre lui. Quand il agit, il laisse des choix. Mais quand il ne fait rien, on est dans une impasse.

Il était paradoxal de comparer sa vie en apparence sereine avec ses parents à un style de combat.

Le seul moyen d'échapper à cette situation ridicule,

c'était de partir de Griffon Blanc. Comme elle l'avait dit à Keenath, il y avait des places pour les Argents dans l'empire haighlei. Les ambassadeurs de Griffon Blanc à la cour devaient avoir une garde d'honneur. Elle était composée en majorité d'humains, mais elle comprenait quatre griffons, deux kyree et deux dyhelis. Les tervardis ne supportaient pas le climat et les hertasis étaient contents de leur sort de serviteurs… et d'« espions ». L'empereur avait aussi deux gardes griffons, qui le servaient au même titre que les fils de ses voisins.

Je pourrais demander à être en poste là-bas… La solitude, c'est bien, mais il se passe davantage de choses à la cour.

Tad ne pourrait jamais supporter une série d'affectations dans des avant-postes. Il deviendrait dingue. C'était un individu extrêmement sociable.

Et qui aime séduire. Il pense qu'il n'est pas comme son père, mais sa réputation n'a rien à envier à celle de Skan dans sa jeunesse. Il faudra que je m'assure qu'il dormira un peu avant de partir…

Elle rit tout bas ; Tad lui jeta un regard curieux.

D'ailleurs, elle n'avait rien d'une vierge sacrée. Elle aussi deviendrait dingue si elle restait trop longtemps éloignée de la civilisation.

Après trop de temps passé dans une contrée sauvage, il pourrait m'arriver des choses bizarres. Quand je me surprendrai à regarder les serpents et à tripoter des branches, je saurai que je suis restée trop longtemps loin de la civilisation. Rien ne remplace l'attention d'un amant, même si on peut se débrouiller sans pendant un moment. Et puis, il y a… Ikala.

Dague soupira. Ikala avait de l'importance à ses yeux et elle s'était arrangée pour que ses parents n'en sachent rien.

Les rois haighleis qui avaient plus d'un fils envoyaient leurs héritiers excédentaires servir de gardes du corps à leurs voisins. Cette coutume assurait la paix entre les royaumes. Elle permettait aussi aux souverains de se faire de précieux alliés dans les autres cours. Un bon système. Grâce à la rigidité de la culture haighlei, il fonctionnait parfaitement.

Ikala était un de ces héritiers excédentaires, le vingtième en ligne pour succéder à l'actuel Prince Couronné de Nbubi. Au lieu de servir dans une autre cour, le jeune homme avait choisi de venir à Griffon Blanc, pour être entraîné par Aubri et Judeth dans les Griffons d'Argent.

Pour les Kaled'a'in, la culture haighlei, strictement régie par le protocole et cimentée par la coutume, était étrange. Les Haighlei vivaient dans la société la plus rigide dont aient jamais entendu parler les Kaled'a'in. Seul l'empereur et ses conseillers pouvaient décider d'y introduire un changement, mais uniquement lors de la Cérémonie de l'Eclipse.

Comment arrivent-ils à modifier quoi que ce soit ? Un mystère…

Il y avait une hiérarchie des dieux comme une des mendiants et chacun devait rester à sa place.

C'est pour ça qu'Ikala est venu à Griffon Blanc. Il ne supportait pas les contraintes imposées par son peuple.

Ikala avait trouvé la paix à Griffon Blanc. Dague espérait faire pareil dans la jungle. C'était peut-être ce qui les avait rapprochés : tous deux essayaient d'échapper à une vie qui n'était pas faite pour eux.

Ikala n'était pas le seul Haighlei venu s'installer à Griffon Blanc pour échapper à une existence prédéterminée par la naissance. Tous étaient jeunes, car les plus âgés attendaient leur prochaine réincarnation pour améliorer leur sort. Et il y avait plus de femmes que d'hommes, diminuant ainsi le déséquilibre qui existait dans la population de la cité — un accident qu'Etoileneige et Cinnabar imputaient aux effets des orages magiques survenus aussitôt après le Cataclysme.

Après tout, la chasse au mari était une aussi bonne cause qu'une autre !

Les Kaled'a'in s'étaient trouvés plus près de la source des explosions que les royaumes des Rois Noirs. De nombreux changements subtils s'étaient produits au cours de leur périple, souvent moins évident que le surnombre d'enfants mâles.

Qui croirait que plus de la moitié des mages d'Urtho faisaient partie de notre groupe ?

Les orages n'avaient pas seulement fait disparaître la magie. Quand tout était redevenu normal, les Kaled'a'in avaient constaté que certains mages étaient affectés. Quelques-uns, pourtant puissants, avaient perdu presque tous leurs pouvoirs. A l'inverse, un ou deux avaient atteint le niveau de Maître. Certains étaient devenus de plus en plus asociaux, avant de disparaître dans la nature. L'un d'entre eux avait même fait beaucoup de mal.

Ce n'était *pas* Hadanelith. Les orages magiques n'étaient pour rien dans sa folie. Il avait toujours été comme ça.

Seuls les mages des k'Leshya étaient touchés…

Mais peut-être que Sans Nom, le frère du roi, a été pareillement affecté par les orages magiques.

Finalement, la proportion de naissances mâles et femelles s'était équilibré. La génération suivante n'aurait pas le problème qu'avait connu l'actuelle avant l'arrivée des femmes haighlei.

Ikala avait intrigué Dague, car il était très différent des autres Haighlei. Après s'être installé à l'hôtel créé pour les visiteurs, il était resté dans son coin pendant plusieurs semaines. Sans faire mystère de son lignage, il n'avait pas essayé de s'en servir pour obtenir des faveurs. Il avait parcouru la ville et observé ses habitants… Les Argents l'avaient gardé à l'œil, comme tous les nouveaux venus. Un jour, il s'était présenté à Judeth, demandant à entrer dans les Argents.

Avait-il consacré ces semaines à déterminer s'il allait rester ? Ou les avait-il passées à chercher une place qui lui convienne ? Dague l'ignorait, même si Ikala avait plus souvent parlé avec elle qu'avec quiconque.

Bien sûr, elle avait veillé à cacher tout ça à ses parents — comme elle leur dissimulait son attachement croissant pour le jeune homme. D'ailleurs, elle ne savait pas encore ce qu'elle devait en penser elle-même. Maintenant, comme beaucoup d'autres choses, ça devrait attendre son retour.

Cela dit, avoir un Argent bien placé à une autre cour que celle de Shalaman serait un atout pour Griffon Blanc. Ils pourraient peut-être ouvrir une seconde ambassade au Nbubi. Dans ce cas, Ikala leur apprendrait les us et coutumes de son royaume, comme Voile Argenté avait enseigné ceux du Khimbata à Ambredragon. Et peut-être que Dague et Tadrith — voire Keeth — seraient affectés là-bas.

A moins qu'Ambredragon — ou Bichehivernale — réussisse à se faire nommer ambassadeur…

Impossible, se rassura Dague. *On a trop besoin de papa ici. Et maman ne partirait pas sans lui. Pas après ce qui s'est passé la première fois.*

Mais Ambredragon pouvait former quelqu'un pour lui succéder à son poste d'Administrateur…

Oh, pourquoi suis-je en train d'imaginer tous ces scénarios alors que j'ignore où je serai affectée la prochaine fois ? Ou si Ikala et moi deviendrons plus que de simples amis ? Ou même si Judeth prendrait en considération notre candidature, à Tad et à moi ?

Pourquoi se compliquait-elle la vie ainsi ?

Les choses doivent aller trop bien. Sinon, pourquoi m'inventer des problèmes ?

A point nommé, Tad s'adressa à elle :

— Je ne vois rien d'autre. Et toi ?

— Je ne t'ai pas beaucoup aidé et j'avoue que je n'ai pas réfléchi à la question. (Elle étudia la liste en fronçant les sourcils.) J'ai une idée ! Allons parler à Judeth et à Aubri. Ils auront peut-être des suggestions.

Tad claqua du bec, pensif.

— Est-ce bien sage ? Ils pourraient croire que nous sommes incapables de nous débrouiller seuls.

— Non, ils penseront que nous sommes assez adultes pour prendre les conseils de nos aînés. (Dague bondit sur ses pieds.) Viens, emplumé ! Allons montrer aux vieux chiens que les chiots ne sont pas totalement idiots.

— Pas totalement, marmonna son équipier en la suivant. Juste un peu.

CHAPITRE II

— L'Avant-Poste Cinq, hein ?

Aubri étira ses pattes de devant, l'une après l'autre, et étudia ses serres rognées. Le vent faisait sonner les carillons éoliens pendus à la fenêtre, derrière lui. De la poussière dorée dansait dans le rayon de soleil qui traversait la pièce et couvrait le plancher.

— Laissez-moi réfléchir une seconde…

Tad soupira. Et voilà, Aubri remettait ça… Il adorait jouer au vieux professeur distrait. Il se gratta pensivement la tête, ébouriffant ses plumes brun-roux et soulevant un nuage de poussière. Puis il leva les yeux pour contempler le plafond de l'habitation qu'il partageait avec Judeth. Quand il daigna bouger de nouveau, le jeune griffon espéra que c'était bon signe. Mais non… Il baissa le nez et étudia avec attention le sol de mosaïque.

Comme celle des rapaces, la vision périphérique d'un griffon était excellente. Tad savait qu'Aubri les regardait… Eh bien, d'un œil d'aigle !

— L'Avant-Poste Cinq, marmonna le vieux griffon, secouant la tête.

Des fragments d'enveloppes de plumes jaillirent dans toutes les directions. Une plume rayée brun et beige, aussi large que la paume de la main d'un homme, s'envola et vint se poser paresseusement dans la tâche de soleil. Ses contours se nimbèrent de lumière et le duvet se para des couleurs de l'arc-en-ciel.

— L'Avant-Poste Cinq, pourquoi cette expression me semble-t-elle familière ?

Le petit jeu aurait pu durer une éternité si Tadrith n'y avait pas mis un terme. Il posa sur Aubri un regard qui disait : *Je sais ce que tu essaies de faire et je ne marche pas.*

Sur un ton très respectueux, il rappela à son professeur :

— Le commandant Judeth et vous y êtes allés, il y a trois ans, quand les Haighlei l'ont placé sous notre responsabilité. Vous avez dit que c'était une occasion de prendre des vacances loin des jeunes recrues pas fichues de se souvenir d'un ordre, à moins qu'il ne soit écrit.

Aubri cligna des yeux comme un vieux hibou, mais ses iris dorés brillaient d'amusement.

— J'ai dit ça ? Je suis plus intelligent que je le croyais... Oui, maintenant je crois que je me souviens de l'Avant-Poste Cinq. Il est très éloigné — pas facile de trouver des volontaires. L'endroit parfait pour prendre des vacances si on aime les orages en soirée, le brouillard le matin et juste assez de soleil pour savoir qu'il existe encore.

« Ça n'est pas pour rien que les Haighlei appellent ce territoire « forêt tropicale *humide* ». C'est plus mouillé qu'un kyree après son bain.

Bien. Enfin une chose que nous n'avons pas apprise au cours de nos séances sur la meilleure façon d'occuper un avant-poste. Et le briefing que Dague m'a lu ne mentionnait pas le climat.

— Diriez-vous que le temps est suffisamment mauvais pour nous empêcher de faire notre devoir ?

— Non, à moins que tu ne fasses partie des idiots qui pensent fondre s'ils volent sous la pluie. (Les paroles d'Aubri étaient un avertissement : Tad n'avait pas intérêt à faire partie de ces imbéciles.) Personne ne vous a promis des plages ensoleillées et des loisirs quand vous vous êtes engagés dans les Argents.

— Il est dangereux de voler pendant un orage, intervint Dague. Et il peut l'être aussi de décoller dans le brouillard.

« Ce n'est pas en jouant les casse-cou que nous servirons Griffon Blanc... Surtout si vous êtes obligés d'envoyer une équipe de sauvetage. Sans parler d'un remplacement.

« Si le climat peut devenir un obstacle à notre mission, nous devons le savoir dès maintenant et apprendre à reconnaître les signes avant-coureurs des orages. Ainsi, nous pourrons nous poser et attendre que le danger passe.

— Hum... Oui, c'est vrai. Mais je ne crois pas avoir dit un mot qui ait pu vous faire penser que le temps vous empêcherait de patrouiller normalement. Il faudra seulement faire montre de prudence, comme nous vous l'avons enseigné. Si vous êtes très attentifs, tout se passera très bien.

« Les orages ne sont pas violents, mais brefs et accompagnés de pluies torrentielles. Quant au brouillard, il se lève généralement une heure après l'aube.

S'il est comme mon père, les intempéries ont dû réveiller ses douleurs articulaires.

Aubri était peut-être le plus vieux griffon encore en vie. Bien plus âgé que Skandranon. Et ça se voyait. Les bords de ses plumes étaient irréguliers et leurs couleurs d'origine — brun foncé et marron clair — avaient pâli. Aujourd'hui, il était brun-roux et crème, et même ses plumes neuves avaient un aspect « ébouriffé ».

Comme Skandranon, Aubri était d'une race à ailes larges, plutôt aigle que faucon. Mais il était plus costaud que le Griffon Noir. Son prototype de rapace était sans doute l'aigle à queue brune plutôt que l'autour. La peau fragile du contour du bec et des yeux était marquée par le temps, même s'il n'était pas aussi ridé qu'un humain l'aurait été à son âge.

Mais son esprit n'avait rien perdu de sa vivacité. Ça n'était pas si évident, à le voir jouer les vieux gâteux...

Oui, ce n'est qu'un jeu. Il s'amuse à nos dépens, le bandit ! Il n'oublie jamais rien. Je parie qu'il se souvient de l'ordre d'arrivée des cadets, il y a deux semaines, lors de la course d'obstacles !

Aubri et Judeth aimaient jouer à « bon chef, mauvais chef ». Aubri était l'allié distrait et facile à berner et Judeth l'antagoniste à l'esprit vif. Mais Tad n'avait jamais été dupe, car il les connaissait depuis toujours. Surtout, il avait vu Aubri le « distrait » battre son père au jeu des cailloux. Alors, il n'allait pas se laisser abuser par le comportement prétendument sénile du vieux griffon !

Evidemment, si on écoute papa, il n'a jamais perdu, mais laissé gagner Aubri...

— Où est le commandant Judeth ? demanda-t-il.

L'humaine aux cheveux blancs n'était nulle part en vue. Aubri montra la porte entrouverte d'un mouvement de tête. Par une si belle journée, les habitants de Griffon Blanc aimaient laisser leur portes et leurs fenêtres ouvertes pour profiter de la brise marine. Le vieux griffon ne faisait pas exception à la règle.

— En réunion avec les Haighlei. Ils sont venus chercher l'équipe d'Argents qui doit remplacer Sella et Vorn au service de l'empereur Shalaman. (Il mordilla une de ses serres, faisant cliqueter son bec.) Ils vont sans doute emmener Kally et Reesk. Ils ne résistent pas à une équipe bien assortie.

— Vraiment ? dit Dague, sceptique.

Comme Tad, elle savait que plusieurs paires disponibles auraient mieux fait l'affaire.

Aubri renifla dédaigneusement, montrant ce qu'il

pensait des personnes qui choisissaient des gardes pour leur physique plutôt que pour leur talent. Non que Kally et Reesk soient mauvais — aucune des équipes proposées pour servir de gardes du corps à Shalaman ne l'était. D'ailleurs, quand un cadet n'avait pas l'étoffe d'un Argent, Aubri et Judeth lui disaient de chercher une autre profession bien avant la fin de sa formation. Mais si un cadet médiocre était vraiment motivé, il avait six mois supplémentaires pour prouver sa valeur.

Cela dit, selon les critères qui déterminaient le choix des Argents envoyés à Khimbata, Kally et Reesk étaient très moyens.

Mais leurs plumages or rouge et bronze seraient parfaitement assortis aux peaux de lions et à l'or dont aimait se parer Shalaman. Et ils pouvaient rester immobiles pendant des heures.

Tadrith s'empressa de le souligner.

— Le conseiller de l'empereur a d'autres éléments à prendre en considération, dit-il. Il est très important, du point de vue du protocole, que les gardes de l'empereur sachent rester immobiles comme des statues. Car leur immobilité souligne son pouvoir.

— Ils n'auront pas grand-chose à faire, ajouta fort peu judicieusement Dague. Même si un assassin ou un fou franchissait le cordon de gardes du roi, il suffirait qu'il voie deux griffons en colère pour s'évanouir de peur.

Tad tressaillit. Ce n'était pas la chose à dire à un vétéran des Grandes Guerres et de la Migration. Un grattement sourd retentit : les serres d'Aubri, griffant le sol.

— *Peut-être*, répondit-il, les yeux plissés, ce qui acheva d'intimider la jeune femme. *Peut-être*. Mais ne présume jamais de rien, jeune Argent. Les présomptions peuvent tuer. Soit tu sais, soit tu prévois le pire. Toujours. Tu ne dois jamais te montrer optimiste. J'aurais cru que nous t'avions mieux formée.

Dague rougit et se mit au garde-à-vous. Aubri attendit un instant, pour être certain qu'elle avait assimilé ce qu'il venait de dire, puis il lui fit signe et elle se détendit… un peu.

Elle ne fera pas cette erreur deux fois.

— Où en étais-je ? Ah, oui, l'Avant-Poste Cinq…

Aubri bâilla, abandonnant son comportement de commandant. Il ressemblait à n'importe quel vieux griffon uniquement intéressé par une place au soleil, les derniers ragots et son prochain repas — servi à l'heure, bien entendu.

— C'est un avant-poste type, avec tout le confort… si on a les goûts d'un ermite. L'air est humide en permanence et les nuits sont fraîches. Oh, et les environs sont en grande partie inexplorés. Mais tu t'en doutais déjà, Tad ? Si vous voulez mon avis — ce n'est qu'une supposition — il y a de l'or dans le coin. J'ai vu des morceaux de quartz dans la rivière et les ruisseaux et c'est le genre de chose qu'on trouve en même temps que de l'or.

« Judeth et moi n'avons pas vérifié. Nous sommes trop vieux pour barboter dans l'eau froide. Mais puisque ton équipière est une créature marchant sur deux jambes, elle pourra le faire, histoire de voir si j'avais raison.

— Bien sûr, acquiesça Tad.

Dague grimaça, mais fit oui de la tête.

S'il y avait du métal précieux et si Tad et elle en trouvaient, ils n'auraient sans doute qu'une seule façon de le récupérer : en se servant de tamis et en se mouillant. Parce que s'ils attendaient que les Haighlei interviennent…

Les Haighlei se livreraient d'abord à une divination pour s'assurer que les dieux approuvaient qu'ils creusent dans la région. Puis ils seraient obligés d'attendre la permission de Shalaman. Enfin, le roi et les prêtres feraient une proclamation commune pour annoncer qu'une mine allait être ouverte.

A ce stade, il n'y aurait toujours pas de précipitation. Shalaman choisirait une personne parmi les experts pour déterminer — avec l'aide des prêtres — où et quand serait creusé le premier puits. Puis l'expert et ses mineurs entreprendraient de creuser sous la supervision d'une poignée de prêtres chargés de s'assurer que tout se déroulait selon la volonté des dieux. S'ils trouvaient un filon, le même cirque recommencerait, pour demander aux dieux la permission de forer un deuxième puits. S'ils ne trouvaient rien, ce serait sans doute interprété comme un signe de la désapprobation des dieux et tout serait abandonné.

Question de protocole…

Pendant ce temps, les citoyens de Griffon Blanc, que les conditions de vie primitives n'effrayaient pas, seraient à l'œuvre. Ils sortiraient l'or des cours d'eau, avec la bénédiction de Shalaman et sous la supervision de ses collecteurs d'impôt. Nul besoin d'avoir l'approbation des dieux pour laver le sable aurifère : cela n'impliquait aucun changement dans la forêt ni dans le sous-sol.

— Quoi d'autre ? demanda Tad, ce qui lui valut un regard méprisant. Je veux dire : quel équipement nous suggérez-vous d'emporter ? (A ces mots, Dague s'empressa de poser devant Aubri la liste qu'ils avaient établie.) En plus de l'équipement standard, nous avons déjà pensé à tout ça.

Le jeune griffon était fier d'avoir mis des tamis sur sa liste. Après tout, s'ils n'y avait pas d'or, ils pourraient s'en servir pour la cuisine.

Aubri examina la liste. Enfin, il releva la tête.

— Pas mal, mais insuffisant… même si ça n'est pas votre faute, s'empressa-t-il d'ajouter quand il les vit grimacer. Nous vous avons entraînés à des missions de routine, mais l'Avant-Poste Cinq est deux fois plus loin de Griffon Blanc que les autres. C'est pour ça que Judeth et moi y sommes allés les premiers. Si *nous* n'avions pas pu nous débrouiller, personne n'y serait retourné...

Aubri et Judeth étaient les commandants des Griffons d'Argent. Peu après la Cérémonie de l'Eclipse, douze ans auparavant, le père de Tad avait laissé sa place à Aubri. Skandranon avait décidé qu'il ne voulait plus être un chef, sinon en titre. Il préférait être le Griffon Noir — ou le Griffon Blanc, selon qu'il était à Khimbata ou en ville —, autrement dit, fourrer son nez partout. Les problèmes quotidiens des Argents l'ennuyaient. Mais s'occuper de tout le réjouissait.

Aubri avait découvert, à sa grande surprise, qu'il était parfait pour régler les problèmes quotidiens. Et en plus, ça l'amusait. Après ce qu'il avait enduré pendant les Guerres, disait-il, s'occuper de réquisitions et de cadets stupides était un réel plaisir. A la vérité, devenu maître dans l'art de déléguer, il savait se décharger des tâches qui le rebutaient.

Il devait pourtant admettre que le rôle de chef lui plaisait. Voilà trois ans que les deux commandants prétendaient qu'ils prendraient vite leur retraite, mais personne ne les croyait.

Peut-être nommeraient-ils un autre commandant, pour les parties physiques de l'entraînement et les problèmes qui n'exigeaient pas leur compétence. Ainsi, Judeth pourrait continuer à tout coordonner et Aubri à s'occuper de l'apprentissage tactique.

Judeth et Aubri ont de l'expérience et il serait idiot qu'ils confient les Griffons d'Argent à un autre... A moins qu'ils n'aient la preuve de sa compétence. Oui, un troisième commandant serait la solution logique. Et ces deux-là sont les personnes les plus logiques que je connaisse.

Tad ne pouvait pas imaginer les Argents sans Aubri et Judeth. Pourtant, ça arriverait un jour.

— Ecoutez-moi, dit Aubri. Vous serez très loin de la cité et peut-être sera-t-il difficile de vous faire parvenir du matériel de remplacement si vous cassez ou perdez quelque chose. Ça n'est pas parce que votre pompe à eau sera en rade que nous ouvririons un Portail ! Les Portails demandent beaucoup d'énergie et vous êtes jeunes. Vous pouvez porter des seaux d'eau !

Tad fut pris de court. Ça ne lui était jamais venu à l'esprit. A force de vivre au milieu de mages, il pensait qu'ouvrir un Portail était relativement simple. Les griffons volaient et les mages ouvraient les Portails… voilà tout.

Maintenant il s'avisait qu'un Portail, même s'il s'ouvrait tous les deux ou trois jours, se refermait très vite. De plus, ils ne donnaient sur le même endroit que tous les deux ou trois mois. Il y avait beaucoup d'avant-postes et d'expéditions à approvisionner. Tellement, en réalité, qu'ouvrir un Portail finissait par sembler facile…

Le regard d'Aubri brilla de malice.

— Votre Portail s'ouvrira au moment voulu, à moins que ce ne soit une question de vie ou de mort. Et il restera ouvert le temps réglementaire. Alors, si votre liste de demandes est courte, vous aurez votre pompe à eau. Dans le cas contraire, vous pourriez l'attendre des mois. A quoi cela vous fait-il penser ?

— A des manuels, répondit Dague en soupirant. Nous aurons besoin de manuels de réparations. Nous trouverons des outils sur place, non ?

— Ainsi que les manuels, ne vous inquiétez pas. Les avant-postes sont opérationnels depuis des années et souvenez-vous que Judeth et moi avons été les premiers à occuper le Cinq.

« Réessayez !

Fronçant les sourcils, Dague se mordilla un ongle.

— Hum… Vous avez dit que le temps était très humide, non ?

Aubri hocha la tête.

— Du brouillard tous les matins, continua-t-elle, et de la pluie tous les soirs. (Son visage s'éclaira.) Le bois, le cuir et les métaux souffrent de l'humidité. Nous aurons besoin de pièces de rechange… pour la pompe à eau, le poêle, la plomberie…

Elle commença à écrire.

— Bien ! dit Aubri, avant de se tourner vers Tad.

Connaissant son chef, le jeune griffon avait une réponse toute prête.

— Le genre d'équipement qui ne nécessite pas de magie et ne craint pas l'humidité. Compas et sextant pour nos patrouilles… briquets à amadou…

— Ne te casse pas la tête ! Puisque vous avez compris le principe, je vous ai fait une liste. Il ne s'agit que de quelques objets utiles.

« Leur poids est négligeable quand on sait que vous ne pourrez pas vous en passer.

Sans bouger, le vieux griffon désigna une feuille de papier posée sur son bureau. Il avait prévu leur visite, prouvant qu'il n'était pas aussi distrait qu'il voulait bien le laisser croire.

Dague prit le document et le parcourut ; Tad remarqua son expression surprise. Elle avait encore marché ! Chaque fois qu'Aubri leur faisait son numéro de vieux fossile, elle tombait dans le panneau !

Elle ne peut pas s'en empêcher.

C'était son plus gros défaut et Tad croyait savoir pourquoi elle ne guérirait pas de si tôt. Elle refusait de regarder derrière les masques que portaient les gens, même parfaitement honnêtes. Son Empathie était un tel fardeau… Si ça avait été possible, elle se la serait fait enlever par magie. Peu importaient les risques !

Tad connaissait ses raisons. Dague avait compris depuis longtemps qu'elle ne serait jamais aussi douée que son père. Or, elle était le genre de personne qui préférait ne pas essayer une chose si elle ne pouvait pas briller.

Idiot ! Tous les mages ne sont pas des Etoileneige, mais même un mage de la terre a son utilité. Pas question de parler de ça à Dague pour l'instant. Mieux vaut attendre que nous ayons passé un peu de temps seul à seul.

Il avait pourtant hâte qu'elle se débarrasse de son sentiment d'infériorité.

Selon papa, quand on a un talent, il faut l'apprivoiser et s'en servir.

Dague compara les deux listes et recopia ce qui manquait sur la leur avant de rendre la sienne à Aubri. Tad fut content de voir qu'elle n'avait pas eu besoin de la réécrire entièrement.

Finalement, ils ne s'étaient pas si mal débrouillés !

Aubri croisa ses pattes de devant et les regarda avec une expression presque paternelle.

— Encore deux de mes cadets prêts à quitter le nid... Cette affectation vous plaira. Vous n'êtes pas du genre à rester dans une cité quand vous pouvez crapahuter dans la jungle. (Il soupira.) L'aventure, voilà un truc pour les jeunes, pas pour les malheureux qui ont des problèmes d'articulations.

« Nous, nous apprécions de rester ici et de pouvoir prendre un bain de soleil quotidien. Mais il devrait y avoir assez de merveilles là-bas pour satisfaire deux jeunes dans votre genre.

Il ne fit aucune référence à leurs raisons de se réjouir d'une telle affectation, même s'il savait qu'il leur tardait de s'éloigner de leurs familles. Leurs pères étaient Ambredragon et Skandranon, mais Aubri n'en avait jamais tenu compte.

A moins que... Si ce n'est pas une affaire de distraction, peut-être avons-nous tellement grandi qu'il ne nous reconnaît plus.

— Nous sommes impatients d'y être, chef, dit Tad. Et de quitter la maison pour la première fois.

Aubri sourit.

— Croyez-moi si vous voulez, mais vous n'êtes pas les seuls à vouloir être loin de Griffon Blanc. Je l'ai toujours dit à Judeth : pour le Cinq, elle doit choisir ceux qui ont une bonne raison de s'éloigner.

« Je n'avais encore jamais vu une équipe qui soit faite à ce point pour ce poste. Mais pour tout vous dire, j'ai une autre bonne raison de vous envoyer là-bas… Vous êtes une équipe deux-et-quatre. C'est ce qu'il faut pour cet avant-poste.

Deux-et-quatre signifiait un humain et un griffon. Ce genre d'équipe n'était pas monnaie courante chez les Argents.

Mais parfois, un cadet ne trouvait pas tout de suite un équipier. Ses supérieurs l'associaient donc à un autre indécis, qui n'était pas forcément de sa race. D'habitude, les deux-et-quatre étaient des équipes temporaires, formées pour la période d'apprentissage. Ensuite, quand il avait sa broche, un Argent pouvait choisir un partenaire parmi les cadets.

— Une deux-et-quatre, c'est l'idéal pour les avant-postes éloignés, continua le vieux griffon. (Son regard brilla.) Ce genre d'équipe est plus souple, plus polyvalente. Même si certains pensent qu'un griffon qui ne s'associe pas avec un de ses congénères n'est pas tout à fait normal.

Tad croisa le regard de son supérieur. Il avait déjà entendu ça et il s'en fichait.

— Oh ? comprit-il soudain. Cela vous inclut-il aussi, commandant ?

Aubri éclata de rire.

— Bien sûr ! Tout le monde *sait* que j'ai l'esprit tordu ! Les vétérans sont complètement pervertis. C'est à cause des combats. Mais toi, quelle est ton excuse ?

Tad sourit.

— Une tradition familiale, monsieur.

Aubri éclata de rire.

— Bien dit ! Je suis impatient de répéter ça à ton père ! Si ça ne le fait pas rougir, rien d'autre n'y arrivera. (Il secoua la tête.) Allez, fichez le camp. Donnez votre liste à l'officier chargé de l'approvisionnement. Il fera en sorte que tout soit dans votre nacelle. Vous n'aurez plus à vous soucier que de vos bagages personnels.

Ils le saluèrent. Aubri se leva pour les raccompagner — il était vieux, mais pas encore mort.

Tad avait vu juste : son père avait déjà appris la nouvelle et exprimait ouvertement — et bruyamment — son enthousiasme. Skan n'aurait pas été plus fier s'il avait été nommé bras droit de Judeth. Très embarrassant…

Pendant le dîner, le jeune griffon se demanda s'il n'aurait pas mieux fait de manger seul.

— Un avant-poste ! Et tu finis à peine ton entraînement ! répétait inlassablement Skan. Aucun Argent aussi jeune n'a reçu une telle affectation !

Mais son ton manquait de naturel, et il n'avait presque pas touché à son repas. Le nouveau statut de son fils lui coupait-il l'appétit ? Etait-il inquiet ?

Pourquoi serait-il inquiet ? Il n'y a pas de raison, non ?

Zhaneel lui flanqua une tape sur le bec.

— Laisse les garçons manger ! Tu ne rends pas service à Tadrith en l'empêchant de prendre un bon repas.

Son expression et le coup d'œil appuyé qu'elle jeta à Keeth firent rougir Skandranon. Il avait négligé son autre fils toute la soirée. Même si celui-ci ne semblait pas en être chagriné, il devait se rattraper.

— Bichehivernale m'a dit beaucoup de bien de toi, lança-t-il à Keenath. Tu apprends des choses que ta mère et moi avons rêvé de pouvoir acquérir…

Tad tressaillit. Si le ton n'était pas forcé, il voulait bien se mettre à un régime végétal !

— Sans cette guerre ennuyeuse, papa, tu aurais sans doute inventé le griffon *trondi'irn*, le griffon *kestra'chern*, et le griffon secrétaire, répondit Keeth en souriant à son frère. Et probablement aussi le griffon couturier, maçon et charpentier !

On peut faire confiance à Keeth pour tout tourner à la plaisanterie.

Skandranon éclata de rire et, cette fois, cela sonna moins faux.

— C'est possible ! s'écria-t-il, ébouriffant ses plumes. Quel dommage que la guerre ait fait obstacle à un génie en herbe !

Tad mangea en silence. Son dîner était composé de la patte d'un volatile de la taille d'une vache, doté d'un cerveau pas plus gros que celui d'une tortue. Un seul de ces animaux pouvait nourrir leur famille. Les Haighlei les élevaient pour leurs plumes. Les griffons y trouvaient une alternative savoureuse au bœuf et au gibier.

Le jeune griffon était parfaitement heureux de laisser son frère échanger des plaisanteries avec leur père. *Lui* ne savait pas quoi dire. La fierté du Griffon Noir faisait naître en lui des émotions qu'il ne parvenait pas à analyser. Mais il était certain que l'une d'entre elles était la peur.

Père ne voudrait pas que la peur et l'indécision me handicapent. S'il dit qu'il est contre mon affectation, il sait que je serai tenté de la refuser. Or, il sait aussi qu'il n'y a pas d'inquiétude à avoir. Dague et moi ne sommes pas la première équipe à partir pour le Cinq… Uniquement la première à laquelle participe son fils.

Il s'inquiétait trop. Tad le savait et il savait que son père le savait aussi. Ils n'étaient pas en temps de guerre et ils n'allaient pas combattre.

C'est la première fois que je « quitte le nid ». Normal

que mes parents s'en fassent. Moi aussi, je suis inquiet, mais je sais que je peux me montrer à la hauteur.

Pourquoi les parents prétendent-ils avoir confiance en leurs enfants s'ils ne peuvent s'empêcher de s'en faire pour eux ?

L'imagination des adultes leur faisait sans doute entrevoir une myriade de dangers potentiels. C'était ça, être parents : prévoir les problèmes que pouvaient rencontrer les enfants et les en préserver avant qu'ils ne se soient fait blesser ou tuer.

Mais je suis un grand garçon et je peux prendre soin de moi ! Ne comprendra-t-il jamais ça ? Il a dû être sauvé plus d'une fois au cours de sa vie d'adulte... Alors pourquoi les vieux pensent-ils toujours que les problèmes sont l'apanage de la jeunesse ? Leur rappelons-nous tellement leur propre vulnérabilité ?

Entre deux bouchées, il jeta un coup d'œil à sa mère et la surprit en train de l'observer, le regard plein d'une inquiétude toute maternelle. Le premier réflexe de Zhaneel fut de détourner les yeux, puis elle se ravisa et hocha imperceptiblement la tête.

Maman est inquiète et elle l'admet. Papa, lui, ne le fera jamais, et ça rend les choses encore pires. Mais ils n'ont aucune raison de s'en faire !

Plus les parents sont intelligents, plus ils s'inquiètent pour leur progéniture...

Tad pensa à Dague, qui devait subir la même torture que lui. Il ignorait comment Ambredragon et Bichehivernale réagissaient à la nouvelle. Mais la jeune femme avait parlé de passer la nuit avec des amis pour ne pas les affronter. Le jeune griffon avait réussi à l'en dissuader.

Ça pourrait être pire. Ils pourraient se montrer surprotecteurs et refuser de me laisser partir. Ou s'en ficher comme d'une guigne.

Quelques-uns de ses camarades avaient des parents indifférents. Tad avait entendu des mages se demander si l'instinct du rapace n'était pas trop fort en eux. Ces parents se montraient aimants tant que leur progéniture n'avait pas quitté le nid. Mais dès qu'elle pouvait voler, ils s'en désintéressaient. Parfois, ils flanquaient leurs petits dehors — quand ils étaient encore avec eux. Ces couples, plus prolifiques que les autres, avaient jusqu'à six ou huit petits.

Mais leurs rejetons, comme disait Aubri, étaient de « vulgaires aigles de poing ». Ne vivant que pour la chasse, et très athlétiques, ils n'avaient pas une intelligence digne de ce nom. Quand un griffon mourait accidentellement, c'était souvent l'un d'eux. Ils ravitaillaient la cité en viande, un travail pas trop dangereux. Mais ils se conduisaient comme des autours, capables de heurter le sol ou de foncer dans une falaise, se rompant le cou en plein vol. Et il arrivait que certains disparaissent sans laisser de trace.

Aubri avait dit un jour en présence de Tad que la majorité des griffons qui étaient morts pendant la guerre — sans compter ceux sacrifiés par des commandants qui considéraient les non-humains comme de la chair à canon — appartenaient à cette catégorie. Inutile de préciser qu'elle était minoritaire. A la vitesse à laquelle ces griffons s'autodétruisaient, il n'y aurait peut-être jamais de troisième génération.

Quand ils ne chassaient pas, on les trouvait sur les plates-formes, à essayer d'impressionner les femelles de leur race en prenant un bain de soleil. D'accord, la plupart des jeunes griffons le faisaient, mais pas *tout le temps* !

Ils sont plutôt agréables à regarder, c'est certain. Mais comme amoureux ou comme adversaires à l'entraînement... non, merci !

Skandranon songeait sans doute au nombre de morts accidentelles survenues parmi les griffons de l'âge de Tadrith, mais avait-il pensé à ce quelles avaient en commun ?

Hum... Un manque de matière grise. Un don certain pour le gaspillage d'un potentiel déjà peu élevé. Pas de parents dignes de ce nom.

Elever un enfant, ce n'est pas seulement le garder en vie pour créer un reproducteur de plus, qui répétera les même erreurs à la génération suivante. Même un jeune imbécile peut réussir avec de bons parents. J'en suis la preuve, non ?

Son père parlait maintenant sur un ton normal à Keeth et à Zhaneel au sujet des modifications que Bichehivernale voulait apporter à la course d'obstacles standard pour entraîner les *trondi'irn*.

Tad en profita pour continuer tranquillement de dîner.

Skandranon offrait un étrange spectacle. Une partie de ses plumes venaient de repousser et il semblait porter une « tenue » de camouflage noire et blanche. Depuis le Cataclysme, le blanc était sa couleur naturelle. Il se teignait en noir pour ses visites à Khimbata.

Le jour de la dernière Cérémonie de l'Eclipse, teint en noir, Skandranon avait fendu le ciel de minuit... en plein midi... Et il avait fondu sur l'assassin venu prendre la vie du roi. Depuis, il était obligé de se « déguiser » chaque fois qu'il rendait visite à Shalaman. Le Roi Noir avait été sauvé par le Griffon Noir. Tout un symbole.

Le Roi Griffon, adulé où qu'il aille.

Une des railleries préférées d'Aubri.

Mais c'était vrai. Skan ne quittait jamais Khimbata sans cadeaux de toutes sortes. Si Zhaneel et lui avaient porté tous leurs bijoux, s'envoler aurait été impossible.

Si nous avons de la chance, Keeth et moi pourrons prétendre à un quart de sa notoriété... Et encore, ce sera parce que nous sommes ses fils.

Cette pensée l'aurait déprimé s'il avait eu de l'ambition. Pour être honnête, ce n'était pas le cas. Il connaissait le revers de la médaille de la célébrité. Skandranon devait toujours se montrer charmant, plein d'esprit, et poli, quels que soient ses sentiments. Quand la famille était en visite à Khimbata, il avait toujours très peu de temps à leur accorder. Même à Griffon Blanc, il y avait toujours quelqu'un qui attendait quelque chose de lui. Oh, il recevait de nombreux cadeaux, mais rarement désintéressés. Même quand aucune requête particulière ne les accompagnait, il y avait toujours un risque que cela vienne ensuite — généralement quand on s'y attendait le moins.

Skandranon n'avait aucun moyen de savoir si on recherchait son amitié pour *ce qu'*il était ou pour *qui* il était.

Non, merci. Tout bien considéré, je préfère rester dans l'ombre.

Il ne serait pas désagréable d'être un Argent obscur, toujours affecté dans les avant-postes éloignés. Surtout si je parvenais à découvrir assez de choses pour vivre confortablement.

Que Keeth ait sa part de gloire en devenant le premier griffon *trondi'irn* !

Il s'aperçut que les autres le regardaient. Apparemment, Keenath avait épuisé tous les sujets de conversation et c'était son tour.

Oh, sketi *!*

Skandranon s'éclaircit la gorge. Comme toujours, cette habitude acquise à force de passer du temps avec les humains sembla incongrue.

On dirait qu'il essaie de se débarrasser d'une boule de poil prise dans son gosier.

— Bon ! dit le Griffon Noir. Ta mère et moi sommes impatients d'entendre ce que tu peux nous dire sur ton affectation…

Tad soupira et, faisant contre mauvaise fortune bon cœur, se soumit à la pression de l'amour parental.

Dague ne pouvait se résoudre à s'asseoir. Elle faisait déjà un gros effort pour se tenir tranquille. Mais la pierre de la corniche était friable et faire les cent pas n'était pas conseillé... Quelle catastrophe si elle se cassait quelque chose ! Judeth et Aubri seraient contraints de choisir une autre équipe pour le Cinq...

Et Tad ne me le pardonnerait jamais. A moins que... Il prendrait probablement un autre équipier et partirait sans moi. Et je serais obligée de rester là pour subir la sollicitude de mes parents.

Ikala était assis sur un rocher et regardait le coucher de soleil. Il lui avait demandé de le retrouver là, pour lui faire ses adieux en privé. Les émotions de la jeune femme étaient tellement contradictoires qu'elle ne savait pas quoi lui dire. Jusqu'ici, il n'avait pas ouvert la bouche et elle préférait le laisser commencer.

Il s'éclaircit la gorge.

— J'ai entendu dire que tu partais demain matin. Pour plusieurs mois.

Bien sûr, il était au courant de son affectation. Comme tous les Argents. Il se servait de l'information comme d'une introduction.

Le soleil se « posa » sur l'océan. Bientôt, il disparaîtrait derrière la ligne d'horizon.

— Oui, répondit-elle d'une voix qui ne lui sembla pas être la sienne.

Maintenant, elle savait ce que voulaient dire les gens quand ils parlaient d'être rendus « muets ». Prononcer cette syllabe lui avait semblé très difficile.

Pourtant, elle aurait souhaité en dire plus, savoir si elle allait lui manquer, s'il était fâché qu'elle s'en aille alors que leur amitié évoluait vers un sentiment plus profond, ou s'il lui en voulait d'avoir choisi Tad comme équipier plutôt que lui. Mais surtout, elle aurait aimé découvrir ce qu'il pensait.

Cependant elle ne dit rien.

— Viens t'asseoir, fit-il, tapotant la pierre à côté de lui. Tu n'as pas l'air très à l'aise.

Je ne le suis pas. Je me sens aussi remuante qu'un chat énervé.

Elle s'assit quand même près de lui. Le rocher chauffé par le soleil était aussi lisse que du satin poli par des centaines d'années d'intempéries. La jeune femme se concentra sur la pierre, l'utilisant comme une ancre pour amarrer son cœur.

— Je suis à la fois triste et heureux pour toi, Dague, continua Ikala. Heureux pour toi parce qu'on te donne enfin... ce que tu as mérité. C'est une bonne chose. Mais triste parce que tu resteras absente des mois.

Il soupira mais ne bougea pas. Dague se raidit, attendant qu'il continue, mais il n'ajouta rien. Finalement, elle se tourna vers lui.

— Je voulais une affectation comme celle-là, admit-elle. Je ne peux pas t'expliquer pourquoi...

Quand il la regarda, elle vit qu'il souriait.

— Laisse-moi essayer de deviner, suggéra-t-il. Tu te sens étouffée par tes parents mais tu as besoin qu'ils approuvent le choix d'une vie diamétralement opposée à la leur. De plus, tu crains que leur influence ne te vaille une meilleure affectation que celle que tu mérites, ou une affectation qui te tiendra à l'écart du danger. Tu veux découvrir de quoi tu es capable. Et selon toi, tant que tu ne te seras pas éloignée d'eux, tu ne le pourras pas.

— Oui ! s'exclama-t-elle, surprise par sa perspicacité. Mais comment as-tu...

Elle se tut, comprenant le message exprimé par un sourire triste et un haussement d'épaules qui se voulait désinvolte.

— Tu es venu pour les même raisons, n'est-ce pas ?

Il acquiesça et ses yeux noirs retrouvèrent la gaieté qui l'avait séduite.

— En effet. Alors, même si j'aurais souhaité que tu

ne partes pas aussi loin ni aussi longtemps — ou que nous partions ensemble — sache que je suis content pour toi et que j'attendrai ton retour. Nous verrons ce que tu as appris et ce que cet apprentissage a fait de toi.

— Et tu penses que je serai différente ?

Elle s'humecta nerveusement les lèvres.

— Au moins en partie. Tu seras certainement différente de celle que tu es maintenant… Mais je ne crois pas tu me laisseras *indifférent* ! Bien sûr, nous ne serons peut-être rien de plus que des amis et des compagnons d'arme. Même si ce n'est pas tout à fait ce que j'espère.

Elle se détendit. Il se montrait si raisonnable qu'elle avait du mal à en croire ses oreilles !

— Je ne sais pas quoi te dire. J'ai passé tellement de temps à affirmer ce que je ne suis pas que j'ignore ce que je suis.

— Alors, pars et découvre qui tu es ! (Ikala posa brièvement une main sur la sienne, faisant courir un frisson le long de son bras.) Tu vois, j'ai dû venir ici pour la même raison. Je connais bien le problème.

— Et es-tu content d'être venu ? lança-t-elle, se demandant si la question n'était pas trop personnelle… et souhaitant qu'il ait fait plus que lui effleurer la main.

Le jeune homme détourna les yeux un moment.

— Dans l'ensemble… oui. Même si en agissant ainsi, j'ai scellé mon destin et tourné le dos aux chemins que j'aurais pu suivre.

« Il y avait une jeune femme à la cour de mon père… Elle était impatiente et détestait que j'aie décidé de partir ailleurs qu'à la cour d'un roi. Elle considérait mon départ comme une désertion. J'ai entendu dire qu'elle avait épousé un de mes demi-frères.

— Oh… Je suis navrée.

Mais Ikala, qui passa les mains sur ses courtes boucles noires, ne semblait pas particulièrement malheureux.

— Il n'y a pas de quoi. Si elle a pu considérer mon départ comme une désertion, c'est qu'elle ne me connaissait pas. Et si je n'ai su prévoir qu'elle en épouserait un autre, c'est que je ne la connaissais pas non plus. Alors… (Il haussa les épaules.) Puisque je n'ai pas été triste très longtemps, je suppose que je n'étais pas aussi profondément attaché à elle que je le pensais.

— On ne peut pas dire qu'il n'y ait eu personne pour te consoler !

Sans pouvoir se l'expliquer, Dague avait du mal à respirer. Elle rit pour dissimuler son embarras.

— C'est vrai, reconnut-il. Mais je n'ai pas eu besoin de ce genre de réconfort très longtemps. Car j'ai trouvé un autre centre d'intérêt.

Dague sentit sa respiration s'accélérer. Il n'avait jamais été aussi près de flirter avec elle. Et pourtant, sous son badinage, elle sentait qu'il était sérieux.

Désirait-elle cela ? Elle l'ignorait. Soudain, elle fut contente d'avoir plusieurs mois devant elle pour y réfléchir !

— Dans l'ensemble, je pense que ces six mois te feront du bien et t'aideront à découvrir de quel bois la vraie Dague est faite. Et j'aurai la satisfaction de savoir qu'il n'y aura aucun jeune homme, là-bas, pour te tourner la tête. Ainsi, je saurai que ta décision… concernant notre amitié… sera entièrement la tienne.

— Comme si un jeune homme pouvait me faire changer d'avis sur quoi que ce soit d'important ! répondit-elle, plus acerbe qu'elle ne l'aurait voulu.

— Ça prouve que je ne te connais pas bien ! Tu vois ? Je sais au moins une chose : tu prends tes responsabilités à cœur et elles auront toujours la priorité. Et je crois te ressembler sur ce point. Alors, quoi qu'il advienne, nous devons d'abord penser à ça avant de prendre d'autres engagements.

— Ça me paraît raisonnable… mais ce n'est pas très… romantique.

— Eh bien, si c'est des adieux romantiques que tu veux… (Il sourit.) Je peux être à la fois raisonnable et romantique et je crois que toi aussi.

Il la regarda droit dans les yeux.

— Dagueargentée, j'ai traversé un empire et laissé derrière moi mon pays et tout ce qui m'était familier. Je n'espérais pas trouver une personne comme toi ici, et pourtant… Je ne partage pas l'avis de la plupart des Haighlei, qui croient au destin. Mais parfois, j'ai l'impression d'avoir été attiré ici parce que tu y étais.

« Aujourd'hui, je sais à peu près qui je suis. Si ces quelques mois de séparation nous… rapprochent… alors l'attente me sera douce.

Il lui tapota la main.

— Je crois que c'est assez romantique pour toi.

Elle rit.

— Oui, répondit-elle, soulagée. (Sa tête tournait autant que si elle avait bu toute une bouteille de vin.) Je… je ne suis pas aussi éloquente.

— Pas plus que la femelle faucon. Mais elle est si gracieuse qu'elle n'a pas besoin d'éloquence. Pars jouer les oiseaux de passage, Dague. Quand tu reviendras, nous essaierons la chasse à deux.

Dague avait feint d'avoir beaucoup de choses à empaqueter. Dès qu'elle eut terminé, elle souffla la chandelle et s'endormit. Elle avait vraiment besoin de prendre du repos. Si elle ne s'était pas arrachée à la sollicitude de ses parents, elle aurait passé une nuit blanche à écouter des questions dont elle ne connaissait pas la réponse — parce qu'elles étaient plus philosophiques que pratiques.

Au matin, la jeune femme se réveilla et s'habilla rapidement, sans allumer de lumière. Si elle avait de la chance, seule Bichehivernale serait levée. Pour une raison inconnue, la *trondi'irn* prenait mieux que son époux la nouvelle du départ de leur fille.

Les gens ne se plaignent-ils pas que leurs mères les considèrent toujours comme des enfants ? pensa-t-elle en enfilant une paire de bottes légères.

Elle fixa la broche symbole de sa profession sur sa tunique. Les Argents n'avaient pas d'uniforme car Judeth pensait qu'il valait mieux qu'ils portent les même vêtements que tout le monde. Les uniformes rappelaient la guerre et l'armée. Même les anciens soldats préféraient laisser derrière eux cette partie de leur vie.

Voilà... Si je marche à pas de loup, je devrais pouvoir sortir d'ici sans me faire remarquer.

Son père était un lève-tard — pour être honnête, c'était parce qu'il se couchait tard à cause de son travail. En se levant à l'aube, elle espérait ne pas le voir avant de partir.

Mais elle s'était trompée. Quand elle sortit dans le couloir avec ses deux sacs, elle vit que le reste de l'habitation était éclairé.

Ambredragon était déjà debout.

Dans la pièce principale, il était habillé, pleinement réveillé et semblait l'attendre, assis dans le coin repas.

Dague soupira. Les petits-déjeuners avec Ambredragon étaient toujours tendus et celui-là ne ferait pas exception.

Il se rappelle le temps où il était porte-parole des kestra'chern *et où il prenait le petit déjeuner avec ses collègues pour les observer et les écouter. Et il emploie la même technique avec moi.*

— Bonjour, papa, dit-elle, se sentant terriblement maladroite. Tu es rarement levé si tôt.

Elle se demanda si le sourire qu'il affichait était feint. Il savait mieux que personne dissimuler ses émotions sous un masque de sérénité.

Tunique et pantalon en soie, manteau en soie sau-

vage, parure de bijoux haighlei et une plume de Zhaneel dans les cheveux... On dirait qu'il s'est habillé pour une audience avec Shalaman !

Un instant, elle le regarda objectivement. Ambredragon était toujours un homme d'une grande beauté. Malgré quelques cheveux blancs, il ne faisait pas son âge. Le choix de vêtements bruns et ambrés parvenait presque à faire oublier les cernes de ses yeux bleus.

Causés par l'inquiétude, sans doute.

— Je ne voulais pas que tu partes sans t'avoir dit au revoir, Dague, déclara-t-il d'une voix calme et posée. Si j'avais dormi jusqu'à une heure décente, c'est ce qui serait arrivé. Les lève-tôt font tourner les honnêtes gens en bourrique.

Elle s'avisa que son rire sonnait un peu faux, mais elle n'y pouvait rien.

— Les lève-tard nous rendent dingues. Quand nous pensons à toute la bonne lumière que vous en perdez à dormir !

Elle s'assit en face de lui et se servit du pain frais et des fruits. Ambredragon piqua quelques fines tranches de viande froide du bout de son couteau et les posa sur son assiette. Elle n'aimait pas manger aussi copieusement le matin, mais elle ne dit rien. Pourquoi risquer une dispute ? Ç'aurait été une drôle de façon de quitter ses parents.

Avaler quelques bouchées pour lui faire plaisir ne peut pas me faire de mal, non ?

Il n'y avait pas si longtemps, elle aurait protesté. Aujourd'hui, elle savait que c'était inutile. Elle le blesserait inutilement ; il voulait juste l'aider.

Et dans quelques heures, il ne pourra plus m'aider en fourrant son nez dans mes affaires ! Je plains les griffons, les humains et les hertasis qui seront obligés de le supporter.

Elle mangea un bout de viande aussi dur et sec qu'un vieux morceau de cuir, et retourna à son pain.

Ambredragon posa une tasse de thé chaud devant elle et se tourna pour lui servir un bol de porridge.

— *Oh non !* s'écria-t-elle. (Elle n'avalerait du porridge pour rien au monde, même pour faire plaisir à son père.) Je n'en veux pas ! Pas avant de voler ! Je ne veux pas vomir sur le paysage !

Ambredragon rougit.

— Désolé. J'oubliais que tu n'as pas mon estomac à toute épreuve.

— Non, elle a hérité de mon estomac rebelle. Laisse notre fille tranquille, mon amour.

Bichehivernale venait d'entrer. Dague admira sa façon de bouger. Sa mère réussissait à combiner sensualité subtile et compétence tranquille ; la jeune femme désespérait de pouvoir l'imiter un jour.

Si j'avais une telle allure... Ah, dommage. J'ai hérité de l'intérieur de maman, pas de son extérieur.

Contrairement à son compagnon, Bichehivernale ne s'était pas vêtue pour une occasion spéciale, un détail qui soulagea Dague. Elle portait une longue jupe fendue en coton, une tunique et une veste. Une tenue qu'elle aurait pu mettre n'importe quel jour... N'était qu'elle avait pris soin de l'assortir à celle d'Ambredragon : à son brun et ambre, elle répondait par du brun et écru.

— J'espère que nous serons les bienvenus. Nous voudrions venir vous dire au revoir, à Tadrith et à toi, annonça Bichehivernale d'un ton posé, comme si sa fille ne partait pas pour six mois mais pour six jours. Ne t'inquiète pas, nous ne nous fourrerons pas dans vos jambes. Ton expédition ne sera pas la première que nous verrons partir.

— Bien sûr que vous pouvez venir ! Et je n'ai jamais pensé que vous vous fourreriez dans nos jambes !

Mais au fond d'elle-même, c'était exactement ce qu'elle craignait.

Elle dissimula son embarras et sa mauvaise

conscience derrière sa tasse de thé tiède, tandis qu'Ambredragon jouait avec un morceau de pain, le réduisant en miettes.

Il fait comme s'il n'était pas inquiet. Il paraît confiant, mais je sais que c'est une façade. Pourquoi ? Pourquoi est-il si soucieux ? S'il est transparent au point que je puisse lire en lui, il doit être sérieusement noué, à l'intérieur.

Ambredragon leva les yeux vers elle. Il se mordillait doucement la lèvre inférieure.

— Tu penses sans doute que je réagis trop violemment à ton départ, ke'chara, dit-il calmement. Je ne devrais pas être si tendu à l'idée que ton équipier et toi partiez pour une mission de routine. Je mesure à quel point c'est idiot… et je ne peux pas me défendre en disant que j'ai un mauvais pressentiment. Tout est dû à… eh bien, je suppose qu'on pourrait appeler ça une vieille habitude.

Bichehivernale entreprit de lui masser doucement les épaules. Dehors les oiseaux de mer chantaient, saluant l'aube et les vents qui les emporteraient vers le large.

Ambredragon plaça une main sur celles de sa compagne.

— Cette affectation me pose deux problèmes, bien qu'aucun ne soit rationnel. Le premier, c'est que c'est ma fille qui part pour six mois pour un avant-poste, très loin d'ici. Et tu seras seule avec un griffon. S'il s'agissait de quelqu'un d'autre, je le regarderais partir le cœur léger et je retournerais à mes occupations.

— Mais ce n'est pas quelqu'un d'autre.

— Non. (Il soupira et tapota gentiment la main de sa compagne.) Ta mère prend mieux les choses que moi.

— J'ai une entière confiance en Judeth et Aubri. Ils n'enverraient pas si loin de Griffon Blanc quelqu'un qui ne serait pas préparé à ce genre de mission. Si tu n'as pas confiance en Dague, mon amour, fie-toi au moins à Judeth et Aubri.

— Ma tête le sait, protesta le *kestra'chern*. Mais mon cœur ne veut pas se laisser convaincre.

Il se tourna de nouveau vers Dague, très embarrassée par les confidences de son père. Elle lutta pour ne pas le montrer. Et pour cacher son exaspération.

Ne comprendra-t-il donc jamais que je suis adulte, maintenant, et que je n'ai pas besoin qu'il vienne à mon secours ? Ne peut-il pas me laisser partir ?

— Le second problème que cela me pose est très ancien. Plus vieux que toi… Et ça n'a rien à voir avec tes capacités. Même si tu étais une guerrière de légende, je ressentirais la même chose.

« Mon cœur se fiche que nous vivions en paix et que tu partes seulement pour un avant-poste éloigné. Si je réagis ainsi, c'est parce que tu *pars*.

« Quand les gens s'en allaient, pendant la guerre, ils ne revenaient pas toujours.

Dague ouvrit la bouche pour protester ; il fut plus rapide qu'elle.

— Je *sais* que la paix règne. Je *sais* que tu ne vas pas combattre d'autres ennemis que des orages et éventuellement un accident. Mais je réagis toujours de la même façon quand je vois quelqu'un que j'aime partir en mission. Que tu sois ma fille n'arrange rien. (Il eut un pâle sourire.) J'ai bien peur qu'on ne puisse pas grand-chose contre les vieilles habitudes sentimentales…

Elle baissa les yeux sur la table et suivit les nœuds du bois du bout de l'index. Qu'attendait-il d'elle ? Que pouvait-elle répondre à cela ?

La guerre est finie depuis des années. N'aurait-il pas pu guérir de ces « vieilles habitudes » ? C'est lui le grand magicien des émotions, non ? Pourquoi n'oblige-t-il pas son esprit à marcher au pas ?

Qu'est-ce qui pourrait mal tourner pour Tad et moi ?

Nous aurons un téléson, nous ferons des rapports réguliers et en cas de danger, s'ils ne peuvent pas nous envoyer d'aide, ils prendront le risque de nous rapatrier par Portail.

Mais ce n'était pas ce qu'il voulait entendre.

— Je peux comprendre. Ou du moins je pense que je le peux. Je vais essayer, conclut-elle, sans réelle conviction.

D'accord, entre ici et là-bas, il n'y a pas la jungle... mais « là-bas », c'est un avant-poste fortifié, construit pour résister aux intempéries, aux tremblements de terre et aux attaques ! Et si nous avons mission d'explorer une région où personne n'a jamais mis les pieds, nous volerons ! Qu'est-ce qui pourrait nous faire tomber du ciel ?

Il était possible qu'une créature magique ait survécu au Cataclysme, mais pas qu'elle ait pu arriver si loin au sud. Et quand bien même, il n'en existait pas beaucoup qui puissent rivaliser avec un griffon.

Les derniers makaars sont morts il y a longtemps et aucune autre créature n'a jamais pu abattre un griffon en plein vol. Nous serons trop haut pour qu'un projectile nous atteigne et si ça n'était pas le cas, il faudrait qu'il transperce la nacelle.

— Papa, je te promets que tout ira bien, dit-elle en avalant une dernière bouchée de pain. Il n'y a plus de makaars et rien d'autre ne pourrait ébouriffer les plumes de Tadrith. Tu le connais ; c'est un des griffons les plus grands et les plus forts des Argents.

Ambredragon secoua la tête.

— Dague, ce n'est pas que je n'ai pas confiance en toi… Mais le monde regorge de choses que Tad et toi n'avez jamais vues. Urtho et Ma'ar n'étaient pas les seuls mages aptes à créer des êtres vivants. La plupart étaient dangereux et n'avaient pas une espérance de vie aussi courte que les makaars. J'admets que nous nous trouvons loin de l'épicentre du Cataclysme, mais puisque nous sommes arrivés ici, nous pourrions ne pas être les seuls !

Il refuse de m'écouter. Peu importe ce que je dis, il a décidé d'avoir peur pour moi.

Essayer de faire changer Ambredragon d'avis était une entreprise vouée à l'échec.

— De plus, comme tu le sais, les orages magiques ont transformé certaines créatures inoffensives en prédateurs. Si tu ne me crois pas, demande à Etoileneige. Certains territoires que nous avons traversés n'avaient plus rien de… naturel. Or, il y a eu d'autres orages depuis. Nous avons eu beaucoup de chance de ne pas rencontrer de créatures trop dangereuses.

— Les modifiés ont disparu faute de pouvoir se reproduire ! C'est un *fait*, papa. Les créatures créées ou altérées accidentellement par la magie sont trop vulnérables !

Il leva un sourcil élégamment ; son expression apprit à la jeune femme qu'elle venait de faire une erreur.

— Urtho lui-même n'était pas infaillible, dit-il. Au cours de ses recherches, certains accidents se sont produits. L'un d'eux a donné l'intelligence aux kyree et un autre aux hertasis. Et aucune de ces races ne s'est éteinte en une génération.

Elle vit la faille dans son argument et s'y engouffra.

— Ils sont devenus intelligents par accident, mais ils n'ont pas été fabriqués ainsi. Créer demande de la réflexion et du talent. Un accident ne peut pas produire l'un et l'autre !

Ambredragon parut sur le point de dire quelque chose, mais il s'en abstint.

— Et puis, continua la jeune femme, des Argents sont en poste là-bas depuis des années et aucun n'a jamais rien vu de particulier — ni sur place, ni sur le chemin. S'il y avait un problème, ne crois tu pas que quelqu'un s'y serait déjà frotté ?

Le *kestra'chern* baissa les yeux et secoua la tête.

— Tu as sans doute raison. Excepté sur un point : personne ne s'est jamais aventuré autour de l'avant-poste. Les Haighlei n'ont jamais envoyé d'explorateur et nous non plus. Pour autant que nous le sachions, il pourrait y avoir une armée de réfugiés, ou un mage renégat, dissimulés dans la jungle…

— C'est pour ça que nous montons la garde, coupa Dague. C'est notre devoir.

Il ne put pas la contredire.

Dague réussit à fausser compagnie à ses parents, mais pas sans leur avoir promis que Tad et elle ne décolleraient pas sans qu'ils ne soient là. Avec un sac sur l'épaule et l'autre dans le dos, elle commença la montée des six niveaux qui l'amènerait au sentier conduisant au sommet de la falaise. Elle avait tellement l'habitude de monter et de descendre en courant les marches étroites qu'elle ne fut pas essoufflée en arrivant. Après tout, elle avait passé presque toute sa vie à Griffon Blanc, où régnait la verticalité.

Tant qu'elle était restée dans l'ombre de la falaise, qui faisait face à l'ouest, elle avait progressé dans l'obscurité. Elle atteignit le sommet au moment où l'astre du jour apparaissait de l'autre côté. Les premiers rayons du soleil lui caressèrent le visage.

Ce serait une belle matinée. Pas un nuage pour laisser présager un orage. Un ciel rouge, c'était magnifique… mais plus beau encore avec quelques nuages.

Si je dois voyager, je préfère une matinée sans nuages et un air frais, sec et paisible.

En haut de la paroi rocheuse, un paysage de champs cultivés, de vergers et de pâturages s'étendait jusqu'à la lisière de la jungle. Naturellement, cela était complètement indéfendable, comme l'avait été Ka'venusho, la place forte d'Urtho, du fait de l'absence de « hauteurs ». C'est pourquoi la ville avait été taillée dans la falaise, le seul moyen d'y accéder étant de passer par l'étroit sentier que venait d'emprunter Dague. Il avait été creusé si habilement qu'un ennemi éventuel ne pouvait pas faire pleuvoir des rochers sur Griffon Blanc, ceux-ci auraient été canalisés par le sentier et écartés des habitations.

Une idée de Judeth ; elle a donné des sueurs froides aux meilleurs tailleurs de pierre.

Des monte-charge permettaient de descendre les produits de la terre jusqu'au premier niveau de la ville. Le système de cordes et de poulies semblait très élaboré, mais en cas d'attaque, il ne faudrait pas longtemps à une poignée d'individus pour le démonter ou le détruire. Rien de ce qui se trouvait sur le plateau ne servirait jamais à un ennemi.

Les fermiers vivaient à Griffon Blanc et allaient chaque jour en haut de la falaise pour cultiver leurs champs ou s'occuper de leurs troupeaux. Il y avait ici un second village composé de granges, d'entrepôts, d'ateliers et d'enclos. Pendant les quelques mauvais jours de l'hiver, le bétail était parqué dans des abris. Si les orages venaient de la mer plutôt que des terres, il était conduit dans la forêt, sous bonne garde.

Les entrepôts et les bâtiments des Argents étaient également sur le plateau. Il n'y avait pas de place, à Griffon Blanc, pour stocker du matériel — même si ça pouvait être fait en cas d'urgence — ni pour les bâtiments « publics ». Aussi, la prison se trouvait dans la caserne. Très pratique : les détenus écopaient généralement d'une peine de travaux forcés dans les champs pour dédommager leurs victimes, la majorité des crimes étant des vols ou la destruction de biens d'autrui. Le système avait fait ses preuves.

Mais il y avait eu quelques individus vraiment dangereux. La plupart étaient enfermés dans la prison, les autres étant discrètement conduits dans la jungle et exécutés. Après Hadanelith, les Kaled'a'in n'avaient plus jamais exilé un criminel. C'était beaucoup trop risqué.

A l'extérieur de la caserne se trouvait une plate-forme d'atterrissage.

Tadrith était déjà là, debout à côté d'une sorte d'énorme panier de la taille d'une tente pour six personnes. Une hertasi fixait au jeune griffon un harnais de cuir relié par des cordes à la nacelle.

Dague se garda de les interrompre. Sa sécurité dépendrait de la fiabilité du harnais.

Grâce à lui, Tadrith pourrait transporter la nacelle où elle prendrait place, au milieu de leurs bagages, pour le voyage jusqu'à l'Avant-Poste Cinq. Mais elle semblait trop lourde pour que le jeune griffon puisse la soulever. De fait, le plus costaud des griffons lui-même n'aurait pas pu soulever Dague.

Mais la magie fonctionnait de nouveau. Un mage s'était arrangé pour que le panier et son contenu ne pèsent rien. Ses sorts avaient transformé la nacelle en une variante des barges flottantes des Kaled'a'in. Tadrith ne la porterait pas, il la guiderait...

Le sort était si compliqué que Dague préférait ne pas y songer. Tout ce qui serait dans le panier, y compris elle-même, garderait son poids d'origine — sinon, il aurait suffi d'un bon coup de vent pour tout faire passer par-dessus bord. L'avantage, pour Tad, c'est qu'il n'aurait pas à porter leur chargement, simplement à le tirer — comme un équipage de chevaux ou de dyhelis tiraient les barges flottantes. Cela demandait un certain effort, mais ça aurait pu être pire.

Dague se hâta de vérifier le contenu de la nacelle. Comme Aubri l'avait promis, l'officier chargé du matériel y avait disposé tous les objets dont Tad et elle auraient besoin pendant le voyage. Le reste les attendrait dans l'avant-poste, où il serait acheminé par un Portail.

Ça devrait rassurer Tadrith.

Le jeune griffon se félicitait surtout que Dague ne ressemble pas à son père en matière de garde-robe. Elle portait des vêtements pratiques et n'en faisait pas collection. Un jour, Aubri leur avait décrit la barge flottante d'Ambredragon. Si un griffon pouvait pâlir, Tadrith aurait sûrement blêmi à l'évocation de la masse de tenues, de matériel et de fournitures qui constituait les bagages du *kestra'chern.*

La jeune femme jeta ses deux sacs dans la nacelle et attendit en silence. La hertasi venue aider Tad était Chana, la fille de Gesten. Aussi méticuleuse que son père, elle ne partirait pas avant que le jeune griffon et elle-même soient satisfaits de la mise en place des courroies. Dague savait que toutes les boucles seraient vérifiées et revérifiées. Chana ne laissait jamais rien au hasard et ne faisait pas de compromis quand la sécurité était en jeu.

Enfin, elle recula.

— Ça ira, annonça-t-elle de sa voix sifflante. Essaie de ramener le matériel en un seul morceau.

Dague se retint de rire. Chana était bien la fille de son père !

Comme Gesten, elle n'admettrait jamais qu'elle s'inquiétait pour ceux dont elle s'occupait, et pas seulement pour le matériel qu'ils emportaient. Mais il allait sans dire que si l'équipement revenait intact aux entrepôts, c'était aussi le cas de ceux qui s'en étaient servi.

Tad lui fit signe de continuer sa tâche. La hertasi entreprit de fixer les cordes à la nacelle.

— Je suppose que nous devons attendre nos parents, dit Tad.

Dague soupira.

— J'aurais préféré filer aussi vite que possible, mais si on faisait ça, ils nous interdiront de remettre les pieds ici.

— A moins que ce soit nous qui refusions de revenir. Parce qu'ils pourraient bien nous rendre la vie infernale.

Dague lui tapota l'épaule en riant.

— Les parents savent manipuler leurs enfants. Après tout, c'est eux qui leur ont mis des ficelles.

— Qu'est-ce que j'entends ? Quelqu'un me pique mes répliques ?

Le nouveau venu était aussi élégant qu'Ambredragon, mais dans un style moins extravagant. Dague le connaissait trop bien pour être embarrassée par son « emprunt ».

— Bien sûr, oncle Etoileneige. Tu n'en faisais pas usage, alors pourquoi aurais-je laissé passer l'occasion ?

Il rit de son impertinence. Dague était la seule, avec Skandranon, à oser employer ce ton avec lui. Il n'était pas sage de risquer le courroux d'un Adepte, comme les apprentis du mage avaient pu le constater à de multiples occasions.

— Je doute que tu aies le moindre problème avec les sorts de la nacelle, Tadrith, dit Etoileneige en se tournant vers le jeune griffon. Ils sont aussi fiables que tous ceux que j'ai jetés jusqu'à présent.

Dague avait présumé que son « oncle adoptif » était venu leur dire au revoir. Elle fut très étonnée d'entendre qu'il s'était chargé lui-même d'ensorceler leur panier.

— C'est toi qui les as jetés, mon oncle ? s'écria-t-elle, sans dissimuler sa surprise. N'est-ce pas… eh bien…

— Au-dessous de mes compétences ? (Il rit.) Tout d'abord, il est bon qu'un mage ne perde pas la main, car on ne sait jamais ce qu'il sera amené à faire. Et puis, si quelque chose tournait mal à cause des sorts, pour votre expédition…

Il haussa les épaules.

— Disons qu'il était plus simple de m'en charger

moi-même que d'expliquer à vos parents pourquoi j'aurais laissé un mage « inférieur » le faire à ma place…

Dague hocha tristement la tête.

— Oui, c'est vrai…

Elle en aurait peut-être dit davantage, mais la brise charria à leurs oreilles des voix familières qui venaient du sentier.

Au même moment, Tad montra du bec un trio de griffons qui approchaient à tire-d'aile : Skandranon, Zhaneel et Keenath, bien sûr.

— Il ne manque plus qu'Aubri et Judeth, grommela Dague.

Faisant contre mauvaise fortune bon cœur, elle tenta de se résigner à de longs et pénibles adieux.

— C'est une plainte ou une requête ? demanda le commandant Judeth, en sortant de la caserne.

Judeth n'était pas kaled'a'in. Avant de devenir blanc comme neige, ses cheveux avaient été blond foncé. Quant à ses yeux, ils étaient gris-vert. Mais elle n'en avait pas moins été un des seuls commandants d'Urtho à comprendre la valeur de ses troupes non-humaines et à les déployer avec intelligence. Les k'Leshya n'avaient pas été mécontents de la retrouver parmi eux, quand le dernier Portail s'était fermé. Et depuis, elle avait maintes fois prouvé sa valeur.

Avec Aubri, elle avait fondé les Griffons d'Argent, qui portaient indéniablement sa marque. Elle était la seule à mettre une tenue qui rappelait un uniforme. Rien d'étonnant puisque sa tunique et son pantalon avaient été réalisés sur le modèle de ceux qu'elle avait pendant la guerre. Sa broche en argent ressortait fièrement sur le tissu d'un noir profond.

Elle s'arrêta au bord de la plate-forme et riva un regard sardonique sur les deux Argents.

— Dois-je comprendre que je pourrais être un obstacle à votre départ ? demanda-t-elle.

Dague devint écarlate ; la vieille dame se permit un petit sourire.

— Je vous assure qu'Aubri et moi sommes là pour une seule raison : nous assurer que vos familles ne vous mettront pas en retard.

Ambredragon et Bichehivernale émergèrent de derrière la paroi rocheuse.

Judeth s'éclaircit la gorge pour crier :

— Très bien ! Qu'on en finisse avec les adieux ! Ces Argents partent en mission, pas en vacances ! *Alors remuez-vous !*

— Dieux merci, souffla Dague, alors que ses parents et ceux de Tad s'empressaient d'obéir. Nous partirons peut-être à l'heure, après tout.

— Dans quinze minutes, répondit sévèrement son commandant. Ou vous serez *tous* sur le parcours d'obstacles avant le milieu de la matinée.

La jeune femme gloussa. Judeth ne faisait jamais de menaces en l'air !

Elle s'était attendue à un départ difficile, mais ça ne serait peut-être pas le cas. Après, à eux l'aventure !

CHAPITRE III

Skandranon continua de fixer le ciel sans nuages longtemps après que Tadrith et Dague eurent disparu.

Il était déchiré entre fierté et anxiété. Le départ avait été parfait : les deux jeunes Argents s'étaient montrés très professionnels. Pas d'acrobatie aérienne, ni de fausse manœuvre. S'il avait été à la place de Tadrith, il aurait eu beaucoup de mal à résister à l'envie d'épater le public.

Et j'y serais sans aucun doute arrivé... Même si j'ai eu ma part d'envols ratés. Le soleil levant dans les yeux, il comprit qu'il était vain d'essayer de les apercevoir encore. Réprimant un soupir, il ordonna à son ventre noué de bien se conduire. Une des particularités des griffons étant d'avoir le système digestif fragile, il était inutile de se flanquer des crampes d'estomac.

Ils sont partis. Mon petit est adulte, maintenant... et le voilà prêt à vivre ses propres aventures. De vraies aventures, pas des âneries pour obtenir des bonnes notes sur le parcours d'obstacles.

Baissant les yeux, il croisa le regard de Zhaneel et sut qu'elle ressentait la même chose que lui. Elle n'avait pas voulu le montrer à son fils, mais ce départ la bouleversait.

Skan essaya de faire bonne figure, pour la rassurer,

mais il ne fut pas très sûr du résultat. *Des aventures, hein…* A présent que ce n'était pas lui qui les vivait, il n'était plus aussi sûr que ces « aventures » étaient une bonne chose. Pendant la guerre, prêts ou non, ils avaient dû affronter le danger. Mais aujourd'hui, les guerres étaient de l'histoire ancienne. N'auraient-ils pas dû protéger davantage leurs enfants ?

Ses ailes le démangeaient tant la tentation de les suivre était forte.

L'exercice me ferait du bien. Dame Cinnabar n'arrête pas de me dire de voler plus. Et si mon vol était parallèle au leur…

— Tu as promis de ne *pas* suivre les enfants, murmura Zhaneel. Rappelle-toi. Tu l'as *promis*.

C'était la vérité. Et elle lisait en lui comme dans un livre ouvert. Il replia ses ailes.

— Je suis content de ne pas devoir entreprendre un tel voyage, dit-il, lui faisant ainsi comprendre qu'il tiendrait parole.

Elle lui avait arraché cette promesse à un moment, la nuit passée, où il était le plus vulnérable. Mais il la lui avait faite et si la compagne du Griffon Noir ne pouvait pas se fier à lui, où allait-on ?

— Tu ne *pourrais pas* faire ce voyage, vieil oiseau ! lança Aubri. Ils sont beaucoup plus jeunes que toi et en bien meilleure forme.

Skan faillit mordre à l'hameçon, mais il décida de ne pas donner cette satisfaction à Aubri.

— Oh, en théorie, je pourrais, répondit-il. Tu l'as bien fait, et tu es en plus mauvais état que moi. Tad est encombré par son panier, donc il vole à une allure que *tu* pourrais suivre.

« Mais à quoi bon ? Qu'est-ce que ça prouverait ? Que je suis assez stupide pour montrer que je peux faire aussi bien qu'un jeune ? Ce serait une perte de temps et je n'en ai pas à perdre.

Aubri sembla surpris et un peu chagriné de n'avoir pas réussi à faire sortir son vieil ami de ses gonds.

Zhaneel lui jeta un regard plein de gratitude, ce qui augurait bien de la soirée… et compensait largement l'affront que lui avait fait Aubri.

Ayant écouté la conversation avec un petit sourire ironique aux lèvres, Judeth y alla de son opinion.

— La seconde génération part à l'aventure pendant que nous restons à la maison ! dit-elle. Quand ces petits rentreront, ils découvriront que rien n'a changé. Personnellement, je ne les envie pas.

— Moi, non plus, renchérit Skan. Les aventures semblent toujours impliquer un impact avec le sol, de préférence à grande vitesse. Si ma mémoire est bonne, c'est extrêmement douloureux.

Ambredragon sortit de sa rêverie.

— Ta mémoire est excellente, vieil oiseau, dit-il. J'ai retiré un nombre incalculable de fois des branchages et des cailloux de ta grande carcasse. (Il tapota l'épaule de Skan.) N'as-tu jamais trouvé de manière plus douce de rapporter des souvenirs ?

Skan tressaillit. Aubri sourit, content de sa déconfiture, et s'apprêta à en rajouter.

Mais c'était compter sans Bichehivernale, qui avait écouté avec la même attention que Judeth.

— Histoire de ramener des souvenirs du camp ennemi, Aubri attirait les projectiles enflammés, dit-elle avec un clin d'œil à Judeth. Il était blessé si souvent que les membres de sa formation ne disaient plus « être touché », mais être « Aubri-é ». J'entendais des choses comme : « J'ai été Aubri-é jusqu'à ce que mes plumes repoussent », ou « Eh bien, tu t'es fait salement Aubri-er ! ».

— C'est faux ! couina Aubri, indigné.

Evidemment ! Connaissant tous les ragots qui circulaient dans le camp, Skan aurait entendu ce morceau de choix bien avant Bichehivernale. D'autant plus qu'avant de devenir la compagne d'Ambredragon, elle s'occupait des griffons comme s'ils étaient de simples animaux. Pas le genre d'attitude qui poussait à la confidence.

Mais la réaction d'Aubri était si drôle que tous feignirent d'être au courant. Pour une fois, ce n'était pas Skan le dindon de la farce.

Serait-ce ma fête ? Dois-je cette faveur à une intervention de la Dame des Kaled'a'in ?

— C'est vrai ! s'exclama Judeth. Quand je déployais ta formation, tes compagnons insistaient toujours pour que tu sois placé à l'arrière. Ainsi, personne d'autre que toi ne serait touché. Je les ai entendus mentionner une fois ou deux le « Vieux Charbon ». Je crois qu'ils parlaient de toi.

Aubri ouvrait et fermait le bec, mais aucun son n'en sortit.

— Ça aurait pu être pire, renchérit Bichehivernale, assenant le coup de grâce. J'ai réussi à les dissuader d'employer le surnom « Poulet Frit ».

Aubri écarquilla les yeux.

— Eh bien, eh bien..., balbutia-t-il.

Son ton de matrone offensée provoqua l'hilarité générale, aidant les parents inquiets à se détendre un peu.

Ils rirent suffisamment longtemps pour que les humains aient les larmes aux yeux et qu'Aubri rougisse. Avant qu'il n'ait une attaque, Bichehivernale confessa qu'elle avait inventé cette histoire.

— Mais tu es revenu si souvent avec les plumes roussies que tu aurais bien mérité cette réputation et ce surnom, ajouta-t-elle.

— Oh, non, ils n'auraient pas osé ! grogna Aubri avant de s'éloigner en compagnie de Judeth.

— Je doute qu'il apprécie beaucoup qu'on se moque de lui, dit Ambredragon.

— Que ça lui serve de leçon ! lança Zhaneel. Peut-être cessera-t-il enfin de se moquer de Skan. Les plaisanteries les plus courtes sont les meilleures, mais Aubri a pris l'habitude de se défouler sur mon époux. Or, Skan ne mérite pas ça. Et si Aubri continue à le dénigrer de la sorte, certains jeunes finiront par croire que les exploits du Griffon Noir sont du vent !

Skandranon se tourna vers sa compagne. Il était rare qu'elle prenne sa défense ainsi.

— Il n'en pense pas un mot, dit-il, volant au secours de son vieil ami. Il devient vieux et grognon, c'est tout. Je ne risque pas de perdre le respect de la nouvelle génération parce qu'il adore me provoquer.

Zhaneel agita la queue, montrant son agacement.

— C'est possible, et je ne lui ferai pas honte en public, mais je l'ai assez entendu et, dorénavant, ses sarcasmes seront payés de retour.

— Je suis d'accord, renchérit Bichehivernale. Skan mérite d'être respecté… Peut-être pas autant qu'il le voudrait — pas vrai, vieil oiseau vaniteux ? — mais plus qu'Aubri ne semble le croire.

Skan jeta un regard en coin à Ambredragon, qui haussa les épaules.

— Je refuse de prendre parti. Selon moi, Aubri ne croit pas un mot de ce qu'il dit, et ses remarques ne peuvent pas te nuire… Mais je suis en minorité.

Bichehivernale fit la grimace, puis elle passa un bras autour des épaules de Zhaneel.

— Viens, dit-elle à la femelle griffon. Nous allons parler de tout ça entre nous, puisque nos compagnons ne mesurent pas la gravité de la situation.

— Je te suis, répondit Zhaneel.

Elles s'éloignèrent.

Skandranon tourna un regard perplexe vers Ambredragon, qui semblait aussi surpris que lui.

— Qu'est-ce qui leur prend ? demanda-t-il.

Le kestra'chern secoua la tête.

— Je l'ignore. Leurs poussins ont quitté le nid,

alors elles éprouvent peut-être le besoin de compenser en défendant *quelque chose*. Je suis généralement bon juge des émotions humaines, mais Bichehivernale me surprend parfois. (Il montra le sentier.) Tu m'accompagnes ? Nous pourrons nous ronger d'inquiétude pour nos enfants ensemble.

Skan soupira. Alors, Dragon était aussi inquiet que lui pour Tad et Dague…

— Oui, répondit-il d'un ton morne. Zhaneel m'a fait promettre de ne pas les suivre, ni de parler d'eux à moins qu'elle n'aborde le sujet. J'aimerais être aussi confiant qu'elle, mais je ne cesse d'imaginer tout ce qui pourrait aller de travers.

Suivant l'exemple de sa compagne, Ambredragon lui passa un bras autour des épaules. Même s'il venait d'un être aussi inquiet que lui, ce geste le rasséréna.

— Tant de choses peuvent aller de travers, même dans le meilleur des cas. Moi aussi je crains le pire, dit le *kestra'chern*. Pourtant, comme Dague me l'a si bien fait remarquer, étant éclaireurs, ils ne doivent pas affronter le danger, mais le signaler, le cas échéant, par téléson et revenir faire leur rapport.

— Tu y crois vraiment, toi ? Ce sont *nos* enfants ! Penses-tu qu'ils ne feraient rien s'ils se retrouvaient en première ligne ?

Le griffon se plaça pour qu'Ambredragon descende du côté intérieur. Contrairement à lui, s'il tombait, il ne pouvait pas voler.

— Honnêtement, je l'ignore. Ma fille me surprend encore plus souvent que mon épouse. Il m'arrive de me demander si la sage-femme n'a pas échangé notre bébé contre un autre, à la naissance. Elle ne ressemble ni à sa mère ni à moi, et crois-moi, j'ai essayé de trouver un terrain d'entente avec elle !

— Je sais ce que tu veux dire, répondit Skan, chagriné. Bien que je ressente plus cela avec Keenath qu'avec Tadrith…

« Mais ce n'est pas parce que nous n'avons jamais vu nos enfants agir comme nous le faisions à leur âge qu'ils n'en sont pas capables, si tu vois ce que je veux dire.

— Oui, je crois. (Ambredragon contourna un obstacle avant de continuer :) Les enfants agissent différemment quand ils ne se sentent pas observés par leurs géniteurs. J'ai eu souvent l'occasion de m'en apercevoir.

Bien sûr, il ne se rappelle pas avoir vécu ça. Il a perdu ses parents avant d'atteindre l'âge adulte. Mais il a raison. J'ai tout fait pour être différent des miens. C'étaient des suiveurs, alors j'ai eu envie de devenir un meneur. Je me demande parfois s'ils n'étaient pas plus sages que moi…

— J'aimerais que nous ayons un moyen plus sûr que le téléson pour rester en contact avec eux. Je regrette qu'Urtho ne soit là pour nous donner une autre Kechara…

Il ne put finir sa phrase. Encore aujourd'hui, le chagrin qu'il éprouvait en pensant au créateur de sa « fille » adoptive était immense.

— Il m'arrive aussi de souhaiter qu'elle soit comme avant, soupira Ambredragon. Même si cela devait impliquer de marcher sur des œufs avec les Haighlei. Mais je préfère la savoir heureuse et en bonne santé.

Kechara était une des rares « erreurs » commises par Urtho — Skan n'avait jamais su ce qu'il avait eu l'intention de créer. Etait-elle le premier « grifaucon », dont Zhaneel était l'incarnation parfaite ? Une tentative de créer un griffon ayant un don démesuré pour la magie de l'esprit ? Ou une expérience ratée, qu'Urtho avait menée à son terme avant d'en cacher les résultats ?

Kechara était ce que les griffons appelaient une « mal-née ». Les proportions de son corps ne lui permettaient pas de voler et son cerveau était pour toujours celui d'une enfant. Mais la puissance de sa magie de l'esprit restait inégalée.

L'adorable petite Kechara avait réussi à atteindre par l'esprit la capitale du Khimbata pour découvrir où étaient prisonniers Ambredragon et Skandranon. Hadanelith — un fou banni de Griffon Blanc — et ses deux complices haighlei, qui voulaient assassiner le roi pendant la Cérémonie de l'Eclipse, avaient enlevé et séquestré les deux amis. Sans Kechara, Skan ne serait jamais arrivé à temps pour sauver Shalaman. Et si elle n'avait pas perçu le danger menaçant Ambredragon, elle n'aurait pas assommé ses agresseurs avec un cri mental… et il serait mort.

Urtho connaissait la force de son don et il avait tout fait pour la protéger. Il n'avait commis qu'une erreur : la garder enfermée en pensant qu'elle n'avait pas une longue espérance de vie.

Skan secoua la tête.

— Je suis d'accord. Et je ne voudrais pas qu'un griffon ayant des problèmes pires que les siens vienne au monde — même s'il avait un don aussi extraordinaire. Nous l'aimons tous, mais les handicaps de Kechara sont un prix bien trop élevé. Pour être franc, si elle a pu garder toute sa raison en entendant les pensées des autres, c'est parce qu'elle ne les comprend pas.

Tous avaient fait de leur mieux pour préserver la nature confiante de la petite femelle. En retour, elle avait servi Griffon Blanc loyalement et joyeusement, relayant des messages aux Griffons d'Argent dotés de magie de l'esprit. Et ils avaient veillé à ce que sa tâche ne soit jamais un fardeau.

Pour les Haighlei, une créature ayant l'intelligence d'un enfant et la faculté de lire dans les esprits était un blasphème. Pendant un an ou deux, après la Cérémonie de l'Eclipse, Skan s'était félicité que les Kaled'a'in aient pu garder son existence secrète. Puis leurs alliés avaient commencé à faire des allusions et, un jour, ils avaient reçu un communiqué officiel du roi Shalaman, leur demandant « une élimination permanente de leurs communications longue distance. » Plus qu'une requête, c'était un ordre. Skandranon, Zhaneel et Ambredragon étaient allés à Khimbata pour en appeler au roi en personne ; ils étaient rentrés avec une délégation de magiciens menée par le conseiller Leyuet.

Entre deux cérémonies officielles, « papa Skan » avait expliqué à Kechara qu'il était temps pour elle de prendre sa retraite. La petite femelle lui faisait confiance ; elle avait accueilli la délégation avec joie. Gris de peur à l'idée de rencontrer un monstre susceptible d'envahir leurs esprits, les Haighlei s'étaient retrouvés devant une petite créature qui avait trouvé leurs chapeaux rigolos et demandé à jouer avec.

Les Haighlei tout crachés... Ils sont prêts à accepter n'importe quoi à condition que ça entre dans leur protocole historique.

J'aurais peut-être pu trouver un moyen de mettre Kechara au service de Shalaman, en tenant compte de leur religion. Mais elle serait devenue ce qu'avait craint Urtho. Et si on s'était servi d'elle contre l'un de nous, elle en aurait été anéantie.

Non, même avec des pouvoirs limités, elle est bien plus heureuse ici.

— Qu'allons-nous faire, mon vieil ami ? demanda le griffon. (Ils étaient dans la partie la plus haute de la cité, où arrivaient les marchandises amenées du plateau.) Au sujet des enfants, je veux dire.

— Que *pouvons*-nous faire ? grogna Ambredragon. Rien. C'est leur travail. Celui qu'ils ont choisi. Leurs supérieurs les ont jugés dignes de cette affectation. Que nous le voulions ou non, ils sont adultes et nous devrions nous y faire.

Skan se raidit, ses serres cliquetant sur la rampe en pierre aménagée pour les griffons.

— Je n'aime pas ça, dit-il enfin. Mais je ne peux pas te dire pourquoi.

Ambredragon s'arrêta net et le regarda avec une expression troublée.

— Moi non plus, et pourtant je ne peux pas prétendre avoir eu une prémonition ! Non, j'ai le sentiment que quelque chose ira de travers et ça me donne l'air… d'une vieille mamie nerveuse.

— Ah ? Et tu crains de ne pas avoir la tenue pour jouer ce rôle ?

Ambredragon soupira.

— Je n'ai jamais eu le don de voir l'avenir et ceux qui l'ont n'ont rien vu. Je sais ce que je dirais à un client venu m'exposer ce genre de situation.

Skan croisa le regard de son ami et secoua la tête.

— Laisse-moi deviner. Tu lui expliquerais que ce qu'il ressent est un mélange d'angoisse, datant des guerres, et de dépit, car quand un enfant devient adulte, c'est le signe que ses parents vieillissent.

— C'est vrai. Et qui aime l'idée de vieillir ? Pas moi, je peux te le dire. Je fais de mon mieux pour rester mince, musclé et souple, mais… ça ne durera pas éternellement. On ne pense pas vieillir jusqu'au jour où on vieillit. Et ce jour-là, il est trop tard. Nos articulations deviennent douloureuses et les jeunes s'inquiètent de nous voir en faire trop. Et quand nous insistons, parce que nous avons assez d'expérience pour connaître nos limites, ils échangent des regards dans notre dos.

— La vie est cruelle ! Un instant nous désespérons de jamais faire assez vieux pour être pris au sérieux. Le suivant, des jeunes à peine sortis du nid s'envolent pour des aventures qui ne sont plus de notre âge. (Skan secoua la tête.) Et nous sommes censés l'accepter. Je proteste ! Mon ami, je vais devenir un vieux grincheux. Alors, je pourrai me plaindre sans que personne n'y trouve rien à redire.

— Trop tard pour ça.

Skandranon renifla dédaigneusement.

— Alors je me transformerai en super vieux grincheux. Je l'ai bien mérité. Le « Roi Grincheux », tel sera désormais mon surnom.

— Puis-je me joindre à toi ? Nous embêterions les jeunes ensemble.

Ambredragon semblait être plus détendu ; maintenant qu'il y pensait, Skan aussi allait mieux.

— Mais certainement, répondit le Griffon Noir. Descendons sur le parcours d'obstacle pour commenter les performances des participants et prétendre avoir fait deux fois mieux à leur âge !

— Et avec plus de style, renchérit le *kestra'chern*. Tout en finesse et en grâce, sans employer la force brute.

— Naturellement ! Ça n'aurait pas pu être autrement…

— A quel point es-tu inquiète ? demanda Bichehivernale dès qu'elles se furent assez éloignées pour que Skandranon ne les entende pas.

Etant *trondi'irn*, elle connaissait la sensibilité des griffons, donc celle de Skan, qui était un magnifique spécimen, tous âges confondus.

— Au sujet de Skan ou des enfants ? demanda Zhaneel.

— Hum. Les deux bien sûr, répondit-elle. Mais commençons par Skan. C'est avec lui que nous devons vivre.

— Comme nous devons vivre avec Dragon, pas vrai ? (Zhaneel acquiesça.) Bien, allons-nous asseoir. Le vent emportera nos paroles au large…

Elles se dirigèrent vers un banc, au bord de la

falaise. Zhaneel s'assit sur la pierre fraîche et Bichehivernale sur le siège en bois.

— Dragon n'est pas content. Il pensait que Judeth et Aubri affecteraient Dague et Tad à des postes de gardes du corps ou de policiers. Il ne lui est jamais venu à l'esprit qu'ils pourraient les envoyer au loin.

Et à moi non plus, d'ailleurs. Je savais que Dague rêvait de s'éloigner de la ville — et de nous — depuis un an. Si Dragon n'avait pas refusé qu'elle vive seule avant d'être une Argent…

Keeth et Tad avaient quitté le « nid » grâce à Skan. Il leur avait donné les moyens de se faire creuser une habitation, qu'ils avaient échangée contre une autre, plus appropriée à leurs besoins. Sentant que Dague aurait aimé avoir un endroit à elle, Bichehivernale en avait parlé avec Ambredragon, mais il avait refusé.

— *Pourquoi voudrait-elle déménager ?* lui avait-il demandé. *Nous lui laissons toute l'intimité dont elle a besoin. Ça n'est pas comme si elle ne pouvait pas amener son partenaire ici ! (Puis il avait soupiré.) Mais elle agit comme si elle avait fait vœu de chasteté ! On dirait qu'elle refuse d'écouter son corps.*

Bichehivernale aurait pu lui dire que les enfants étaient généralement embarrassés par la proximité de leurs parents quand ils vivaient leurs premiers émois amoureux. Cela pouvait les inhiber… Hélas, il ne l'aurait pas crue. Si Dague avait été l'enfant d'un autre… Mais c'était *sa* fille. *Les parents sont parfois trop proches de leurs enfants pour être objectifs.* Aussi intelligent que soit Ambredragon, il ne comprenait pas que Dague puisse vouloir davantage d'intimité.

Evidemment, si Dague avait été moins timide — ou moins fière — et si elle avait demandé une habitation à son père, il aurait certainement accepté. Mais elle avait préféré fuir le problème en acceptant la fameuse affectation.

— Skan est inquiet, mais pas trop, je pense, dit

Zhaneel, après un long silence. (Elle regardait l'océan ; Bichehivernale comprit qu'elle devait voir manœuvrer la flotte de pêche.) Quand il réalisera que les enfants peuvent accomplir ce qu'on attend d'eux, il cessera. Tout ça est dû en grande partie à l'inaction. Et à son envie irrépressible de tout faire. Même jeune, il était moins remuant.

Cette dernière remarque fit sourire Bichehivernale.

— On dirait que les souvenirs de nos prouesses passées embellissent à mesure que nous prenons de l'âge. Je me *souviens* d'être restée debout deux jours et deux nuits sans dormir, d'avoir su monter comme une Kaled'a'in et tirer comme une mercenaire. Et sans jamais faillir à mes devoirs de *trondi'irn*. Mais bien sûr, c'est faux.

— Je comprends, dit Zhaneel. Je sais aussi que c'est plus difficile pour Dragon que pour Skan. Nos enfants sont des mâles, alors que votre petit faucon est une fille. Les hommes ont tendance à protéger leurs femelles, c'est dans leur sang.

— Ambredragon s'en défendrait, mais tu as raison. (Elle regarda vers le large, se demandant comment convaincre son époux que leur « délicate » petite chérie était aussi peu fragile que de l'acier trempé.) Si je la compare à Judeth, finira-t-il par comprendre ? Inconsciemment, Dague imite Judeth.

— Dragon admire et respecte Judeth et il l'a vue en action. Il sait qu'elle a bien entraîné nos enfants. Ça le réconfortera peut-être…

« Que suggères-tu au sujet de Skan ? Devons-nous le pousser à se concentrer sur Keenath ?

— C'est une bonne idée. Nous pourrions peut-être lui demander de participer à l'entraînement physique de Keeth… J'avoue ne pas être à la hauteur de cette tâche — et, après tout, Skan et toi avez inventé le parcours d'obstacles.

« J'ai commencé à former mes *trondi'irn* à opérer

en plein champ de bataille, mais le parcours des Argents est fait pour l'entraînement au combat, pas pour le sauvetage en opération. Et j'ignore comment l'adapter au besoin.

— Ça devrait marcher. Ainsi, il saura quoi faire pour se changer les idées... A part me monter sur le dos. (Elle inclina la tête.) Mais pour Bichehivernale ? Et pour Zhaneel ? Comment détournerons-nous nos pensées de nos enfants absents ?

Bichehivernale secoua la tête.

— Je l'ignore... De nombreux cauchemars m'attendent au cours des six prochains mois.

« Nous devrions nous concentrer sur les différentes manières de calmer nos époux, qu'en dis-tu ?

— Oh, ça devrait nous occuper à plein temps, je suis d'accord avec toi... Et nous voir nous agiter autour d'eux devrait leur donner matière à réflexion.

Zhaneel hocha la tête puis se tourna et posa délicatement une de ses pattes de devant sur l'épaule de sa compagne.

— Et peut-être pourrons-nous nous offrir mutuellement le réconfort d'une oreille compatissante, sœur-en-esprit.

Un des petits inconvénients d'être de service, c'est de devoir se lever tôt.

Tadrith eut un soupir silencieux — il s'était aperçu que sa partenaire avait l'ouïe presque aussi fine qu'un griffon.

Comme toujours depuis le début de leur voyage, Dague s'était levée à l'aube. Tad l'entendait s'agiter à l'extérieur de la tente qu'ils partageaient. Elle faisait du feu, préparait le petit déjeuner, allait chercher de l'eau... La jeune femme était d'une propreté exemplaire. Elle se baignait le soir et se lavait chaque matin, au réveil.

Partager la tente avec une personne à l'hygiène douteuse aurait été un véritable enfer. Dans la forêt, l'atmosphère était toujours humide et la chaleur devenait oppressante.

Dague n'était pas un excédent de bagage. Elle devait faire contrepoids chaque fois que le vent changeait de direction, pour empêcher la nacelle de déséquilibrer Tad. Une tâche harassante... Sous un tel climat, elle finissait la journée trempée de sueur. Quand le griffon se posait, elle avait amplement mérité de se reposer.

Lui n'avait pas besoin de se laver pour être propre. La plupart des humains trouvaient agréable l'odeur naturellement musquée des griffons. C'était tout aussi bien car il ne pouvait pas voler les ailes mouillées, et il n'avait jamais le temps de se baigner avant la tombée de la nuit tellement il y avait de choses à faire.

Il avait donc décidé de se contenter de bains de poussière jusqu'à leur arrivée à leur poste.

Voilà pourquoi il pouvait rester au chaud sous leur tente pendant que Dague faisait ses ablutions et s'occupait des corvées.

Il ne pouvait rien pour l'aider. Impossible d'aller chercher de l'eau, le bec d'un griffon n'étant pas conçu pour tenir la poignée d'un seau. Et il ne pouvait pas faire du feu, car il était couvert de plumes, un matériau hautement inflammable.

Il s'était acquitté des plus grosses corvées la veille, ramassant suffisamment de bois sec pour tenir jusqu'à leur départ et ramenant une partie de sa chasse pour leur petit déjeuner. Chaque soir et chaque matin, il montait et démontait la tente. Une tâche qui exigeait des pouvoirs magiques. Même s'il n'était pas l'égal de son père dans ce domaine, il avait assez de don pour ça.

Il avait fait sa part de corvées. Même s'il n'était pas encore levé, il ne lézardait pas, mais se reposait du travail qu'il avait fourni.

Il ferma les yeux et écouta les bruits d'éclaboussure

de Dague. L'eau étant très froide, la jeune femme jura entre ses dents.

Tout était parfait.

Ils travaillaient si dur qu'il avait dû se décider à faire une entorse à son règlement personnel. Il chassait avec l'aide de la magie, s'en servant pour trouver une proie, puis pour la retenir. Dague et lui ne pouvaient pas se permettre de perdre du temps et de l'énergie à chercher leur nourriture. Tad devait avoir monté la tente, ramassé du bois et trouvé de quoi manger avant le coucher de soleil.

A Griffon Blanc, le jeune griffon se targuait d'être un grand chasseur. Il y avait suffisamment de bétail et de poissons pour nourrir tous les habitants, le gibier n'étant qu'une délicatesse occasionnelle. Quand ils arriveraient à l'avant-poste, Tad pourrait reprendre ses habitudes et chasser correctement. Jusque-là, il aurait besoin de plus de nourriture qu'ils ne pouvaient en transporter et il devrait se contenter d'avoir recours à la magie.

Le son de la graisse grésillant sur le feu lui fit ouvrir les yeux. Il s'étira. Le petit déjeuner serait bientôt prêt ! En principe, il aimait manger sa viande crue. Mais même s'ils étaient carnivores, les griffons appréciaient d'autres nourritures.

La veille, pendant qu'il ramassait du bois, Dague avait trouvé des champignons. Après les avoir testés pour s'assurer qu'ils n'étaient pas vénéneux, ils les avaient goûtés et trouvés délicieux. Il leur restait la moitié de la récolte, encore attachée au tronc pourrissant qui lui servait de support. Ainsi, ils s'étaient assurés qu'ils ne se gâteraient pas.

De la viande et des champignons frais. Une bonne nuit de sommeil et une agréable journée de vol en perspective.

La vie est belle !

— Si tu ne te lèves pas tout de suite, paresseux, je vais tout manger ! cria Dague.

— Je voulais te laisser un peu d'intimité, répondit Tad avec une grande dignité. Contrairement à certaines personnes, je suis un gentilhomme. Or un gentilhomme accorde toujours son intimité à une dame.

C'était le matin. Mais sous les arbres, il faisait à peine jour.

Dague était en train de couper des champignons dans une poêle. Il vit qu'elle avait disposé sa part sur la carcasse du daim, après avoir prélevé un beau steak pour son repas.

Habillée en fonction de la chaleur et de l'humidité, la jeune femme portait une tunique sans manches, de fabrication haighlei — mais pas d'une couleur qui aurait satisfait au goût vestimentaire de ce peuple. Sur le plan économique, les Haighlei avaient très vite tiré parti de Griffon Blanc, y exportant leurs tissus frais et absorbants dans les tons beige, gris, blanc et noir.

Les Kaled'a'in les brodaient de perles et de fils multicolores. Ceux qui avaient été adoptés par le clan — les rescapés qui s'étaient retrouvés avec les k'Leshya et les griffons — continuaient de préférer des couleurs plus neutres.

Consciemment ou non, Dague avait choisi des vêtements de style kaled'a'in, mais dans les tons propres au peuple de sa mère.

Aujourd'hui, elle portait du beige bordé de brun et d'écru. Comme toujours, même si personne ne pouvait le voir, elle arborait la broche des Griffons d'Argent sur sa tunique.

Autour d'eux — ou plutôt *au-dessus* — les animaux sauvages étaient à la recherche de leur petit déjeuner. Après trois jours de voyage, ils avaient enfin pénétré sur le territoire que les Haighlei appelaient « forêt tropicale humide ». Un environnement très différent de tout ce qu'ils avaient connu jusque-là.

Les arbres étaient immenses. Leurs troncs jaillissaient vers le ciel telles les colonnes d'un temple, développant des branches à une hauteur de cent pieds. Ils rivalisaient pour capter les rayons du soleil. Leur feuillage était si dense que, sous eux, la lumière était presque complètement absente.

Quand les deux Argents plongeaient au cœur de la forêt pour dresser leur camp, il leur fallait toujours un certain temps avant de s'habituer à la pénombre.

Malgré tout, la végétation était très dense. Comme il fallait s'y attendre, ils y avaient trouvé un nombre incalculable de champignons. Mais l'épais tapis de feuilles et d'humus était également un terrain propice pour les arbustes et les lianes. Ces dernières montaient à l'assaut des arbres, à la recherche de la lumière.

Au bord des ruisseaux et partout où un arbre était tombé, la végétation était plus luxuriante que jamais. La vigueur des plantes était telle que Dague aurait cru les voir pousser à vue d'œil.

Bien qu'étant l'« experte » en botanique de leur équipe, la moitié des végétaux qu'elle avait pu observer autour de leurs camps lui était inconnue ! Et dire qu'ils n'avaient même pas commencé leurs explorations… Tad n'osait imaginer ce qu'ils trouveraient quand ils seraient arrivés à destination.

Impossible non plus d'identifier la moitié des cris d'animaux qu'ils entendaient. Ces sifflements sortaient-ils de la gorge d'un mammifère, d'un oiseau ou d'un reptile ? Et ces feulements ? Encore un élément qui leur rappelait sans cesse à quel point ces contrées étaient sauvages et inexplorées.

Tad comprenait enfin pourquoi les Haighlei étaient prudents quand il s'agissait de la forêt. Non seulement elle était pleine de dangers, mais une exploitation intempestive de ses richesses pouvait conduire à la disparition d'une plante médicinale ou d'une autre ressource indispensable. Sans que quiconque s'en aperçoive !

Tout ça est bien beau, se rappela-t-il alors qu'il sortait de la tente, *mais il n'est pas facile de philosopher quand on a le ventre qui crie famine. Plus tard, peut-être…*

Il se concentra sur son repas le plus léger de la journée. Un griffon ne pouvait pas voler quand il avait l'estomac trop plein. Ce soir, il mangerait davantage, car il aurait toute la nuit pour digérer.

Un griffon affamé ne mangeait pas, il engloutissait. Tad eut tôt fait de nettoyer la carcasse et termina par les champignons.

Pendant qu'il se restaurait, Dague éteignit le feu et enfouit leurs déchets sous les cendres chaudes et humides. Ainsi, ils pourriraient mieux. Tadrith laisserait les os à la disposition des charognards, qui seraient sans doute heureux de l'aubaine. Ainsi, quand ils reprendraient leur vol, les signes de leur passage seraient imperceptibles : feu de camp éteint, os et herbes couchés là où ils avaient dressé leur tente. Dans deux jours, la forêt reprendrait ses droits. Un mois plus tard, il ne resterait pas la moindre trace. Même les os auraient disparu.

Ici, il n'y a pas de vautours. Mais on doit trouver de nombreuses espèces de rongeurs, et peut-être des cochons sauvages et des sortes de chiens. Tad nettoya ses serres puis s'essuya le bec sur le morceau de tronc où poussaient les champignons. *Et voilà, il est l'heure d'apporter ma contribution.*

Il avança vers la tente, se concentra un instant, puis utilisa son pouvoir. L'énergie atteignit le « système » magique d'ouverture et de fermeture, au centre du toit. Obéissante, la toile se replia sur elle-même. Les baguettes solides et flexibles qui la maintenaient debout redevinrent ce quelles étaient en réalité : de simples cordes. Sans que quiconque ne la touche, telle une créature vivante, la tente ne fut bientôt plus qu'un paquet.

Prête à être rangée dans la nacelle…

Aubri leur avait expliqué que la tente pouvait être montée sans l'aide de la magie. Mais cela impliquait de couper de nouvelles tiges chaque soir, les cordes restant ainsi de simples liens souples. Il était donc beaucoup plus facile d'utiliser la magie.

Une fois le sort activé, les mâts, rien de plus que des cordes épaisses — et enchantées — passées dans des gaines cousues dans la toile, se raidissaient dans un ordre bien précis, dépliant et montant la tente en même temps. Parce que leur forme était dictée par celle des gaines, il était possible de ne pas avoir de mât central. La plupart du temps, cette tente devait simplement être fixée au sol avec des piquets pour ne pas s'envoler au premier coup de vent.

Sans mage pour activer le sort, il fallait cinq mâts, un au centre et quatre pour les côtés, plus des cordes de tentes.

Ce genre de matériel faisait partie de l'équipement standard des Argents. Tad n'aurait pas pu lancer le sort lui-même ; cela requérait le « toucher » d'un Maître. Mais même un Apprenti pouvait l'activer. Voilà pourquoi toutes les expéditions qui partaient de Griffon Blanc comprenaient au moins un mage.

Le sort qui permettait à la tente de se replier était plus compliqué, mais un Apprenti pouvait sans problème l'activer et l'alimenter en énergie. Tad aimait le faire. C'était peut-être l'équivalent de ce qu'éprouvait un humain quand il sculptait du bois. Il sentait une douce chaleur l'envahir, trahissant sa satisfaction d'avoir accompli quelque chose avec un outil. Une sensation très différente de celles, plus viscérales, dont il faisait l'expérience quand il chassait ou quand il volait.

Etait-ce la faculté d'agir sur les choses hors de sa

portée immédiate qui faisait d'un être un individu civilisé ?

Tad ramassa le paquet de toile et de cordes et le posa dans la nacelle. Dague était déjà occupée à déplier et à démêler les courroies de son harnais. Ils avaient beau faire attention quand ils le rangeaient, il était toujours emmêlé le matin. Un mystère que Tad n'avait pas encore réussi à éclaircir. Il lui arrivait de soupçonner une intervention surnaturelle.

Le harnais devait être gardé hors de portée des rongeurs — et de toutes autres créatures susceptibles de le grignoter — et ne pas être exposé à l'humidité. Un seul endroit correspondait à ces deux exigences : la tente. Donc, même si leur abri était spacieux, une bonne partie de sa hauteur était occupée par le filet où ils rangeaient le harnais pour la nuit. De sorte que Dague ne pouvait pas s'y tenir debout.

C'était le prix à payer pour un équipement en bon état et ils s'accommodaient de cet inconfort mineur.

— Si c'était nécessaire, avait dit Dague, je dormirais avec le harnais.

— Je croyais que ce type de fantaisies était la spécialité de ton père, avait répondu Tad, railleur.

Ce qui lui avait valu un coup sur la tête. Dague n'avait pas du tout apprécié la plaisanterie !

Finalement, Dague réussit à démêler les courroies et les attaches. Tenant le harnais d'une main, de l'autre, elle fit signe d'approcher à Tadrith.

Il fallait un certain temps pour positionner et attacher correctement le harnais. Evidemment, celui-ci n'avait rien à voir avec ceux que tous ses congénères engagés dans les Argents portaient, pour y épingler leur broche et transporter de menus objets dans des sacoches. Chaque courroie devait être parfaitement adaptée, afin de n'être ni trop lâche ni trop serrée. Les grandes plumes étaient soulevées et rabattues par-dessus le cuir, pour ne pas être endommagées ou sectionnées.

Tadrith ne pouvait pas faire tout cela lui-même. Il devait donc rester immobile et docile comme un mulet pendant que Dague le harnachait.

L'air s'était un peu réchauffé ; le brouillard matinal s'enroulait autour des arbres. Cela commençait par quelques volutes qui se formaient et flottaient ici et là dans la forêt de troncs avant de disparaître. On eût dit des serpents fantômes. Peu à peu, les volutes se transformèrent en colonnes, puis en nappes. Enfin, la brume s'épaissit jusqu'à ce que les deux Argents ne voient plus qu'à deux ou trois mètres.

Vers les cimes, les oiseaux, les animaux et les insectes continuaient à se montrer prudents. Plus bas, profitant du brouillard, ils faisaient davantage de bruit.

Peut-être deviennent-ils plus audacieux parce qu'ils se sentent protégés par la brume, pensa Tadrith. *A moins qu'ils ne crient plus fort parce qu'ils ne peuvent plus se voir. Bonne question.*

Le brouillard et le ciel couvert des deux derniers jours ne leur avaient pas posé de problème. Mais aujourd'hui, Tad sentait une différence dans l'air. Les griffons étaient extrêmement sensibles aux changements de climat. La pression au niveau de ses sinus et la friction de ses plumes sur sa peau lui indiquaient qu'ils allaient avoir un orage.

Dans cette région, les orages s'étendaient sur des lieues et des lieues. Impossible d'y échapper, à moins d'avoir beaucoup de chance. Si Tadrith avait été seul, il aurait tenté sa chance et serait monté au-dessus des nuages… mais il ne pouvait pas prendre ce genre de risque avec la nacelle. Un coup de vent pouvait les déséquilibrer. Ou un éclair les calciner, Dague, leurs bagages et lui.

Non, si l'orage menaçait, ils devraient se poser aussi vite que possible. Il n'était pas nécessaire de prendre des risques. Puis ils monteraient le camp — de préf´rence avant d'être trempés jusqu'aux os. Ensuite, si l'orage ne durait pas trop longtemps, ils se remettraient en route. Mais seulement s'il était sec. Un griffon mouillé ne pouvait pas voler.

Au cas où ils seraient malchanceux, il y avait des risques qu'ils soient cloués au sol jusqu'au lendemain matin.

Tadrith ne dit rien de ses appréhensions à sa co-équipière. Mais Dague dut sentir quelque chose. Une longue association avec les griffons avait-elle développé sa sensibilité aux changements météorologiques ? Le fait est qu'elle se hâta de l'harnacher — sans maladresse pour autant, car ce n'était pas son style.

La jeune femme eut fini bien plus vite que son partenaire ne s'y attendait. Elle jeta un dernier coup d'œil à leur campement, pour vérifier qu'ils n'avaient rien oublié, pendant qu'il s'ébrouait vigoureusement, s'assurant ainsi que chaque courroie était à sa place et correctement attachée.

Pendant que Dague s'affairait, Tadrith fit des exercices d'échauffement et des étirements. Enfonçant ses serres dans le sol et tournant le dos à sa co-équipière, il commença par battre des ailes, d'abord lentement, puis de plus en plus vite, comme s'il essayait de soulever la terre elle-même. Puis il se contorsionna et se déhancha, une sorte de danse sauvage destinée à s'assurer que chacun de ses muscles était chaud. Dès qu'il ne sentit plus aucune gêne, il se tourna vers Dague.

— Prêt ? demanda-t-elle.

Sans attendre sa réponse, elle se dirigea vers la nacelle.

— Il faut partir, dit Tadrith. Il y a de l'orage dans l'air.

— Je sais.

Elle retira les piquets qui maintenaient la nacelle a niveau du sol et sauta dedans. Une fois à l'intérieur, elle déplaça quelques paquets, pour mieux équilibrer la charge. Enfin, elle s'accrocha des deux mains au bord de l'immense panier.

C'était le signal. Tad commença à s'élever dans les airs, soulevant des tourbillons de poussière et de feuilles mortes.

Dague plissa les yeux pour les protéger des débris.

Au bout d'un mètre, Tadrith sentit la résistance momentanée de la nacelle. Mais le sort fonctionnait bien, et la traction sur le harnais était à peine l'équivalent du poids d'une carcasse de cerf au lieu de celui du panier massif.

Mais immédiatement il sentit que quelque chose n'allait pas. Ce matin, la nacelle lui semblait plus lourde que d'habitude. Et il y avait dans ses muscles une raideur qui n'y était pas quand il avait terminé ses exercices.

A cause de l'humidité et de la fraîcheur ?

Qu'importait ! Le griffon s'était élancé dans les airs et il était trop tard pour renoncer. Il compensa en battant plus fort des ailes, comme si l'attraction terrestre tirait un peu plus que de coutume sur son harnais.

Dague était toujours près du bord de la nacelle, qui décolla du sol en vibrant violemment. C'était le moment le plus délicat. L'immense panier pouvait se renverser. Un passager novice risquait d'être éjecté.

Tadrith et sa charge s'élevèrent ensemble au milieu des arbres, propulsés par de formidables battements d'ailes.

Mais la respiration du jeune griffon était laborieuse, et ça n'aurait pas dû être le cas.

Que m'arrive-t-il ? Ai-je pris moins de repos que je ne le pensais ? Ai-je trop mangé ?

Il pensa aux champignons et ne se sentit pas très rassuré. Ils n'étaient pas vénéneux, mais peut-être contenaient-ils une substance qui l'affaiblissait ?

Pourquoi n'avait-il rien remarqué la veille ? Ou ce matin, pendant les échauffements ?

Excellente question…

Un instant plus tard, ils arrivèrent au-dessus du brouillard qui couvrait la terre comme un linceul. Tadrith regarda en l'air ; les branches des arbres géants semblaient se précipiter à leur rencontre.

Le jeune griffon monta vers la lumière. Des centaines d'oiseaux poussèrent des cris d'alarme en les voyant arriver. Ils se turent quand les intrus approchèrent de leur habitat naturel.

Tadrith profita de l'espace créé par la chute d'un arbre géant pour laisser la forêt derrière lui. Sous lui, Dague repoussait avec une perche les branches qui menaçaient de se prendre dans les cordes ou dans les mailles de la nacelle. Elle avait taillé la perche à cet usage, mais elle la jeta dès qu'ils furent au-dessus des cimes. Ils n'en auraient pas besoin pour atterrir et, avec sa longueur, elle risquait de leur poser des problèmes.

Le contraste entre la pénombre régnant sous les arbres et la lumière violente du soleil aveugla Tad un moment. Mais ses yeux s'adaptèrent sans qu'il ait besoin de marquer de pause. Il devait prendre davantage d'altitude. Et il n'avait pas besoin de voir pour savoir dans quelle direction il devait aller. Le « bas », c'était celle qui tirait sur son harnais.

Il battit des ailes pour compenser l'attraction. Quand sa vue s'éclaircit, il était à la même distance des cimes qu'elles l'étaient du sol.

Le jeune griffon cessa de prendre de l'altitude et commença à voler en ligne droite, se fiant à ses sens pour la maintenir. Désormais, la nacelle ne vibrait plus et suivait ses mouvements.

Dague se tenait toujours fermement au bord du panier, car elle devait pouvoir contrôler tout déséquilibre. Mais elle se détendit quand même.

Dès qu'ils eurent atteint leur « vitesse de croisière », constatant qu'il n'y avait pas à redouter de bourrasques traîtresses, Tad étudia le temps. Son instinct ne l'avait pas trompé. Le ciel était plombé, les nuages gros de pluie. Il ne la sentait pas encore dans l'air, mais il savait que cela ne saurait tarder.

Si les nuages d'orage n'avaient pas encore fait leur apparition, ce n'était qu'une question de temps.

Avec de la chance, ils réussiraient peut-être à dépasser la perturbation avant que l'orage n'éclate. Mais le jeune griffon ne comptait pas trop là-dessus. D'après le vent, ils suivaient la même direction. Il était donc plus probable qu'ils se retrouvent au cœur de la tourmente.

Mais j'aurai assez d'avertissements avant que les choses se gâtent trop. Et je pourrai me poser sans problème.

Il sentirait l'orage venir avant de le voir.

Si nous avancions plus vite, pensa-t-il tristement.

En dépit de son échauffement consciencieux, ses muscles lui semblaient... *douloureux.*

Suis-je en train de couver quelque chose ?

Les griffons n'étaient pas sujets à beaucoup de maladies, mais on ne savait jamais. Ce n'était ni le lieu ni le moment, mais en cas de besoin, Dague pouvait faire venir de l'aide grâce au téléson. Maintenant que la magie fonctionnait de nouveau, grâce à cet ingénieux appareil, une personne ayant un don télépathique aussi rudimentaire que la jeune femme pouvait atteindre Griffon Blanc sans problème.

Ça doit venir de l'humidité. Je n'avais encore jamais dû dormir sur un sol détrempé.

Pour la première fois de sa vie, il comprenait ce qui l'attendait dans les années à venir, quand ses articulations commenceraient à le faire souffrir. Dire qu'il avait cru que l'économie de mouvements dont faisait preuve son père était une ruse pour paraître plus digne !

Je ne crois pas que j'apprécierai de vieillir…

Tadrith continua de voler, heureux de n'avoir pas à faire ce voyage au ras du sol. Il avait survolé en quelques heures des territoires qu'il leur aurait fallu plusieurs jours pour traverser à pied.

Vers midi, il commença à sentir la pluie. L'air était lourd et dense. Il comprit enfin pourquoi il avait tellement de difficulté à avancer.

Que je suis bête ! Ça ne vient pas de moi. C'est l'atmosphère qui pèse sur nous.

Voler était aussi difficile quand l'air était épais que lorsqu'il était rare. Il devait fournir plus d'efforts, ce qui expliquait la douleur de ses articulations.

Toujours aucun signe de l'orage, mais il ne pouvait plus être loin. Plissant les yeux, Tadrith essaya de repérer les petits éclairs…

Le jeune griffon ne reçut aucun avertissement. Soudain, il eut l'impression que son estomac lui tombait dans les serres, comme s'il avait été soulevé par une bourrasque, puis lâché d'un coup.

Il poussa un cri inarticulé.

Le sort de la nacelle se brisa. Elle recouvra son poids normal — le sien, plus celui de Dague et de leur équipement.

Plus rien ne la maintenait en l'air, à part un griffon en état de choc, et tomba comme une pierre.

Tadrith voulut crier, mais son cri lui resta en travers de la gorge.

Le harnais lui rentrait dans la chair des épaules. La traction lui coupa le souffle. Sans réfléchir, il battit frénétiquement des ailes. Un acte futile, comme le prouvait la vitesse de leur chute.

Dague cria quelque chose qu'il n'entendit pas. Elle essayait de couper les cordes.

Il devait ralentir leur chute ! La jeune femme n'arriverait pas à le débarrasser à temps du poids mort de la nacelle — et quand bien même, cela ne l'empêcherait pas de tomber.

Il n'avait ni le temps ni la concentration nécessaires pour lancer un sort. Et qu'aurait-il pu faire ? Le cœur battant la chamade, la vision obscurcie par l'effort, il lutta contre la pesanteur. La peur alimentait ses battements d'ailes.

Les muscles de ses épaules protestaient. La douleur était atroce, des millions de petits démons lui enfonçant des dagues chauffées à blanc dans la chair. Ses serres griffaient l'air, comme si une partie de son cerveau pensait qu'il pourrait se raccrocher à quelque chose au passage.

Il ne contrôlait pas assez la situation pour choisir leur lieu d'atterrissage.

Il entendit Dague hurler, mais les battements de son cœur étaient assourdissants. Son champ de vision se brouilla…

Ils atteignirent la cime des arbres…

… Qui les retint un peu. Sous la nacelle, les branches cédaient avec des craquements sinistres. Heureusement, elle ne les tirait plus vers le bas avec autant de force. Un instant, Tad se prit à espérer qu'une branche tiendrait.

Mais la nacelle était beaucoup trop lourde. Alors qu'elle l'entraînait, il songea un peu tard que garder les ailes déployées n'était sans doute pas une bonne idée.

Sa charge s'inclina, le déséquilibrant. Au lieu de suivre la trouée qu'elle avait faite, il heurta des branches intactes.

La douleur fut terrible.

Il perdit conscience.

CHAPITRE IV

Dague n'avait jamais été le genre de personne qui perdait les pédales quand une chose grave se produisait. Elle agissait. Et les chances qu'elle avait de prendre la bonne décision étaient plutôt bonnes.

Elle dégaina sa dague et commença à couper les cordes qui reliaient Tadrith à la nacelle. Malheureusement, ils tombaient trop vite et il y en avait trop.

Nous sommes morts, pensa-t-elle.

Mais il en fallait plus pour convaincre son corps. Avant qu'ils ne s'écrasent au sol, elle eut le réflexe de se rouler en boule au fond de la nacelle.

Une pièce de leur équipement lui heurta l'épaule. Elle s'entendit crier de douleur.

Puis elle s'évanouit.

Elle avait mal à la tête. Très mal. Mais encore plus à l'épaule. Les élancements suivaient le rythme de ses pulsations. Chaque fois qu'elle respirait, son bras et son flanc la faisaient atrocement souffrir.

Dague se concentra sur la douleur, sans prendre la peine d'ouvrir les yeux. Si elle ne réussissait pas à l'évacuer, elle ne pourrait pas se lever. Et si elle ne bougeait pas, Tad et elle resteraient là jusqu'à ce qu'un prédateur quelconque vienne les dévorer.

Cerne la douleur et isole-la. Puis accepte-la. Cesse de lutter contre elle. La douleur n'est qu'une information, c'est à toi de l'interpréter à ta guise. Tu en es maître.

Les leçons de son père lui revinrent en mémoire pendant qu'elle contrôlait sa respiration. Elle ne s'en était servie qu'une fois, pour un poignet foulé, mais elle découvrit que cela fonctionnait aussi sur des blessures plus importantes.

Intègre-la. Mais sans lui donner d'importance. Puis laisse ton corps l'engourdir, la noyer sous ses défenses.

Dague savait qu'un corps produisait ses propres antidouleurs. L'astuce, c'était de le convaincre d'en produire en quantité suffisante. Par exemple, en lui faisant comprendre que la douleur menaçait sa survie.

Lentement — beaucoup trop lentement — la souffrance reflua.

Dague ouvrit les yeux.

La nacelle était couchée à deux longueurs de griffon. Dague avait dû être éjectée avant qu'elle ne touche le sol. Heureusement, les sangles avaient tenu. Sinon, elle serait morte écrasée par l'équipement.

Quel désastre !

Une partie de leurs affaires devait être inutilisable...

Je suis vivante. C'est plus que je n'en espérais au cours de notre chute.

Elle s'assit lentement à cause de ses blessures. De sa main valide, la gauche, elle tâta délicatement son épaule droite. Et se mordit la lèvre jusqu'au sang quand ses doigts effleurèrent des os, qui émirent quelques craquements de mauvais augure.

Clavicule cassée. Il faudra que j'immobilise mon bras droit. Pas étonnant que ça soit douloureux comme les enfers haighlei !

Ses doigts partirent en reconnaissance sur son visage et son crâne. A part une belle bosse et quelques coupures couvertes de sang séché, tout allait bien. Elle passa aux membres inférieurs, étirant d'abord sa jambe droite, puis la gauche.

Des contusions par dizaines — qui ne la faisaient heureusement pas encore souffrir — mais rien de plus grave.

Je dois être bleue de la tête aux pieds.

L'ennui, avec les contusions, c'était qu'elle allait s'ankyloser rapidement. Et ce serait encore pire le matin suivant.

Tenant son bras droit avec sa main gauche, elle ramena doucement ses jambes sous elle et réussit à s'agenouiller. Elle ne voyait que la nacelle, mais Tad devait être juste derrière elle.

Dague avait presque peur de regarder. Et s'il était mort… ?

Prenant son courage à deux mains, elle se retourna lentement, sans heurt… et éclata en sanglots quand elle vit qu'il respirait. Il était vivant ! Pas en très grand forme, mais vivant…

Tadrith était allongé sur un lit de branchages, toujours inconscient, l'aile gauche carrément pliée sous lui.

La jeune femme soupira. Il ne pourrait pas voler avant longtemps.

Alors que Dague essayait de se lever, les yeux du griffon, puis son bec, s'ouvrirent. Il laissa échapper un râle. Ses paupières battirent.

— Ne bouge pas, ordonna Dague. Laisse-moi venir t'aider.

— Mon aile…, murmura-t-il.

— Je sais. Je le vois d'ici. Reste tranquille et attends que je vienne t'aider.

Serrant les dents, la jeune femme coinça son bras droit dans sa tunique et boucla sa ceinture. Voilà, ça immobiliserait son épaule jusqu'à ce qu'elle trouve une autre solution.

Dague se leva en s'appuyant sur les débris qui l'entouraient et rejoignit Tad. Là, elle l'étudia un moment, se demandant par quoi commencer. La forêt était anormalement calme et cela l'inquiéta.

— Peux-tu bouger tes orteils gauches ? demanda-t-elle.

Il s'exécuta, puis répéta l'exploit avec sa patte de derrière droite, et enfin celles de devant

— Ma patte avant droite me fait mal quand je bouge, mais je ne crois pas qu'elle soit cassée, dit-il.

La jeune femme soupira de soulagement.

— Parfait. Ta colonne vertébrale est intacte. Tes pattes aussi. Ça aurait pu être pire.

Elle n'avait plus de couteau, mais elle pouvait lui enlever son harnachement sans sectionner les cordes et les courroies. Il lui suffisait de défaire les fixations. Haletant chaque fois que son épaule droite heurtait quelque chose, elle s'agenouilla dans les débris et commença à détacher son coéquipier.

— Je crois que je ne suis plus qu'un hématome, dit-il alors qu'elle essayait d'atteindre les courroies passées sous lui sans le déplacer.

— Dans ce cas, nous sommes deux !

Tad savait qu'il ne devait pas bouger avant qu'elle ne le lui dise. Un mouvement, même infime, pouvait déchirer une des veines de son aile, la partie d'un griffon que fragilisait le plus une blessure. Si cela arrivait, il se viderait de son sang sans qu'elle puisse intervenir.

La jeune femme détacha la dernière courroie. Toujours sur les genoux, elle se faufila jusqu'à la tête de son ami et examina ses pupilles. L'une était-elle plus dilatée que l'autre ? Sans lumière pour les faire réagir, impossible de le dire.

— Il est possible que tu aies une commotion, dit-elle.

— Qui sait si tu n'en as pas une, toi aussi ?

Elle préférait ne pas penser au mal de tête qu'elle aurait bientôt s'il avait raison.

— Reste allongé. Je vais chercher le kit médical.

Si je réussis à mettre la main dessus. Et s'il est encore utilisable.

Il était placé au-dessus de leur équipement, tant pis si cela impliquait qu'ils déchargent tout chaque soir. Aujourd'hui, elle n'était pas mécontente d'avoir respecté l'ordre de rangement conseillé par le sergent chargé du matériel.

Oui, mais il est possible que tout le reste soit tombé par-dessus.

Quand elle eut contourné la nacelle, elle fut contente de voir que le kit médical était toujours audessus — ou au moins qu'il restait l'objet le plus accessible, le chargement s'étant renversé.

Enfin, « accessible » était un bien grand mot…

Elle étudia la situation. Leur équipement était étalé en arc de cercle sur le lit de branches où reposait la nacelle. Le kit médical était accroché à la tête d'un sapin, à hauteur d'épaule. Pour l'atteindre, le chemin était semé d'embûches. Elle risquait de se fouler ou de se casser une cheville dans l'enchevêtrement de branchages. Avec une seule main pour conserver son équilibre, elle risquait de tomber, d'endommager davantage sa clavicule… et de perdre de nouveau conscience.

Mais je n'ai pas vraiment le choix…

Non, il n'y avait aucun autre moyen d'atteindre le kit.

A moins que…

— Tad, es-tu en état de lancer un sort ?

— Non, croassa-t-il.

Puis il gémit de douleur.

Eh bien… ça n'était pas une bonne idée, de toute façon. Il serait plus sûr pour moi de courir chercher le kit que de me le faire apporter *par un griffon délirant.*

Le kit n'était pas loin. Comme elle dut se montrer vigilante à chaque pas, il lui sembla qu'il lui fallait une éternité pour l'atteindre. Quand elle arriva près du petit sapin miraculeusement resté debout, elle transpirait à grosses gouttes et dut faire un effort pour trouver la force de tendre le bras et décrocher l'objet de sa quête.

Plutôt que de le ramener, elle eut l'idée de le jeter près de Tad. Mal lui en prit. S'il atterrit où elle voulait, la douleur provoquée par son geste faillit la terrasser.

Dague s'accrocha au sapin, haletante, jusqu'à ce que la souffrance se calme et qu'elle puisse revenir sur ses pas. Au lieu de sécher, la sueur semblait avoir gelé sur sa peau. Des gouttes salées s'infiltraient dans ses coupures…

La jeune femme se laissa tomber à genoux près du kit médical et appuya le front dessus, tremblante de fatigue. Chaque fois que son corps était parcouru d'un frisson, elle avait l'impression qu'on lui arrachait l'épaule.

Dès qu'elle eut repris son souffle, elle ouvrit le paquet avec ses dents et le couteau à lame courte qu'elle gardait dans sa botte. Elle prit un flacon d'extrait d'orchidée jaune, un antidouleur, et en avala une dose sans grimacer malgré son amertume.

Elle en avait déjà pris quand elle s'était cassé un orteil. Cette fois, au lieu de la rendre euphorique, l'analgésique calma la douleur qui vrillait son côté droit, la ramenant à un niveau supportable.

Une autre potion avait le même effet sur les griffons. Dague traîna le kit jusqu'à Tad, trouva l'antidouleur et en versa dans le bec entrouvert de son ami. D'un geste vif, elle le referma, pour qu'il n'en perde pas une goutte.

Dès que l'analgésique fit effet, les membres du griffon se détendirent et sa respiration devint régulière.

— Et maintenant ? demanda-t-il.

— Il faudra que tu m'aides. Je ne peux pas te déplacer tant que la fracture de ma clavicule ne sera pas réduite. Si je le fais seule, je risque de m'évanouir…

— Ce ne serait pas une bonne idée, acquiesça Tad. Assieds-toi là.

Ses gestes étaient à la fois sûrs et doux, mais Dague s'évanouit deux fois pendant l'opération. Quand il eut finit de s'excuser, il lui fit un bandage — elle n'en avait jamais vu de plus moche, mais il avait l'air de remplir son rôle. Avec un peu de chance, la fracture ne se déplacerait plus. Seul un mage pouvait poser un emplâtre rigide sur une clavicule. Les Guérisseurs ne connaissaient aucun autre moyen pour immobiliser cette partie du corps.

Ensuite, ce fut au tour de Tad d'être soigné.

Il dut beaucoup souffrir quand Dague le fit rouler sur lui-même pour dégager son aile blessée, mais il resta conscient. Cette fois, la jeune femme put utiliser le kit de fracture. Il contenait un assortiment d'attelles et de bandages qui se rigidifiaient en séchant.

Dague n'était pas une *trondi'irn*, mais sa vocation militaire l'avait poussée à apprendre tout ce qu'elle pouvait de sa mère. Pour le reste, elle improvisa. Elle n'ignorait pas que ce qu'elle faisait maintenant pouvait handicaper à vie son ami, mais il n'avait qu'elle sous la « serre ». Parfois, un gémissement échappait à Tad et il dut à plusieurs reprises lui demander d'arrêter ses soins pour ne pas s'évanouir.

Enfin, pansés et bourrés d'analgésique, ils purent s'asseoir à l'écart des branchages, attendant de récupérer un peu. Il sembla à Dague qu'une éternité passait avant que les élancements de son épaule se calment. Elle n'aurait su dire si c'était dû à l'analgésique ou au bandage.

La forêt était toujours étrangement silencieuse. Les oiseaux, les animaux et même les insectes se taisaient. La jeune femme prit peu à peu conscience de son environnement — ses sens fonctionnant par intermittence, les informations lui arrivaient au compte-gouttes.

L'odeur âcre du bois fraîchement coupé lui chatouilla

les narines. Un insecte piqueur les survola en vrombissant, mais fut assez stupide pour les ignorer, Tad et elle. Une fleur rouge, qui les avait suivis dans leur chute, reposait au milieu du chaos.

— Que s'est-il passé ? demanda-t-elle.

Une question facile. Ils volaient, et l'instant suivant, ils étaient tombés comme des canards abattus en plein vol.

— Honnêtement, je ne peux rien dire de plus que ce que tu as déjà dû comprendre. Le sort qui donnait à la nacelle un poids raisonnable pour qu'un griffon puisse la tirer s'est volatilisé d'un coup. J'ignore pourquoi. Ou comment.

La jeune femme sentit son estomac se retourner.

Une réponse pas très rassurante.

Jusqu'à maintenant, elle avait réussi à repousser la peur, mais là…

Je ne peux pas laisser ça me miner. Nous ignorons ce qui s'est passé. Ça pourrait être un accident.

— Un orage magique ? avança-t-elle. Un petit, localisé…

Tad baissa les oreilles et secoua la tête.

— Impossible. Les griffons sont sensibles aux orages magiques, un peu comme les humains qui ont des problèmes articulaires le sont à l'humidité ou aux orages physiques. S'il y avait eu un orage magique, je le saurais.

Le cœur de Dague battait la chamade ; son estomac se souleva de nouveau. S'il ne s'agissait pas d'un événement « naturel »…

— Une attaque, alors ?

Le griffon secoua de nouveau la tête.

Mais il avait l'air plus étonné qu'effrayé.

— Non… Ou si nous avons subi une offensive, elle ne ressemble à rien de connu. (Son regard se perdit quelque part derrière sa partenaire, comme s'il cherchait à trouver les mots justes pour décrire ce qu'il avait ressenti.) Imagine que… tu as un seau et qu'il ait une fuite. La magie s'est bien écoulée, mais d'un coup. Et je ne sais ni comment ni pourquoi.

« Toute la magie s'est… volatilisée.

Toute la magie s'est volatilisée…

Soudain, la panique que Dague avait réussi à repousser la saisit à la gorge. Elle bondit sur ses pieds. Si la magie de la *nacelle* s'était volatilisée, dans quel état étaient les autres objets qui fonctionnaient grâce à la magie ?

— Qu'y a-t-il ? demanda Tadrith, alors que la jeune femme se dirigeait en chancelant vers la nacelle renversée.

— Rien… J'espère !

Quel est le plus accessible ? Ah, oui, l'allume-feu. Le voilà !

L'allume-feu était le genre de truc que les Apprentis fabriquaient par dizaines. Rien de difficile, à partir du moment où on avait réussi à maîtriser la discipline consistant à créer un objet. Et c'était pour eux un excellent entraînement.

Comme il s'agissait d'objets utiles, et que leur durée de vie ne dépassait pas six mois, les mages troquaient leurs allume-feu contre d'autres biens. N'importe qui pouvait les utiliser. La plupart étaient prêts à l'emploi. Il suffisait d'actionner le mécanisme que l'Apprenti avait inclus dans la fabrication.

Tad en personne avait créé le leur, juste avant de quitter Griffon Blanc.

L'allume-feu n'avait pas l'air de grand-chose. Un cylindre métallique d'où sortait une mèche. Pour l'actionner, il suffisait d'appuyer avec le pouce sur une petite pierre polie encastrée à l'autre bout.

Il était possible de s'en servir d'une seule main. Espérant que son pressentiment n'était qu'un mauvais tour de son imagination, Dague dégagea l'appareil du rouleau de corde où il était coincé et appuya sur la pierre.

Rien.

Elle réessaya plusieurs fois, sans plus de résultat.

Alors, elle l'apporta à son coéquipier.

— Il ne fonctionne pas, dit-elle d'une voix tendue.

Tad prit l'allume-feu et l'étudia de si près qu'il louchait presque.

— La… la magie s'est envolée, dit-il d'un ton hésitant. Ce n'est plus un allume-feu mais un tube en métal avec une mèche.

— J'avais peur que tu dises ça.

La jeune femme retourna fouiller dans leurs affaires, cherchant tous les objets magiques. Chacun de ses mouvements réveillait la douleur, dans son épaule, mais elle s'efforça de l'ignorer. La manière dont l'équipement était tombé lui facilitait heureusement la tâche. Les dernières choses entrées dans la nacelle étaient sur le dessus, donc faciles d'accès.

La lumière magique de la lanterne ne brillait plus. La tente… eh bien, elle ne pouvait pas vérifier elle-même, mais la toile semblait étrangement molle entre ses mains. Le téléson…

Elle l'apporta à Tadrith et le posa devant lui. Le téléson n'avait rien d'impressionnant. Un simple bandeau de métal, équipé de fixations en cuivre de manière à pourvoir être adapté au tour de tête de n'importe quel habitant de Griffon Blanc. Il était utilisé pour élargir magiquement le rayon d'action de tous ceux qui possédaient un don de magie mentale. Tous les griffons, kyree et hertasis étaient dans ce cas, ainsi que la majeure partie des tervardis.

Tad aurait dû pouvoir l'utiliser pour appeler des secours. Dague était si nerveuse qu'elle dut réprimer son envie de pleurer et de se rouler en boule. S'ils ne pouvaient pas lancer un appel…

Tad toucha le téléson du bout d'une serre et secoua la tête.

— Inutile que je le mette, dit-il. Il est… vide.

Ils se regardèrent.

Nous avons un problème.

— Ce n'était pas seulement la nacelle, donc, dit Dague en se laissant tomber lourdement sur le sol. Comment cela a-t-il pu se produire ? Pourquoi maintenant ? Pourquoi nous ? Tous les objets magiques que nous transportions sont… morts. La lumière, l'allume-feu et sans doute aussi nos manteaux-abris imperméables…

— Et le téléson. (Tad la regarda, les yeux écarquillés.) Nous ne pouvons pas appeler des secours.

Livrés à nous-mêmes. Blessés. Personne ne sait où nous sommes. Et nul ne se doutera de notre disparition, puisque nous ne sommes pas censés rencontrer l'équipe que nous remplaçons avant des jours…

— A pied, ça nous prendra un temps fou, dit Tad. D'autant plus que nous sommes mal en point.

Et quelque chose, quelque part, absorbe la magie. Un effet naturel ou une créature ? Et si elle se nourrit de magie, essayera-t-elle de nous manger ?

C'était possible. Elle pouvait vouloir dévorer Tad. Les griffons étaient, par nature, des créatures magiques.

N'y pense pas ! On le répétait sans cesse aux Argents : en cas d'urgence, ils devaient songer aux problèmes immédiats.

Il faut s'occuper de ce qui se passe maintenant. Pour le reste, nous aviserons en temps voulu.

Dague se releva.

— Il va y avoir un orage. Nous devons trouver un abri. Puis nous chercherons de l'eau, du bois pour faire du feu et de quoi nous armer.

« Mais nous devons sauver tout l'équipement qui peut l'être avant que la pluie ne s'abatte sur nous.

Tadrith se leva aussi.

— Tu as raison. La tente... nous pourrions couper des arceaux, mais j'ignore si nous serons en mesure de la monter, dans notre état. Quant à la nacelle, elle ne nous servira plus à rien, même pas d'abri...

— Deux côtés et le fond sont intacts. Nous pourrions étaler la toile de tente dessus. Avec le reste, nous allumerons un feu.

Dague et Tad regardèrent longuement la nacelle.

— Les deux jeunes arbres qui la soutiennent sont costauds, dit-il. L'ouverture n'est pas du côté que j'aurais choisi, mais mieux vaut ne pas essayer de la retourner, qu'en dis-tu ?

— D'accord... Très bien, commençons par déblayer les branchages et notre équipement, puis nous couperons les côtés de la nacelle qui sont cassés et nous renforcerons la base en attachant ensemble ces arbrisseaux...

Elle les montra de sa main valide. Tad acquiesça.

— Regarde ici et là, ajouta-t-il. Si nous empilons suffisamment de paquets, nous pouvons ajouter un troisième côté à notre abri.

Les deux Argents se mirent au travail. En dépit de leurs blessures, ils firent de leur mieux.

Parce qu'il était plus grand, Tadrith étendit presque tout seul la toile de tente sur les restes de la nacelle. Pendant ce temps, Dague rassembla les piquets qu'elle put trouver et les attacha d'une seule main. Il y avait un avantage à grandir dans la maison d'un *kestra'chern* : elle connaissait plus de variétés de nœuds que l'instructeur chargé des cours de survie.

La jeune femme ignorait comment se sentait son coéquipier, mais son épaule était terriblement douloureuse.

Je n'ai pas le choix. Impossible de rester sans rien

faire. Même respirer lui était pénible. *Je pourrais me reposer un peu pendant qu'il pleuvra.*

Quelle heure pouvait-il être ? Elle l'ignorait. Ils s'étaient écrasés peu après être parti. Ils n'avaient pas pu rester inconscients très longtemps, sinon les insectes seraient venus voir s'ils étaient morts. Dans ce genre de forêt, les nécrophages se mettaient très vite au travail.

Donc, on devait être encore tôt le matin. Et si le temps tenait encore un peu, l'orage quotidien n'éclaterait pas avant la fin d'après-midi. Ça leur laisserait le temps de rassembler leur matériel et de se construire un abri digne de ce nom.

Si la chance ne nous a pas complètement abandonnés…

Ils terminèrent leur abri. Une fois la toile de tente disposée sur les restes de la nacelle, ils l'avaient attachée aux trois jeunes arbres sur lesquels elle s'était écrasée. Dague ne savait que faire de quelques-uns des rabats, mais elle aurait peut-être une idée plus tard.

Pour l'heure, ils avaient fait de leur mieux.

Les deux Argents s'occupèrent ensuite de leur équipement. Ils fouillèrent dans les débris pour découvrir ce qui était intact, ou du moins utilisable. Peut-être seraient-il forcés de garder seulement ce qu'ils pourraient transporter, mais ce n'était pas encore le cas.

Dague était prête à se battre pour rester, et elle savait que Tadrith aussi. Ils choisiraient de partir au moment où ils seraient certains que personne ne viendrait plus les chercher.

Toujours rester sur le lieu de l'accident. Le meilleur repère pour les secours.

Encore une chose apprise en cours de survie. Sur place, ils avaient un abri — qu'ils amélioreraient — et tout leur matériel sous la main. Même les objets cassés pouvaient être utiles. Mais s'ils étaient obligés de partir, ils n'emporteraient que le strict nécessaire.

Si. C'était le mot clé. Elle n'oubliait pas que quelque chose, quelque part, absorbait la magie. Si le lieu de l'accident était une indication pour les secours, c'en était également une pour l'être qui les avait faits tomber du ciel.

Dis-toi que c'est un ennemi et qu'il est passé à l'attaque. C'était le seul raisonnement possible. A partir de là, elle pourrait prendre des mesures.

Ils ignoraient quel genre de prédateurs vivaient dans la forêt. Et plus ils resteraient ici, plus ils attireraient leur attention.

— Merci, Aubri, merci !

C'était Tadrith. Ayant trouvé un allume-feu qui fonctionnait sans l'aide de la magie, il le tendit triomphalement à sa coéquipière. Dague allait pouvoir faire un feu avec les deux côtés endommagés de la nacelle, réduits en petits bouts. Si elle empilait du bois vert autour, il sécherait suffisamment pour pouvoir être brûlé.

Le griffon resta près de son tas d'objets. Il avait retrouvé le matériel non magique qu'Aubri avait insisté pour qu'ils emportent.

Dague étudia leur abri un moment.

D'abord penser, puis agir. N'oublie pas : si tu fais une erreur, il n'y aura personne pour t'aider à la réparer.

Elle devait trouver un moyen de protéger son feu de la pluie sans que la fumée entre dans leur abri.

Bien. Il y a le rabat de la tente. Si je plie ces deux arbrisseaux et que je les attache à la nacelle, puis si je déplie le rabat et que je le fixe… là. Oui, je crois que je peux faire ça d'une seule main. Ensuite, nous fabriquerons un coupe-vent avec des branches épaisses et des feuilles.

Aussitôt dit, aussitôt fait. Elle fit plier les deux

jeunes arbres et les fixa d'un côté et de l'autre de la nacelle. Puis elle tendit dessus le rabat de la tente, formant un auvent. Elle dut s'y reprendre à plusieurs fois pour obtenir un nœud satisfaisant. Mais quand ce fut fait, elle estima que seule une tempête pourrait l'arracher. Une chose la consolait : ils ne manqueraient pas de bois, même s'il était vert.

Fais ton feu, puis occupe-toi du coupe-vent.

Dague gratta le sol pour enlever la couche de débris végétaux. Puis elle rassembla des morceaux de nacelle et des poignées de feuilles sèches. L'allume-feu était empaqueté dans du tissu ouaté. La jeune femme en déchira un morceau, puis rangea le reste.

L'allume-feu était très difficile à manier d'une seule main. Dague le coinça sous un genou pour produire les quelques étincelles qui suffirent à enflammer le tampon d'ouate, qu'elle plaça délicatement au creux du nid de feuilles sèches et de débris inflammables. Quand son feu prit, elle se pencha au-dessus, sourcils froncés, et l'alimenta patiemment.

Après avoir fini, elle avait mal partout.

Soupirant, elle se leva et alla voir ce que Tad avait trouvé. Elle remarqua aussitôt la hache, assez petite et légère pour être maniée d'une main et assez affûtée pour couper n'importe quoi. Or, ils avaient besoin de bois de chauffage.

La jeune femme se fit un devoir de réduire en petits morceaux les débris qui jonchaient le sol. Elle empila dans un coin les branchages trop fins pour être brûlés. S'il leur restait assez de temps avant la nuit — ou la pluie — elle s'en servirait pour construire une palissade autour de leur camp. Ça ne serait pas très solide, mais les animaux avaient tendances à éviter ce qui était nouveau.

Et si nous avons de la visite, le bruit nous avertira... A moins que la créature ne puisse sauter par-dessus...

Il ne serait peut-être pas bête de récolter l'urine de

Tad pour en asperger les alentours du camp. L'odeur d'un gros prédateur est généralement suffisante pour écarter la plupart des petits animaux nuisibles.

Quand elle trouvait de grandes feuilles, elle les séparait avec soin de leur tronc fibreux. Dès qu'elle aurait suffisamment de longs bâtons et de feuilles, elle pourrait envisager la construction du coupe-vent.

Son corps protestait chaque fois qu'elle abattait la hache, mais elle continua quand même.

Si je m'arrête, je ne pourrai pas bouger avant des heures, alors autant profiter de mon élan.

Tadrith devait penser la même chose, car il continuait de fouiller dans le matériel. Il avait retrouvé son sac et les deux de sa partenaire. A côté, il avait posé le matériel « primitif » d'Aubri.

Entre deux coups de haches, la jeune femme vit qu'il avait réussi à trouver des bougies, une lanterne, un petit réchaud, du matériel de cuisine, deux pelles et trois gourdes en cuir. Il y avait également deux machettes, une moustiquaire, une canne à pêche et une boussole.

Dague grimaça en voyant leurs armes. Son arc préféré était cassé, mais de toute façon elle n'aurait pas pu s'en servir. Avec sa clavicule cassée, pas question de bander le plus petit, qui était intact. Pas plus qu'elle ne pourrait utiliser l'épée que Tad avait posée à côté du carquois plein de flèches.

Elle le vit brandir ses serres de combat — elles lui seraient utiles, mais il lui était impossible de marcher avec.

Que ferons-nous si nous sommes forcés de partir et si nous sommes attaqués ? Je doute que notre adversaire accepte de laisser le temps à Tad de les mettre…

Quelques instants plus tard, son moral remonta quand elle vit qu'il avait trouvé une fronde et un sac plein de billes de plomb. Elle pourrait s'en servir, et très bien, même !

La découverte suivante de Tad la stimula plus

encore. Une lance courte terminée par une traverse, comme les armes utilisées pour la chasse à l'ours. Elle était cassée, mais puisque la jeune femme n'avait qu'une main, un manche plus court n'était pas gênant.

Je peux chasser avec la fronde et me battre avec la machette et la lance. Tad a ses serres et son bec pour se défendre. Et il a sa magie.

Tous les griffons étaient des mages. Tad n'avait pas un don comparable à celui de son père, mais il savait se rendre utile.

La jeune femme frémit en pensant à ce que la magie de Tad pouvait attirer sur eux et décida qu'elle avait coupé assez de bois. Elle entoura le feu de bûches de bois vert, pour les faire sécher, et stocka le reste au fond de leur abri.

Il vaut mieux que Tad n'utilise pas sa magie pour le moment. Il faut d'abord nous assurer que la créature qui a absorbé celle de la nacelle et de nos équipements ne nous attaquera pas.

Dague rejoignit Tad. Elle soupira en découvrant un paquet d'armes magiques. Malheureusement, elles avaient des formes trop bizarres pour leur être d'une quelconque utilité.

A moins que…

Oui, elles pouvaient servir à lester des morceaux de toile pour garder au sec des choses plus utiles comme le bois, par exemple.

La jeune femme trouva le matériel de couchage. Elle l'emporta dans l'abri et l'étendit sur leurs matelas de feuilles et de branchages. Puis elle transporta à l'intérieur les armes et les objets qu'elle pouvait utiliser d'une main. Le reste, elle le couvrit d'un morceau de toile.

Leurs réserves de nourriture n'avaient pas été épargnées par l'« atterrissage » forcé. Comme il fallait s'y attendre, les rations de mercenaires — monnaie courante dans l'armée — n'avaient pas souffert. Ils avaient donc de la viande séchée et des biscuits à bases de céréales, de légumes et de fruits secs.

Pas des menus de fête, mais la viande séchée serait pour Tad, et un humain pouvait survivre en ne mangeant que des biscuits. Bien sûr, le griffon *n'apprécierait pas* ce régime, mais ça ne lui ferait pas de mal.

Dague regarda la nourriture écrasée. Pour le moment, ils pouvaient encore en consommer une partie, mais le stock pourrirait très vite.

Mieux vaut garder les rations pour plus tard. Je vais essayer de nous préparer quelque chose avec ça.

Elle rassembla assez de nourriture pour faire un repas consistant, ramassa le reste et le déposa dans la forêt, à quelques distances. Il valait mieux que la faune locale n'associe pas le camp à cette aubaine. Plus tard, elle installerait des pièges pour prendre les éventuels curieux.

Il est temps de m'occuper du coupe-vent.

Elle enfonça quatre longues perches droites dans le sol, d'un côté de l'auvent. Puis elle enfila les feuilles sur d'autres bâtons. Quand elle jugea qu'elle en avait assez, utilisant sa main valide et ses dents, elle en posa un au ras du sol, entre la nacelle et l'arbre qui soutenait l'auvent, puis l'attacha aux quatre piquets. Et ainsi de suite jusqu'en haut en prenant soin qu'une rangée chevauche de moitié la précédente.

Quand elle eut finit son « mur », elle jugea qu'il devrait tenir, à moins d'un grand vent. Mais, protégés par les cimes des arbres, ils ne risquaient pas grand-chose de ce côté-là.

Dague vit que Tad enfonçait des branches dans la terre meuble, tout autour de leur camp. Une barrière de rameaux.

Nous ne sommes pas partenaires pour rien.

Le tonnerre gronda au moment où elle le rejoignait. Jetant un coup d'œil par-dessus son épaule, elle vérifia que leurs affaires étaient à l'abri sous des morceaux de toile et que son feu brûlait toujours.

Oui, il brûle. Qui sait, nous aurons peut-être de la chance…

Il ne leur fallut pas longtemps pour compléter leur barrière. Leur nouvelle « maison » n'était pas ce qui se faisait de mieux, mais au moins, ils seraient au sec et en sécurité.

Le tonnerre gronda, plus près cette fois. Dague leva la tête juste à temps pour recevoir dans l'œil une des premières grosses gouttes.

Les deux Argents se mirent rapidement à couvert. Pas une seconde trop tôt, car le ciel se déchaîna d'un coup. Ils se serrèrent sous leur abri. Finalement, ils n'avaient pas moins d'espace que lorsque la tente en était toujours une.

Que d'eau ! Dague fut contente d'avoir pensé à placer un maximum d'objets sous l'auvent. A côté de ce déluge, la majorité des cascades qu'elle avait vues faisaient figure de ruisseaux ! La pluie tombait comme un rideau, tout droit. Les arbres oscillaient un peu, mais au ras du sol, ils ne sentaient pas le vent.

Pas un instant ne passait sans qu'un éclair illumine un coin ou un autre du ciel — ou plutôt de la voûte formée par les arbres. Parfois, il semblait que les grosses gouttes d'eau étaient figées en l'air, mais c'était une illusion d'optique.

La pluie abattit les branches cassées restées accrochées. Une ou deux tombèrent sur leur abri. Dague ne fut pas mécontente d'avoir au-dessus de sa tête une épaisseur de toile *et* une de nacelle. La toile seule se serait déchirée.

Si ces branches ne mettent pas nos vies en danger, nous les laisserons en place. Si nous ressemblons à un tas de branchages, les animaux sauvages nous ficherons peut-être la paix… Mais où ai-je la tête ? Je délire, parce qu'ils savent sûrement ce qui a sa place et ce qui ne l'a pas dans leur milieu naturel !

Tad regardait l'orage avec de grands yeux, les plumes ébouriffées pour lutter contre l'humidité.

L'épaule de la jeune femme la torturait. Les effets de l'analgésique devaient s'être estompés. Si elle avait mal, ce devait aussi être le cas pour Tad. Or, il n'avait pas à subir cela. Ils avaient assez d'antidouleur pour tenir deux semaines... Alors, on les aurait retrouvés, ou la douleur serait le cadet de leurs soucis...

Dague prit le sac de médicaments et en sortit deux flacons scellés. Le griffon perça la capsule du sien du bout d'une serre et se le versa dans la gorge avant qu'elle ait pu ouvrir celui qu'elle tenait. En bon partenaire, il lui rendit le même service. La jeune femme accepta avec reconnaissance et avala aussitôt.

— Je pense que nous devrions monter la garde à tour de rôle, dit-il. Même si nous avons pris un antidouleur, je n'aime pas trop l'idée d'être étendu là sans défense. Ça aurait été différent si nous avions pu placer des protections magiques, mais...

Dague réfléchit un moment.

Il est peu probable que nous ayons la force de nous défendre au cas où un véritable ennemi nous tomberait dessus. Mais celui qui sera de garde écartera les animaux sauvages et les charognards...

— Si tu peux dormir, je prends le premier tour, répondit-elle. Moi, je ne fermerai pas l'œil, en dépit de l'analgésique. Je te réveillerai quand je ne pourrai plus veiller.

Il acquiesça et elle étendit sur lui une de leurs couvertures.

— A ton réveil, le repas sera prêt.

Dague ne sut jamais comment il avait réussi ça, mais il s'endormit avant qu'elle ait fini sa phrase.

Il doit être épuisé. Il a lutté pour ralentir notre chute. Maintenant, il paie le prix. Je devrais plutôt être surprise qu'il ne se soit pas effondré après que j'ai réduit sa fracture.

Elle aurait dû ressentir plus d'émotions. Mais il lui était même difficile d'entretenir sa peur.

Le choc... et c'est tout aussi bien. Aussi longtemps que je réfléchirai à notre situation et prendrai des décisions, tout ira bien.

Plus tard, elle réagirait peut-être au traumatisme, mais pour le moment, cet engourdissement lui convenait.

Puisque les denrées qu'elle avait réussi à sauver étaient déjà mélangées, elle confectionna des galettes géantes fourrées à la viande, aux légumes et aux épices et les fit cuire à côté du feu. Elle en mangea une, puis garda les autres au chaud pour Tad.

Quand elle eut fini, elle s'installa et regarda les éléments déchaînés. L'obscurité — était-ce le soir ou la couche de nuage qui s'épaississait ? —, associée à un estomac plein, la fit sombrer dans une sorte de torpeur.

Par bonheur, le toit de leur abri laissait glisser l'eau. Il ne céderait pas, un point d'autant plus rassurant que la pluie continuait de tomber. La jeune femme s'avisa, un peu tard, que c'était l'occasion de faire des réserves d'eau. Elle fouilla de nouveau dans leurs affaires, sortit tous les récipients qu'elle trouva et les plaça le long de la tente. Ils furent remplis en un rien de temps. Elle en profita pour faire la vaisselle.

Je pourrais me laver !

Dague se sentait sale. L'idée d'être de nouveau propre la requinqua. Elle posa près du feu un pot d'eau pour la chauffer — elle aurait été stupide de ne pas en profiter, puisqu'elle n'avait pas besoin de se laver à l'eau froide ! Même sans la magie, ils ne manquaient pas de ressources.

Certains remèdes parfaits pour les contusions devaient être infusés dans l'eau tiède. Dès qu'elle aurait fini de se laver, elle soignerait ses petits bobos — qui ne lui sembleraient plus si petits à son réveil.

Pauvre Tad. Ces remèdes ne sont pas bons pour lui. Ils doivent être appliqués sur la peau et je ne peux pas lui tremper les plumes. Il risquerait de prendre froid.

Les gouttes tambourinaient contre la toile. Le seul son — mais son ouïe humaine était limitée — qui montait de la forêt. Assise les genoux contre la poitrine, Dague était presque en transe à cause du rythme régulier de la pluie. Seuls les éclairs et les roulements de tonnerre l'empêchaient de succomber à la fatigue. Une ou deux fois, elle s'éveilla en sursaut après s'être assoupie quelques instants.

Quand son eau fut assez chaude, elle se déshabilla maladroitement et se lava. Ensuite, elle enfilerait des vêtements humides mais tièdes. Il était si bon d'être propre et habillée de frais !

Comme j'aimerais pouvoir me tremper dans une des sources chaudes de Griffon Blanc... Bon, d'accord, tant que j'y suis, pourquoi ne pas demander une équipe de sauveteurs, un bon lit au fond d'une grotte et assez d'analgésique pour dormir jusqu'à ma guérison complète ?

Mais ce genre de pensée risquait de la déprimer ou de l'inquiéter davantage. Elle devait se concentrer et faire du mieux qu'elle pouvait avec ce qu'elle avait sous la main.

Elle voulut enfiler une tunique à manches longues. Mais elle comprit très vite qu'y passer son bras serait terriblement douloureux.

Eh bien, qui la verrait ? Personne.

Dague découpa le devant du vêtement. Ainsi, elle pourrait le fermer avec sa ceinture. Mais avant de s'habiller, elle enroula une couverture autour de ses épaules et prit le kit médical. Elle devait traiter ses ecchymoses.

Elle trouva vite les herbes qu'elle cherchait et les

mit à infuser dans l'eau qui restait. La pluie commençait à faiblir un peu, mais il faisait de plus en plus sombre. C'était donc bien la nuit qui tombait…

Et maintenant, que dois-je faire ? Alimenter le feu pour éloigner les prédateurs nocturnes ? Le couvrir pour ne pas attirer l'attention ?

Après réflexion, elle opta pour la première solution. La plupart des animaux avaient peur du feu. S'ils sentaient la fumée, ils éviteraient de s'approcher de leur camp.

Dague devait brûler du bois vert. Mais puisque la fumée s'échappait par l'auvent, ce n'était pas un problème. Le feu réchauffa considérablement leur abri. A côté d'elle, Tad marmonna en dormant et plongea dans un sommeil plus profond.

Quand la décoction d'herbe devint brun foncé, la jeune femme y trempa des bandages et pansa les parties les plus touchées de son corps. Puis elle s'enroula de nouveau dans la couverture, en attendant qu'ils sèchent.

Elle avait chaud et c'était merveilleux ! Il ne fallut pas très longtemps pour que les soins fassent leur effet. Les élancements se calmèrent. L'odeur âcre et forte de la potion lui envahissait les narines.

Bien. Je n'ai plus une odeur comestible. Même les insectes devraient me laisser tranquille. Enfin, je l'espère…

Les bandages séchèrent rapidement et elle put les retirer.

Dague remonta son pantalon d'une main et enfila sa tunique, prenant soin de la croiser pour qu'elle ne s'ouvre pas. Heureusement, la boucle de sa ceinture était à crochet et pas à battant.

La pluie cessa de tomber. Les insectes se réveillèrent et, comme d'un commun accord, se mirent à chanter. Alors que les dernières lueurs du jour s'évanouissaient, des cris étranges se mêlèrent à leur cacophonie. Sortaient-ils de la gorge d'oiseaux, de mammifères ou de reptiles ? Impossible de le savoir. La plupart venaient des branches.

L'air était humide et frais. Il faisait très sombre, maintenant. Les seules sources de lumière, à part le feu, étaient les feux follets et les sécrétions des insectes. Il n'y avait ni lune ni étoiles. La couverture nuageuse était-elle trop épaisse ? Ou la voûte des arbres ?

Au moins, ils avaient un feu. Les restes de la nacelle brûlaient bien, comme le bois vert.

Le plus énervant était de savoir que ni Tad ni elle n'avaient commis d'erreur. Ils n'avaient pas voulu faire d'épate, ni pris de risque inutile. Même de vieux soldats comme Judeth et Aubri auraient été surpris.

Rien de tout cela n'était leur faute.

Mais ils risquaient de mourir et les cadavres se fichaient de savoir si c'était ou non leur faute.

Après que Dague eut immobilisé son aile, Tad n'avait pas souffert autant qu'il s'y était attendu. Peut-être était-ce dû au choc, mais il n'y croyait pas trop. La fracture était simple. Avec un peu de chance, elle se ressouderait correctement. Les griffons guérissaient vite, même sans l'aide d'un spécialiste.

Il aurait parié que sa fracture était infiniment moins douloureuse que celle de sa partenaire. Son aile ne serait pas sollicitée sans qu'il le veuille, alors que la clavicule de la jeune femme l'était au moindre mouvement.

Si le téléson fonctionnait toujours... ou si je pouvais faire quelque chose !

Il réussirait à réparer l'allume-feu et la lampe magique — après avoir dormi un peu — mais le téléson, comme la tente et le pot à cuire, exigeaient l'intervention d'un mage plus puissant.

Avec le téléson, ils auraient pu avoir des secours en deux jours. Dans le meilleur des cas, il en faudrait trois ou quatre avant que quelqu'un s'inquiète de leur absence.

Le griffon s'était porté volontaire pour le deuxième tour de garde parce qu'il savait que son amie dormirait seulement lorsqu'elle serait épuisée. Mais quand ce moment viendrait, les antidouleurs la terrasseraient.

Même si les analgésiques l'avaient aidé, il avait surtout eu recours aux techniques enseignées par Keeth. Il pouvait entrer en transe et bloquer la douleur, ou détendre ses muscles.

*J'ai de la chance d'avoir un frèr*e trondi-irn !

Il s'installa confortablement. Dès que Dague l'eut couvert, il s'endormit.

Des images étranges, trop décousues pour être qualifiées de « rêves » hantèrent son sommeil. Bien qu'étant adulte, il se vit suivre sa vieille nourrice, Makke, dans une foire, à Khimbata. Quelques instants plus tard, il volait si haut que les humains, dessous, n'étaient pas plus grands que des fourmis. Puis il lui sembla que les arbres de la jungle lui parlaient et s'impatientaient parce qu'il ne comprenait pas ce qu'ils essayaient de lui dire.

Mais rien de tout ça ne réussit à perturber son sommeil. Chaque fois qu'un cauchemar le menaçait, il s'éveillait suffisamment pour le chasser et se rendormait aussitôt.

Il était sur le point de se réveiller de lui-même quand sa partenaire le secoua.

Tadrith regarda Dague en clignant des yeux. A la lumière du feu, le visage de la jeune femme était une étrange mosaïque d'ecchymoses violettes et de reflets ambrés. Une odeur âcre lui apprit qu'elle avait utilisé une décoction pour se soigner.

— J'ai repris une dose d'antidouleur et je ne peux plus garder les yeux ouverts, dit-elle, bâillant à se décrocher la mâchoire. Je n'ai rien vu ni rien entendu de spécial, même si mon imagination est allée bon train.

— Parfait. Maintenant, il faut dormir. Je prends le relais jusqu'à l'aube.

La jeune femme s'allongea contre lui pour profiter de sa chaleur.

Elle en a besoin, autant que du réconfort de ma présence, pensa-t-il.

Elle remua, pour trouver une position qui ne la fasse pas trop souffrir.

Il n'a pas dû être facile de rester aux aguets pendant que je ronflais.

Il ne serait pas resté endormi très longtemps en cas de danger. Mais quand on se demandait si les sons qu'on entendait sortaient de la gorge d'un oiseau, d'un rongeur ou d'un mangeur d'homme, ce n'était pas rassurant.

Si les griffons n'étaient pas nyctalopes, leur vision nocturne restait meilleure que celle d'un humain. Et Skandranon et ses fils avaient une acuité supérieure à la moyenne…

Tad laissa ses yeux s'adapter à l'obscurité, mémorisant l'emplacement des ombres. Il pouvait en identifier la plupart. Par exemple, celle qui ressemblait à un ours couché n'était qu'une souche coiffée de champignons vénéneux. Au loin, cette forme spectrale était un tronc pourrissant couvert de champignons phosphorescents. Si elle semblait bouger, c'était une impression due à la fatigue. Quant aux « paires d'yeux », il suffisait d'y regarder d'un peu plus près pour comprendre qu'il s'agissait d'insectes qui volaient par deux parce que c'était la saison de la reproduction. Cette forme qui planait était une chauve-souris, cette autre, une chouette… Les pauvres fuyaient la lumière de leur feu.

Quand il eut fini d'identifier ce qu'il voyait, il passa aux sons : bourdonnements d'insectes, coassements de batraciens… Il en connaissait certains pour les avoir entendus aux alentours de Griffon Blanc. Parfois, des pépiements d'oiseaux nocturnes parvenaient à ses oreilles, mais il n'y avait pas de quoi s'alarmer.

Enfin, il y avait des aboiements, des grognements et des hurlements. La plupart venaient de la voûte des arbres. Sauf erreur de sa part, les animaux qui les poussaient ne viendraient pas les embêter, car ils chassaient dans les branches. Là-haut, la vie était dure, la principale difficulté étant de trouver de l'eau.

La voûte ne devait pas abriter de créatures plus grosses qu'un humain de la taille de Dague. Mais elles criaient très fort pour deux raisons. *Primo*, le feuillage était si dense que les individus ne pouvaient se repérer qu'à la « voix ». *Secundo*, une proie avait des chances d'être relâchée par un prédateur si elle pouvait le surprendre par son cri.

Là-haut, les prédateurs étaient des animaux ailés ou des serpents. Evidemment, il était possible qu'un des reptiles soit assez gros pour avaler Dague. Ou même lui. Mais il ne pourrait pas les gober tous les deux à la fois. Quant aux prédateurs ailés, le jeune griffon avait confiance en ses capacités.

Restait à se soucier des animaux à quatre pattes qui chassaient au niveau du sol. Tout ce qui volait ou rampait sous la voûte ne représentaient aucun danger.

Selon les critères humains, la vision de Tad était très perçante. Mais il pouvait surtout capter les mouvements. Il n'avait donc pas besoin de s'user les yeux, contrairement à sa partenaire. Il lui suffisait de se détendre. Si un prédateur approchait, il le verrait, même par une nuit sans lune. Car il serait obligé de passer devant une des ombres identifiées.

Son ouïe était aussi bonne que sa vue. Maintenant qu'il connaissait les sons « normaux », il pouvait se concentrer sur ceux qui ne l'étaient pas.

Voilà pourquoi prendre le second tour de garde lui convenait parfaitement. A partir du moment où il avait tout classé dans son esprit, il était bien mieux armé que son équipière pour veiller sur le camp.

Si on les attaquait par-derrière, il ne verrait pas arriver leur ennemi. Peut-être ne l'entendrait-il pas non plus. Mais ils étaient protégés par la toile de tente et la nacelle. Le temps que le prédateur les atteigne, ils seraient prêts à le recevoir.

En principe…

Oui, il était compétent. Mais pourquoi se sentait-il si impuissant ?

Nous sommes blessés et dans l'impossibilité de nous défendre correctement. Nous ignorons notre position exacte. Et nous sommes trop loin de chez nous pour rentrer. La vérité, c'est que je n'aime pas ça.

Dans trois jours, ils ne seraient pas à leur rendez-vous. Alors, Griffon Blanc enverrait des secours. Il fallait espérer qu'ils tiendraient jusque-là !

Cesse de t'apitoyer sur ton sort et mange ! Qui sait quand tu auras l'occasion de faire un vrai repas ? Et t'affamer ne servirait à rien.

Il avala les galettes de viande et de légumes. C'était loin d'être aussi mauvais que prévu. Pourtant, la jeune femme n'était pas une bonne cuisinière. Plus tard, ils riraient d'avoir eu l'idée de concocter un bon repas juste après un désastre.

Quand on écoute papa, on croirait qu'il pouvait combattre deux cents makaars, séduire sa chef d'escadrille, lui donner rendez-vous, combattre deux cents autres makaars, puis s'arrêter le temps de prendre le thé dans un service en argent.

Dague avait laissé les galettes à côté du feu, pour qu'elles restent tièdes. Elles étaient consistantes et lui tiendraient au corps un moment. Dans son état, s'il réussissait à attraper un animal plus gros qu'un écureuil, ce serait un miracle.

Papa dirait qu'il se glissait derrière les lignes enne-

mies sans se faire repérer. Mais un daim a un meilleur odorat qu'une sentinelle humaine.

Rassasié avant d'avoir fini toutes les galettes, il décida de garder les quatre dernières pour le petit déjeuner. Il les enveloppa dans une feuille et les glissa sous la cendre.

Le menton posé sur les pattes, il reprit le cours de ses réflexions.

Le problème, c'est que j'ignore ce qui nous a abattus.

Les possibilités ne manquaient pas. Ça pouvait être un phénomène naturel — ou une anomalie résultant d'un orage magique.

L'ennui, avec cette explication, c'est que nous ne sommes pas les premiers à passer par cette route.

S'il était bien question d'un phénomène « naturel », pourquoi personne n'avait-il rien remarqué ? Les Haighleis, très soupçonneux dès qu'il s'agissait d'une sorcellerie qui n'était pas sous le contrôle de leurs prêtres-mages, mettaient un point d'honneur à découvrir toutes les sources de magie « sauvage ». C'était eux qui avaient établi les avant-postes. Même s'ils n'avaient pas suivi la même route que les deux Argents, ils étaient forcément passés dans les environs et ne pouvaient pas avoir manqué une anomalie de ce genre.

J'étais préoccupé par le climat, alors je n'ai pas fait très attention aux points de repère. Et je crois que j'ai dévié de notre route pour éviter le gros de l'orage.

Mais une zone « malsaine », voire un « blanc », aurait sauté aux yeux d'un mage à la recherche de ce genre de choses.

Ce n'était pas mon cas. Je dois faire un effort pour utiliser ma vision magique. Mais pour Etoileneige, c'est l'inverse.

Il y avait donc une seconde possibilité. Quelque chose de nouveau, ou un phénomène qui dépassait ses connaissances en matière de magie. Ce qui amenait à la conclusion peu réconfortante qu'on les avait *fait* s'écraser.

Mais si c'était une mesure défensive, comment nous ont-ils repérés ?

L'attaque n'avait pas pu venir du ciel. A part quelques oiseaux, Dague et lui étaient seuls là-haut. Et elle n'avait pas non plus pour origine la voûte des arbres, car il l'aurait vue venir.

Pour l'instant, leurs agresseurs ne s'étaient pas montrés, ce qui confirmait la thèse de la mesure défensive. Il pouvait même s'agir d'une défense instinctive.

Mais tout s'était passé si vite !

A moins d'avoir eu un sort actif en permanence pour abattre tout intrus passant au-dessus d'eux, « ils » n'auraient jamais été prêts à nous abattre avant que nous soyons hors de portée.

Cela supposait une réelle volonté d'attaquer. « Ils » les avaient peut-être suivis un moment avant de leur tendre une embuscade.

Mais alors pourquoi ne sont-ils pas encore venus vérifier que nous sommes morts ?

Etaient-ils donc si sûrs d'eux ? S'en fichaient-ils ?

Ou étaient-ils passés maîtres dans l'art du camouflage ?

Nous épient-ils en ce moment ?

S'ils avaient frappé à distance, ils n'avaient peut-être pas pu rejoindre le lieu de l'accident avant que Dague et lui soient de nouveau capables de se défendre. Ce genre d'attaque trahissait une grande lâcheté. Et dans ce cas, *ils* ne devaient s'en prendre qu'à des proies sans défense.

Autre possibilité : notre agresseur veut fouiller chaque pouce de terrain entre lui et nous avant de venir nous achever.

Le jeune griffon soupira. Rien que des hypothèses ! Seule certitude : ils avaient été victimes d'une attaque qui avait détruit la magie de leur équipement.

Il passa le reste de la nuit à tendre l'oreille et à sursauter au moindre bruit suspect, maudissant sa migraine.

A l'aube, Tad entendit Dague se réveiller car sa respiration s'accéléra. La jeune femme voulut s'étirer, puis jura entre ses dents.

Le jeune griffon harponna le sac de médicaments du bout d'une serre et le tira jusqu'à sa partenaire. Reconnaissante, elle en sortit un flacon d'analgésique. Il perça le sceau de cire pour qu'elle puisse boire.

Dague resta allongée un moment, le temps que la potion commence à faire effet.

— Je présume qu'il ne s'est rien passé ?

— Rien de spécial. Des charognards se sont disputés les restes de nourriture.

Il avait entendu des grognements et des bruits de lutte.

— Nous devrions songer à poser des pièges... de préférence hors de portée des charognards. Je détesterais découvrir que l'un d'eux est passé avant nous.

Dague s'assit et se frotta les yeux de sa main valide.

— J'aurais dû y penser, hier, dit-elle tristement.

— Hier soir, ils n'auraient servi à rien, à cause de l'orage. S'il ne pleut pas trop aujourd'hui, nous en poserons cet après-midi.

La jeune femme bâilla, puis massa sa mâchoire douloureuse.

— Bonne idée. C'est le plus sûr moyen d'avoir quelque chose à nous mettre sous la dent. Nous commencerons par l'endroit où j'ai jeté les restes de nourriture. Même s'il ne reste plus rien, des animaux y reviendront.

« Oh, dieux, je suis pleine de courbatures !

— Et moi, donc ! Oh, au fait, je nous ai gardé de quoi manger.

Il gratta la cendre, révélant les quatre galettes. Elles étaient un peu sèches, mais mangeables.

Si j'avais aussi une potion qui soulage..., pensa tristement Tadrith. *Dague a l'air beaucoup mieux, ce matin.*

— Je dois dire que la journée commence plutôt bien, déclara la jeune femme. La décoction que j'ai utilisée cette nuit semble également éloigner les insectes. Je n'ai pas été piquée depuis que je l'ai appliqué.

« Veux-tu une nouvelle dose d'analgésique ?

Il secoua la tête.

— Non, j'en ai pris une dès qu'il a fait assez jour pour que je ne confonde pas les flacons.

Tad tendit son petit déjeuner à Dague et mangea le sien. Il remarqua qu'une seule galette suffisait à rassasier sa coéquipière, mais elle n'en perdit pas une miette. Grâce à la prévoyance de la jeune femme, qui avait rempli tous leurs récipients d'eau de pluie, il n'eut pas à attendre qu'elle l'aide pour boire tout son content.

Il attendit qu'elle ait fini de manger et de se laver le visage avant de poser la question qui lui brûlait le bec.

— Et maintenant, que faisons-nous ? demanda-t-il alors qu'elle s'essuyait avec sa tunique de la veille.

Il lui conseillerait de mettre son linge sous la pluie, la prochaine fois qu'il y aurait une averse. Comme ça, il serait plus ou moins lavé.

Dague s'assit sur les talons.

— Voyons les possibilités qui s'offrent à nous.

Le griffon s'étira prudemment puis se rallongea.

— Eh bien, nous savons que la meilleure chose à faire, c'est rester ici. Non ?

— Oui, et allumer un feu de détresse.

Elle leva les yeux vers la voûte des arbres, qui laissait voir quelques rares bouts de ciel bleu, tels de grands yeux brillants, et ajouta :

— Il faudra qu'il fasse beaucoup de fumée pour être visible au-dessus de la cime des arbres.

— Personne ne partira à notre recherche avant deux

ou trois jours. Nous avons un abri que nous pourrions renforcer et agrandir avec le matériel dont nous disposons. Il ne serait pas très difficile d'ajouter une épaisseur sur la toile de tente. J'ai remarqué que les feuilles que tu as utilisées pour le coupe-vent deviennent en séchant aussi dures et solides que du vieux cuir.

— Ça ne va pas être facile, avec une seule main… Et je suis la seule qui sache faire des nœuds. Si tu te charges des trous, je peux passer les cordes… mais ça nous prendra du temps.

— Je peux faire beaucoup de choses, à condition de m'appliquer. (Il réfléchit un instant.) Même blessé, je reste un griffon adulte. Peu de créatures veulent se frotter à ça.

— Dans deux ou trois jours, ceux qui nous ont attaqués nous aurons peut-être retrouvés, répliqua Dague, jouant l'avocat du diable — comme il l'aurait fait si c'était elle qui avait proposé un plan. Nous devons considérer que nous avons été attaqués et prendre les mesures qui s'imposent. Or, cet endroit n'est pas défendable.

Tadrith dut admettre qu'elle avait raison. La végétation était tout simplement trop dense et ils n'avaient aucun moyen d'y remédier.

Ils pourraient — peut-être — la brûler. Mais ils avaient peu de chances de réussir. Comment abattre des arbres dont trois hommes n'auraient pas fait le tour, bras écartés ? Et s'ils réussissaient, leur « succès » risquait de dégénérer en incendie de forêt. Non, décidément, ils ne pouvaient pas prendre un tel risque.

— Nous devons trouver un endroit d'où notre feu de détresse sera visible, même de nuit, continua la jeune femme. Et nous n'avons pas fait une trouée suffisante en tombant.

— Tu as raison, j'ai vérifié…

C'était surtout la nuit qu'un feu de détresse servait. Et il aurait fallu plus de deux personnes pour entretenir un foyer assez gros pour être visible à travers la voûte des arbres.

— Encore autre chose : ici, nous n'avons pas de source pour nous approvisionner en eau. Je *sais* qu'il pleut chaque après-midi, mais compter uniquement là-dessus serait de la folie.

« Résumons. Nous sommes dans un endroit couvert sans possibilité défensive et sans eau.

Le griffon grimaça.

— Vu comme ça, rester ici ne paraît pas la meilleure idée.

— Il faut trouver de l'eau, de préférence une source assez large pour pouvoir provoquer une ouverture dans la voûte des arbres. Avec un peu de chance, nous n'aurons pas à aller très loin. En fonction du terrain, nous imaginerons un moyen d'organiser notre défense. Je crois qu'il faut songer à déménager.

— Oui, peut-être, fit Tad. Mais…

Un coup de tonnerre l'empêcha de continuer. Il commença à pleuvoir, bien plus tôt que la veille.

— … pas aujourd'hui, soupira le griffon.

Dague sortit la tête, pour mieux voir ce qui se passait. Au même moment, un filet d'eau glacée glissa le long de la toile et lui coula dans le cou. Elle recula instinctivement, et blêmit de douleur.

Le chapelet de jurons qui lui échappa aurait fait honneur à un soldat endurci. Tad ne fit aucun commentaire. Comme si la douche glacée ne suffisait pas, son geste malheureux avait dû réveiller sa clavicule cassée.

— Je vais chercher du bois, proposa le griffon.

Il n'attendit pas de réponse pour sortir. Etre mouillé était infiniment préférable à partager un espace clos avec Dague quand plusieurs événements venaient de la contrarier. La jeune femme était son équipière et son amie… mais il connaissait son mauvais caractère.

Je préfère encore braver l'orage.

CHAPITRE V

— Un griffon mouillé ne sent décidément pas la rose, lança Dague en fronçant le nez.

— Pas plus qu'une humaine couverte de baume, riposta Tadrith. Moi, je sécherai… Toi, tu sentiras toujours aussi mauvais le matin.

Puisqu'il venait de finir de l'aider à se bander les membres et le corps, il avait le droit de faire cette remarque. D'ailleurs, il s'était ébroué avec soin avant de rentrer sous leur abri. Il n'était pas vraiment mouillé, tout juste *humide*.

— Et ça pourrait être pire. Tu pourrais partager ton abri avec un kyree mouillé…

La jeune femme grimaça.

— Je me suis déjà retrouvée coincée dans un espace clos avec un kyree mouillé. A côté, un griffon mouillé sent aussi bon qu'un bouquet de violettes.

Dague avait soupé d'un morceau de pain de voyage, le grignotant à la manière d'un rongeur.

Ils avaient eu beaucoup de chance. Dague avait repéré une bête descendue le long d'un tronc pour les observer et l'avait abattue avec sa fronde. Un repas respectable pour le griffon, qui n'avait pas vraiment brûlé de calories.

Bon d'accord, il avait été chercher du bois. Puis il

avait déplacé les débris derrière leur refuge, pour qu'ils ne risquent pas de se prendre les pieds dedans en sortant…

En fin d'après-midi, Dague était sortie pour couper le bois. Et pour se laver. En parfait gentilhomme, Tadrith avait détourné les yeux, même s'ils étaient d'espèces différentes. Pour une Kaled'a'in, la jeune femme était terriblement pudique. Peut-être pour conserver le peu d'intimité qu'il lui restait ?

Il avait dû lui falloir beaucoup de courage pour se « doucher » à l'eau de pluie glaciale. A peine ses ablutions terminées, elle s'était précipitée sous l'abri pour s'enrouler dans une couverture. Elle prétendait que ça lui avait fait du bien, mais il se demandait si c'était la vérité. Dague n'était pas faite pour les atterrissages forcés — et brutaux. La nacelle l'avait protégée, mais il se demandait si elle n'était pas blessée plus gravement qu'elle ne voulait l'avouer. Son silence trahissait certainement un traumatisme psychologique.

Une fois sèche, elle lui avait demandé de l'aider à se soigner. La décoction était visiblement efficace. De violettes, bleues et noires, les ecchymoses étaient devenues jaunes, vertes et rosâtres. Peut-être pas une harmonie de couleurs des plus attrayantes, mais ça indiquait que Dague guérissait vite.

Tad finit sa viande et tendit les os à sa partenaire.

— Mets-les à rôtir dans le feu, pour sucer la moelle. C'est plein de bonnes choses. Cette bête n'était pas mauvaise. Sa moelle devrait avoir meilleur goût que ton quignon de pain.

— De la paille aurait eu plus de goût.

— Si tu veux, je casserai les os avec mon bec. Nous pourrions garder les plus grandes esquilles, pour en faire des pieux.

Dague acquiesça.

— Toi, essaie de broyer les plus petits os. Ça devrait aider ceux de ton aile à se ressouder.

Le griffon obéit. Tous les membres de sa race savaient qu'il fallait des os pour en réparer d'autres.

Quand un des os gracieusement offerts par Tad s'ouvrit, Dague le retira du feu. Elle gratta la moelle avec la pointe de son couteau et l'étala sur son pain.

— C'est beaucoup mieux. Je dirais même que c'est presque bon. Merci, Tad.

— De rien, répondit le griffon, heureux de la voir de meilleure humeur. On prends les même tours de garde qu'hier ? (Il bâilla.) Je n'ai jamais de mal à m'endormir quand j'ai l'estomac plein.

— Tu veux dire qu'il est *impossible* de te faire garder les yeux ouverts quand tu digères ! Oui, c'est mieux ainsi...

L'aile de Tad le faisait moins souffrir. Les os des griffons se ressoudaient vite, comme ceux des oiseaux. Un sérieux avantage. C'était aussi parfois un inconvénient, mais il préférait ne pas songer aux conséquences d'une mauvaise réduction. Bien sûr, cela ne signifierait pas la fin de sa carrière d'acrobate des airs. Mais s'il fallait qu'on lui recasse l'aile, l'expérience serait sans doute pénible.

Il leva les yeux vers la voûte des arbres. Rien que des feuilles... et de l'eau.

— J'ai peur que nous soyons partis pour une autre longue averse. Ce n'est pas aujourd'hui que nous poserons des pièges.

— Tout ne va pas toujours comme on voudrait. Jusqu'ici, nous nous en tirons plutôt bien. Nous pouvons survivre ainsi une semaine... Aussi longtemps qu'aucun changement ne survient.

Aussi longtemps qu'aucun changement ne survient.

Peut-être avait-elle voulu se montrer encourageante, mais ses paroles continuèrent de le hanter pendant qu'il s'endormait.

Tout change. Nous croyons savoir ce que nous fai-

sons, mais ici, une seule erreur risque d'être fatale. Une seule petite erreur et tout pourrait changer…

Tadrith dormit d'un sommeil si léger que Dague n'eut pas à le réveiller. Il ouvrit les yeux aux sons des craquements du feu, des bourdonnements des insectes et des coassements des grenouilles. A part ça, la forêt était silencieuse.

Un mauvais signe.

La forêt n'était jamais silencieuse… sauf quand un gros prédateur — comme un griffon — chassait. Puisque il ne l'avait jamais fait, la faune locale ne pouvait pas avoir peur de lui. Ça signifiait qu'il y avait une ou plusieurs autres créatures dangereuses dans les environs.

— Il s'est passé quelque chose ? murmura-t-il.

Dague secoua la tête sans quitter des yeux l'océan d'arbres. Il remarqua qu'elle avait laissé le feu mourir, pour que sa vue s'adapte mieux à l'obscurité.

Tendant l'oreille et essayant de percer les ombres, il n'entendit ni ne vit rien d'anormal.

— Le calme n'est pas tombé d'un coup, dit la jeune femme. Les animaux nocturnes ne se sont pas manifestés à la tombée de la nuit. Peut-être les avons-nous fait fuir…

— Y compris ceux qui nichent dans les arbres ?

— Tout ce que je sais, c'est que je n'ai rien vu ni entendu. Pourtant, j'ai l'impression dérangeante que quelque chose nous observe. Quelque part.

Quoi que ça puisse être, la faune locale sait que c'est dangereux.

Lui aussi avait le sentiment d'être observé. Mais si des yeux malveillants étaient braqués sur eux, les deux Argents n'avaient pas l'avantage, car ils ignoraient la position de l'espion.

Puisqu'ils n'avaient essuyé aucune attaque pendant le tour de garde de Dague, ils pouvaient espérer que cela continue pendant le sien.

— Dors, dit-il à Dague. S'il y a un ennemi dehors, pourquoi attaquerait-il maintenant que je suis réveillé ? En toute logique, il aurait dû le faire avant. J'ai l'air plus dangereux que toi et je compte bien confirmer cette impression.

Ses serres de combat étaient sous les sacs de Dague. Il les écarta avec son bec pour les récupérer. L'acier poli jeta des éclats meurtriers. Aidé par sa partenaire, il fixa les pointes métalliques sur ses serres.

Si tout ça n'est qu'un tour de notre imagination, je me sentirai très bête, demain matin, d'avoir fait tout ce cirque…

Mieux valait se sentir idiot que d'être surpris par un attaquant. Même si l'espion invisible n'était qu'un animal, il lirait sans peine le message. Les serres brillantes lui souffleraient qu'attaquer serait une grave erreur.

Dague s'enroula dans une couverture, comme la veille. Mais il remarqua qu'elle avait un couteau de combat à portée de la main et un autre sous son oreiller.

J'espère qu'elle s'endormira. Fatiguée, elle ne sera bonne à rien. Si je pouvais la convaincre de boire un thé somnifère, je lui en proposerais un sans attendre.

Le griffon resta sur le qui-vive toute la nuit, mais il ne se passa rien. Peut-être avaient-ils seulement effrayé la faune locale…

Improbable, mais pas impossible.

A l'aube, tous les muscles de Tad étaient douloureux, tellement il était tendu. Ses yeux brûlaient à force de trop regarder sans cligner assez des paupières. Il était impatient que Dague se réveille. Mais il ne voulait pas la secouer. Elle avait besoin de repos.

Finalement, alors que l'aube se levait, elle remua, puis s'assit, pleinement réveillée.

— Rien, dit Tad en réponse à sa question muette. Pas une créature plus grosse que du gibier à plumes n'a bougé de la nuit.

Maintenant que son équipière était debout, il pouvait se détendre. Il retira ses serres de combat et alla se dégourdir un peu les pattes. Bientôt, le brouillard se lèverait et couvrirait tout d'un linceul blanc aussi impénétrable que la nuit. S'il voulait trouver des empreintes, c'était le moment ou jamais.

Tadrith était un excellent éclaireur. Dague savait repérer et suivre une piste, mais elle était loin d'être aussi douée que lui. Pourquoi un griffon, qui chassait du haut des airs, avait-il été doté d'une telle capacité ? Un mystère ! En toute modestie, il avait réussi à épater les meilleurs éclaireurs kaled'a'in — qui avaient la réputation de pouvoir pister le vent.

Conscient qu'il allait avoir besoin de tout son talent, Tad sortit du périmètre défensif et examina le sol. Mais il eut beau s'éloigner jusqu'à ne plus voir le camp, il ne trouva rien.

J'aurais dû savoir que c'était à cause de la fatigue, de la douleur et des médicaments. La combinaison idéale pour qu'un crétin s'imagine qu'on l'observe.

Il valait mieux qu'il fasse demi-tour. Le brouillard s'épaississait et il ne distinguerait bientôt plus grand-chose. Alors qu'il rebroussait chemin et qu'il imaginait comme Dague et lui riraient de leurs appréhensions, il passa devant les débris qu'ils avaient déplacés la veille.

Le griffon se figea. On avait touché au tas. Mais pas à la manière des charognards.

Chaque débris avait été soigneusement examiné et reposé sur une pile. La terre meuble gardait les empreintes des créatures — il y en avait plusieurs ! — responsables.

La preuve que l'intuition de Dague et la sienne ne les avaient pas trompés. On les avait espionnés. Il s'aperçut que des gros débris avaient disparu. Pourtant, rien n'indiquait qu'ils aient été traînés plus loin. Les créatures les avaient *portés*.

Mais sauf à cet endroit précis, il ne releva aucune

empreinte. Les « voleurs » avaient disparu sans laisser de trace.

Ça ne pouvait pas être une coïncidence. Il devait s'agir des responsables de leur accident. Et leurs mystérieux ennemis, quels qu'ils soient, avaient un sérieux avantage sur eux, qui ignoraient s'ils marchaient sur deux, quatre ou huit pattes. Tout ce que sa découverte prouvait, c'était qu'ils avaient affaire à des créatures intelligentes et rusées — car elles avaient retourné les tas de débris sans trahir leur présence.

Tad prit ses pattes à son cou. Il n'avait pas peur… il était terrorisé ! Seul l'inconnu avait cet effet-là sur un griffon.

Dague écouta Tad lui raconter sa découverte en frissonnant. Pourtant, le brouillard s'était évaporé et la moiteur était étouffante. La douleur, la fatigue et les médicaments… tout cela mettait son endurance à rude épreuve. Ses mains tremblaient et elle avait les traits tirés. Ce n'était pas la peur, mais la tension, qui la mettait dans cet état.

Le griffon s'était montré objectif, rapportant ce qu'il avait vu et pas ce qu'il avait ressenti. Sur le coup, confronté à la preuve qu'ils avaient bien des ennemis, il avait vu une menace derrière leurs agissements. Mais ça n'était pas rationnel.

Pourtant, Dague semblait être du même avis que lui. Mais, au lieu de la briser, cette nouvelle lui redonna du tonus.

— Nous n'avons plus le choix, dit-elle. Il faut partir. Nous ne défendrons pas cet endroit contre des créatures qui vont et viennent sans laisser d'empreintes. Avec un peu de chance, elles se cantonnent à un territoire — où nous sommes tombés par hasard — et elles nous laisseront tranquilles dès que nous l'aurons quitté.

Comme la nuit précédente, la faune se taisait. Seuls

quelques chants d'oiseaux troublaient le silence de la forêt.

— Si ce n'est pas le cas, nous serons en fuite sans aucun endroit où nous réfugier. (La vue de Tad se fit plus perçante et il sentit les plumes de son cou se hérisser.) Si elles peuvent aller et venir discrètement, elles nous traquerons sans que nous en sachions rien ! Je ne veux pas d'un ennemi invisible derrière moi. Je préfère regarder les menaces en face.

Il était nerveux et ne craignait pas de le montrer. L'idée que des créatures puissent les suivre et leur tendre une embuscade sans qu'ils ne se doutent de rien le mettait dans tous ses états.

Dague resta silencieuse un long moment, se mordillant la lèvre. Autour d'eux, l'humidité gouttait des arbres, formant de petites mares. Le parfum suave des fleurs sauvages saturait l'air.

— Ecoute, dit enfin Dague, notre vol n'a pas été très long. Nous ne sommes pas à plus de vingt ou trente lieues de notre précédent campement. Au moins, il était défendable — tu te souviens de la falaise ? Et puis, il était près d'une rivière.

Tad enfonça nerveusement les serres dans la terre meuble. Des odeurs de terreau et de champignon écrasé lui chatouillèrent les narines.

— Ce n'est pas bête, admit-il.

Il essaya de calculer combien de temps il faudrait à deux blessés pour parcourir la distance.

Ce qui m'ennuie, ce n'est pas tant la distance que le territoire à traverser.

— Mais nous n'avons que l'aiguille-du-nord pour nous diriger. Et il va falloir traverser des lieues de ce... (Il montra la forêt.) Nous aurons des sacs à dos et nous devrons surveiller nos arrières en regardant où nous mettons les pieds, pour ne pas tomber dans une embuscade. En plus, nous sommes blessés. Tout ça ne nous facilitera pas la tâche.

Si nous partons, j'ai l'intention de passer d'un endroit couvert à un autre, sans jamais m'exposer. Et de marcher de manière à ne laisser aucune trace, ni odeur. Et si je peux semer quelques pièges derrière moi…

— Je sais tout ça, Tad… Mais réfléchis, nous serons au pied d'une falaise. Même si nous ne retrouvons pas tout de suite la rivière, nous pourrons grimper l'à-pic et peut-être trouver refuge dans une grotte. Sinon, nous aurons au moins une paroi de pierre pour garder nos arrières.

Dague semblait incroyablement tendue. Tad ne pouvait pas l'en blâmer. Des deux, elle était la plus vulnérable.

Aucun de nous n'est en état de se battre, en ce moment. Et sur ce genre de terrain, je suis désavantagé. Si un ennemi se dressait devant moi, je pourrais le tailler en pièces. Mais s'il approche par-derrière ou par les côtés.

S'ils choisissaient de quitter leur camp, ils devraient emporter le strict minimum. Ils vivraient de cueillette et de chasse… en comptant sur leur ingéniosité.

Est-ce possible ? Nous sommes blessés. Il nous faut des armes, des outils, de la nourriture, un endroit protégé.

— Ces créatures ne nous connaissent pas, insista Dague. Elles ne peuvent pas prévoir nos réactions, et ça nous donne un avantage. Si nous partons, elles resteront peut-être pour fouiner dans ce que nous laissons derrière nous. Je ne crois pas que nous réussirons à nous en débarrasser, à moins de perdre tout intérêt à leurs yeux.

S'ils avaient su à quoi ils avaient affaire ! Un départ discret surprendrait-il davantage leurs ennemis qu'une fuite précipitée ? A moins que cela ne les pousse à les attaquer. Ils pourraient interpréter ça comme un signe de faiblesse. Impossible de le savoir.

Serrant les mâchoires, Tad hocha la tête.

— Si nous restons, elles auront tout loisir de nous étudier. Et ça ferait de nous des cibles.

Partir ou rester ?

D'une manière ou d'une autre, ils étaient des cibles. La question consistait à savoir s'ils préféraient être des cibles mobiles…

Aubri et papa ont toujours été d'accord sur un point : tant qu'à être une cible, autant être en mouvement.

— Tu as raison. Empaquetons ce que nous voulons emporter et filons d'ici. Tu peux me charger comme un mulet, ça ne fera pas une grande différence. Je ne peux pas voler.

La jeune femme hocha la tête, puis se mit au travail sans un mot. Le griffon se joignit à elle.

C'était très simple. Ils allaient devoir laisser presque tout ce qu'ils avaient réussi à sauver de l'accident. Les objets qu'ils décidèrent de ne pas emporter volèrent dans toutes les directions. Si les créatures passaient derrière eux, ils ne voulaient pas leur faciliter la tâche. Chaque minute qu'elles passeraient à fureter dans leur ancien campement serait gagnée pour eux.

Les vêtements et les objets personnels furent les premiers rejetés. Faire un choix ne fut pas toujours facile. Le kit de secours partait avec eux, cela allait sans dire. De même que leurs armes. Y compris les sacs de billes de plomb, qui étaient lourds, mais dont ils ne pouvaient pas se passer. Ce n'était pas la saison des noix et ils ne pouvaient pas espérer trouver un tas de cailloux au moment où ils auraient besoin d'un projectile.

Ils devaient emporter toute la nourriture. Plus quelques ustensiles, des couvertures et la toile imperméable. Tout ça était encombrant mais, mouillés, ils risquaient de mourir de froid. S'ils étaient surpris par une averse comme celle des deux derniers jours, ils ne pourraient pas allumer de feu. Oui, ils devaient prendre une couverture chacun, et la toile de tente.

Les deux Argents laissaient une multitude de choses à étudier à leurs ennemis. Tad espérait que cela les occuperait un moment.

Si je savais à qui nous avons affaire, je pourrais m'arranger pour les distraire plus longtemps, pensa-t-il.

Ils avaient suivi un entraînement spécifique pour faire face à ce genre de situation et savaient ce qui était essentiel à leur survie. Il ne leur fallut pas très longtemps pour remplir deux sacs, l'un grand, l'autre plus petit. Dague porterait deux lances, sur lesquelles elle pourrait s'appuyer en marchant.

Il fallut modifier le sac de la jeune femme, à cause de sa clavicule fracturée. La charge appuyait désormais au creux de ses reins et sur ses hanches. Les deux équipiers s'attendaient à ce que la souffrance les accompagne dans leur périple. Puisqu'il était impossible de l'éliminer tout à fait, ils feraient en sorte qu'elle reste dans les limites du supportable.

Le brouillard matinal commençait à se dissiper quand ils levèrent le camp. En terrain dégagé, Dague marchait en tête. Elle était petite — ce qui permettait à Tad de voir par-dessus sa tête. De plus, en cas d'attaque par-derrière, il serait plus à même de se défendre.

Quand le terrain devenait plus difficile, le griffon prenait la tête et Dague gardait ses arrières. Dans tous les cas de figure, leurs flancs étaient vulnérables, mais on ne pouvait pas tout avoir.

Ils avaient songé à piéger le camp, avant de décider de n'en rien faire. Si un de leurs ennemis était blessé ou tué, les autres abandonneraient peut-être leurs fouilles pour se lancer à leur poursuite sans attendre, histoire de se venger. Non, mieux valait qu'ils s'occupent le plus longtemps possible.

Tad regarda une dernière fois en arrière, se demandant s'ils ne commettaient pas une erreur. Ils laissaient derrière eux tellement de choses dont ils pourraient avoir besoin plus tard ! Mais leur petit abri lui sembla terriblement vulnérable, presque pathétique. Rationnellement, il savait qu'il ne pourrait pas résister à une attaque. Avec les matériaux qui le composaient, il pouvait même devenir un piège pour ses occupants. Il ne faudrait pas grand-chose pour que les petits sapins tombent dessus…

Cette pensée donna la chair de poule au griffon. Il se détourna et suivit Dague, qui se frayait tant bien que mal un chemin dans le sous-bois.

Il y avait encore trop de brouillard au niveau des cimes pour distinguer le ciel. Plus tard, quand il se serait entièrement levé, ils se dirigeraient en fonction de l'angle du soleil.

Nous saurons où nous sommes si nous trouvons une brèche assez importante dans la voûte des arbres pour voir le soleil — à condition qu'il soit encore assez haut pour être visible.

Habiter cette forêt, c'était vivre dans une immense grotte à l'atmosphère saturée d'humidité. Comment ses résidents savaient-ils où ils étaient et quelle direction prendre ? Ne pas voir le ciel désorientait le griffon. Il en devenait claustrophobe et se demanda si cela avait le même effet sur Dague.

La jeune femme semblait déterminée à rester concentrée sur l'océan vert qui s'étendait devant elle. Elle avançait sans laisser de trace de son passage — un exploit qu'elle ne devait pas entièrement à son entraînement. L'épais tapis de feuilles qui couvrait le sol ne gardait pas les empreintes de leurs pas. Et il ne retiendrait pas longtemps leur odeur. Si leurs ennemis attendaient la fin de l'averse pour se lancer sur leur piste, ils ne la trouveraient jamais.

Tad ignorait si son équipière était gênée par cet environnement. Si oui, elle n'en laissait rien paraître. En revanche, il ne pouvait s'empêcher de tourner la tête dans tous les sens chaque fois qu'elle s'arrêtait pour vérifier qu'ils allaient dans la bonne direction. Ces pauses fréquentes le rendaient fou. Plus le temps passait, plus il avait l'impression que la forêt se refermait sur lui. Comment Dague pouvait-elle ne pas partager ses angoisses ?

Mais pourquoi un espace clos l'ennuierait-il ? Peut-être n'a-t-elle pas un besoin vital de voir le ciel et de sentir le vent ?

Il avait toujours su que les humains n'étaient pas comme les griffons. Mais sa partenaire lui sembla tout à coup terriblement *étrangère*.

A Griffon Blanc, elle vivait dans une sorte de terrier, alors cet environnement devait lui convenir. Mais lui… Oh, il ne rêvait plus que d'un espace assez grand pour pouvoir déployer ses ailes — même si cela le rappelait douloureusement à la réalité : pour le moment, voler lui était impossible.

Alors que Dague se faufilait entre des buissons qui s'écartaient à peine assez pour lui laisser le passage, il remarqua une chose encore plus troublante. Ils ne croisaient pas de piste.

Cette découverte fut aussi déconcertante que de ne pas voir le ciel. Tad savait que des gros animaux vivaient au niveau du sol, alors pourquoi ne laissaient-ils aucun sentier ? Les cervidés en traçaient à force d'emprunter le même chemin pour se rendre au point d'eau le plus proche. Les cerfs ne s'abreuvaient pas en récoltant de l'eau de pluie dans des récipients ! Alors, pourquoi n'y avait-il pas de piste visible ?

Se pouvait-il qu'il existe un animal si dangereux que laisser une trace aurait été suicidaire ?

Les créatures qui avaient provoqué leur accident ? Celles qui avaient examiné minutieusement leurs affaires ?

Une idée à la fois logique et très angoissante. Les Haighlei nous ont signalé qu'il y a dans cette forêt des ours et des chats sauvages aussi gros que des lions.

Mais je n'ai encore jamais vu de daim ou de cochon sauvage prendre soin de ne pas laisser de piste, même sur le territoire de leurs prédateurs. S'il y a quelque chose ici susceptible de terroriser des animaux ayant un comportement normal sur le terrain de chasse d'un gros carnivore...

Cette créature devait être particulièrement sanguinaire pour que les herbivores ne se déplacent pas en troupeaux. Et tuer tout ce qui passait à sa portée, même si elle n'avait pas faim...

Mais il n'aimait pas cet endroit. Alors, son imagination lui jouait-elle des tours ?

Peut-être traversons-nous un territoire qui n'a pas le moindre intérêt pour les herbivores ? Avec tous ces buissons à l'écorce dure et le peu d'herbe qui pousse à leurs pieds, je comprends que rien ne les attire ici. Oui, c'est sans doute ça, l'explication.

Quant à l'étrange silence qui régnait autour d'eux...

Il y avait une explication : deux intrus ne traversaient-ils pas la forêt en ce moment même ? Dague et lui avaient beau essayer d'être silencieux, ils devaient faire un boucan de tous les diables pour les oreilles sensibles qui les entouraient. Malgré leurs efforts, ils ne pouvaient pas s'empêcher de frôler les feuilles des plantes grimpantes.

Et les créatures qui vivent dans les arbres ont une vue imprenable sur nous. Je doute que Dague leur semble inoffensive, alors moi... A leurs yeux, je dois être une sorte de gros aigle.

Il y avait des aigles dans la forêt. Tad en avait vu voler. Ils chassaient au-dessus et au-dessous de la voûte des arbres. Alors, rien d'étonnant à ce qu'un prédateur du type aigle géant rende les créatures des arbres particulièrement nerveuses.

En dépit de ces réflexions rassurantes, il ne pouvait s'empêcher de penser qu'ils n'avaient pas connu de silence aussi profond... depuis la nuit où ils s'étaient sentis observés. Les créatures qui vivaient dans les arbres ne s'étaient jamais tues, quand ils se posaient pour camper, le soir venu…

C'est le silence qui s'abat sur la forêt quand un aigle royal chasse. Tout se tait et se terre en attendant qu'il ait trouvé sa proie.

Même les bruits que faisaient certains animaux en chassant étaient absents…

Quand un gros prédateur est dans les parages, les plus petits se taisent et évitent de se montrer. Sommes-nous ces gros prédateurs, ou y a-t-il autre chose ?

Peut-être était-il temps de réfléchir aux moyens possibles de retarder d'éventuels poursuivants ?

Si les créatures se lançaient à notre poursuite, que j'aie blessé ou tué l'une ou plusieurs d'entre elles aurait-il la moindre importance ?

La réponse à cette question était évidente… Cela pouvait aggraver les choses ! Pourquoi risquer de s'aliéner des créatures qui les suivaient peut-être par simple curiosité ?

Il était préférable de ne plus penser à tendre des pièges. Pour l'instant. Mais peut-être pouvait-il brouiller leur piste ? Le meilleur moyen, c'était de perturber l'odorat de leurs ennemis. Après la pluie, ils ne risqueraient plus rien, mais avant…

Tad se mit à la recherche d'une liane grimpante aux feuilles vertes veinées de violet et de rouge. Sa sève dégageait une odeur poivrée. Dès qu'il en repéra une, il signala à Dague de s'arrêter.

Quand ils repartirent, ils avaient appliqué de la sève sous leurs pieds et sur la paume de leurs mains. Il ne leur restait plus qu'à éviter de se frotter les yeux… car la plante sentait le poivre et brûlait comme lui.

Chaque fois que Tad trouvait un végétal à l'odeur intéressante, il en prenait un échantillon. Dès qu'une senteur naturelle commençait à s'estomper, ils s'enduisaient avec une autre. Si ce stratagème n'était pas couronné de succès, peut-être l'une ou l'autre odeur engourdirait-elle l'odorat de leurs éventuels poursuivants ?

Tad comptait un peu là-dessus, car ils n'avançaient pas très vite — de moins en moins, il fallait bien l'avouer. Son sac trop lourd réveillait une douleur lancinante dans son aile cassée. Un griffon n'était pas fait pour marcher, encore moins quand il était blessé. Heureusement pour lui, Dague, pas en meilleure forme, ne pouvait pas l'accuser de les retarder.

Plus ils avançaient, pire ça devenait. Dès que le brouillard se fut entièrement dissipé, la température monta et Tad commença à avoir trop chaud. Trempée de sueur, la chemise de Dague lui collait à la peau. Si les griffons ne transpiraient pas, ils haletaient. Mais transpirer ou haleter n'était d'aucune aide dans une telle touffeur. L'atmosphère était aussi chaude et humide qu'un bain de vapeur kaled'a'in ! Pas un souffle d'air. S'il avait été seul, il se serait laissé tomber sur le sol pour se reposer un instant.

Comme il s'y était attendu, la distance qu'ils devaient parcourir semblait énorme dans l'état où ils étaient. Il savait qu'ils ne tournaient pas en rond parce qu'il avait confiance en Dague, qui ne cessait de consulter l'aiguille-du-nord. Ils s'arrêtèrent, le temps de se reposer et de manger un peu. Le soleil traversait parfois la voûte des arbres, mais cela ne leur indiquait pas où ils étaient.

Ces rayons lumineux représentaient pour eux un nouveau danger. Ils donnaient un air féerique à la forêt. Mais les deux Argents devaient absolument les éviter pour ne pas se faire remarquer.

Bizarrement, ils n'avaient croisé aucun cours d'eau. Ça signifiait sans doute que cette forêt était irriguée par le ciel et non par le sol. Pas vraiment une surprise, même s'il avait espéré le contraire.

Ils auraient pu suivre un ruisseau jusqu'à une rivière

où patauger et perdre définitivement leurs poursuivants.

Sans compter que de l'eau fraîche serait la bienvenue pour ma gourde…

Le liquide tiède qu'il transportait ne le désaltérait pas vraiment, même s'il buvait régulièrement.

Et elle aurait eu bien meilleur goût.

A quoi bon y penser, puisqu'il n'y avait pas de cours d'eau ?

Les rayons du soleil disparurent peu à peu et la lumière commença à baisser. Au loin, un coup de tonnerre annonça l'orage. Ils allaient devoir s'arrêter pour la nuit. Bientôt, la pluie tomberait et elle ne s'arrêterait pas de si tôt.

Dague fit halte.

— Nous devons nous arrêter pour monter la tente, dit-elle.

Le griffon eut pitié d'elle. Elle semblait encore plus fatiguée que lui.

La jeune femme désigna un des rares endroits qui brisait la monotonie du paysage. Il y avait une ouverture dans la voûte, signe qu'un des géants de la forêt était tombé. A la place, un chicot évidé se dressait à côté du reste de l'arbre. L'un et l'autre étaient couverts de lianes feuillues.

— Cette souche est assez large pour nous deux, dit Dague. Elle formera la base et les murs de notre abri. Aujourd'hui, c'est le seul endroit que j'ai vu susceptible de nous fournir une protection.

Et elle ne parle pas de se protéger de la pluie.

Tad hocha la tête. Les deux Argents se dirigèrent vers le chicot, à peine plus grand que Dague et juste assez large pour les abriter. Ils n'auraient pas la place de faire un feu. Mais serrés l'un contre l'autre, ils n'auraient pas froid.

La lueur des flammes et des braises aurait pu trahir notre présence…

Certes, mais il fallait quand même qu'ils délogent par le feu les habitants actuels de l'arbre. Le bois pourri abritait toujours une multitude d'insectes, et certains étaient venimeux.

Il ne leur restait pas longtemps avant que l'orage éclate. Mais Tad était un mage. Et invoquer le feu était le sort le plus simple.

Mais peut-être avons-nous été attaqués à cause de la magie que nous transportions ? Hélas, si je ne fais rien, Dague ne réussira pas à allumer un feu à temps. Alors que c'est un sort anodin qui ne laisse pas de trace durable…

— Ecarte-toi, dit-il à sa partenaire, qui obéit sans poser de question.

Il y avait à l'intérieur du chicot assez de feuilles mortes et de morceaux de bois à demi décomposé pour que le feu dégage beaucoup de fumée. Cela fit fuir tout ce qui pouvait voler ou sauter. Dague confectionna deux torches, qu'ils allumèrent dans les flammes et passèrent le long des parois de leur futur abri, pour carboniser le reste de la vermine.

Les deux équipiers durent reculer plusieurs fois, pour respirer de l'air frais. La fumée âcre et épaisse n'avait rien de plaisant.

Dommage que nous n'ayons pas eu le temps de voir ce que contenait cet arbre. Certains insectes sont délicieux.

Tad toussa de nouveau alors qu'une fumée pestilentielle s'élevait.

Un nid de vermine particulièrement déplaisante ! A moins que nous n'ayons incinéré des champignons vénéneux.

Il espéra que les émanations n'étaient pas toxiques.

Mais il est un peu tard pour s'en soucier, je suppose ?

Malgré leurs efforts, ils ne réussirent pas tout à fait à

prendre le déluge de vitesse. Ils étaient en train d'attacher la toile imperméable au chicot quand il commença à pleuvoir. En quelques instants, ils furent trempés jusqu'aux os.

Mouillée pour mouillée, Dague décida de profiter des trombes d'eau pour se laver. Elle resta dessous jusqu'à ce que ses vêtements et ses cheveux soient propres. Tad l'imita, pour débarrasser son plumage de la suie et de la crasse accumulées pendant la journée. Puis il s'ébroua sous un grand arbre, avant de rentrer se mettre à l'abri.

Pauvre Dague, qui ne peut pas s'ébrouer... Elle devra garder ses habits trempés.

Tad arrangea leurs couvertures, que son équipière avait déballées. Ensuite, il mit des morceaux de viande séchée sous la pluie pour les réhydrater. Pendant ce temps, Dague vida leurs gourdes et les remplit d'eau fraîche.

Sa tâche finie, elle put enfin rejoindre le griffon.

Enroulés dans leurs couvertures, ils n'étaient pas trop gelés. Les vêtements de Dague réussirent même à sécher peu à peu.

L'odeur de fumée était forte. Au bout d'un moment, ils ne la remarquèrent pratiquement plus. Mais ils constatèrent très vite qu'ils n'avaient pas réussi à éliminer toute la vermine. De temps en temps, Tad sentait un intrus se glisser sous ses plumes et Dague se fichait de grandes claques.

La pluie continua de tomber après la tombée de la nuit. Quand elle cessa, la forêt resta étrangement silencieuse.

— Zut, murmura Dague, j'avais espéré...

— Que nous les avions laissés loin derrière ?

Tad n'était pas mécontent d'avoir une bonne épaisseur de bois pour protéger ses arrières et ses flancs. Et il faisait si sombre à l'intérieur de leur abri que même une chouette ne pourrait pas les repérer.

— Ce ne sont peut-être pas nos ennemis qui ont fait régner le silence sous la voûte des arbres. Peut-être est-ce la fumée ? Tu sais que beaucoup d'animaux ont peur du feu.

— Oui, et je suis l'empereur haighlei ! Non, Tad, ces créatures sont là ! Elles nous ont suivis. J'en suis sûre.

— Eh bien, elles ne peuvent pas nous atteindre là-dedans, assura le griffon. Tu devrais dormir. Pour une fois, tu prendras le second tour de garde.

— Tu n'es pas fatigué ?

Tad secoua la tête, certain qu'il ne pourrait pas dormir avant longtemps. Il était épuisé, mais il n'avait pas sommeil. Les muscles parcourus de spasmes dus aux efforts qu'il avait fournis, il était plus tendu que la corde d'un arc kaled'a'in. Le moindre son le faisait sursauter. S'il voulait dormir, il devait d'abord se détendre.

— Moi, je sais que j'ai atteint mes limites, dit Dague en bâillant. Crois-moi si tu veux, mais je suis comme… sonnée. J'ai tellement mal que je ne désire plus qu'une chose : avaler une dose d'analgésique et m'endormir dès qu'il commencera à faire effet.

« Je me fiche que les créatures viennent me tuer, à condition qu'elles frappent pendant mon sommeil. Je n'ai plus assez d'énergie pour m'en inquiéter.

— Je sais ce que tu ressens, répondit Tad. Allez, dors. Je prends le premier tour de garde.

La jeune femme était fataliste. Le griffon n'avait pas encore atteint cet état d'esprit, mais il n'en était pas loin…

Monter ou non la garde ne changera pas grand-chose, cette nuit. Jusqu'ici, nous n'avons pas la moindre preuve que des créatures dangereuses nous suivent. Et si c'est le cas, elles n'ont encore rien tenté. Même si leur intention est de nous attaquer, elles sont trop prudentes pour agir alors que nous sommes terrés ainsi.

— Etant donné la situation, nous sommes autant en sécurité qu'il est possible. Dors, tu en as besoin.

Dague ne se le fit pas dire deux fois. Elle engloutit un flacon d'antidouleur. Appuyée à leurs sacs pour soulager sa clavicule fracturée, elle se pelotonna contre lui. Si elle ne se réveillait pas avec un torticolis ou les muscles raidis par le froid, la position était sans doute la plus confortable qu'elle ait dû adopter depuis l'accident.

Tad regarda l'obscurité jusqu'à ce que ses yeux brûlent. Alors qu'il s'apprêtait à secouer doucement sa partenaire pour qu'elle prenne son tour de garde, la forêt s'éveilla d'un coup. Mais les cris et les bruissements n'avaient rien d'alarmants. C'était ceux qu'ils avaient entendus chaque nuit, depuis leur départ de Griffon Blanc.

Un *hou-oup !* strident, quelque part au-dessus de leurs têtes, réveilla Dague en sursaut.

— Qu'est-ce que c'est ? gémit-elle, car elle s'était fait mal à l'épaule.

Puis elle se détendit. Elle aussi avait reconnu les sons de la forêt.

Ce soudain retour à la normale agit sur Tad comme une potion. Le sommeil le terrassa et il commença à dodeliner de la tête.

— Tu es d'attaque pour un tour de garde ? demanda-t-il à son équipière.

La sentant hocher la tête, il sombra aussitôt dans un sommeil dont même le cri de guerre d'un makaar n'aurait pu le tirer.

Pour la deuxième fois de la matinée, Dague fit signe à Tad de ne pas bouger. Obéissant, il se figea. Pour une créature de sa taille, il se fondait plutôt bien dans le paysage.

Immobile, les yeux rivés sur son équipière, il attendit. Le signe qu'elle avait employé disait *attends*, pas *danger*.

La jeune femme avait repéré un animal aux longs membres. Il était descendu récupérer quelque chose qu'il avait laissé tomber. Une bête très jeune, car aucun adulte n'aurait commis une telle imprudence. Dommage que cette difficile leçon ne s'apprenne qu'en mourant…

La partie de chasse les retarderait, mais c'était une étape nécessaire.

La créature se laissa tomber sur le sol et fit quelques pas hésitants dans le sous-bois. Elle s'arrêta, aux aguets, puis tendit la patte vers l'objet brillant qu'elle avait perdu. Elle avait quatre longs membres, un museau pointu et de grands yeux ronds.

Si elle était restée dans son arbre, Dague n'aurait jamais deviné sa présence. Sa fourrure brune se confondait parfaitement avec l'écorce des troncs.

Et si je l'avais aperçue, là-haut, je n'aurais pas gâché un projectile pour essayer de l'abattre.

Elle savait qu'elle ne pouvait pas atteindre une proie à une telle hauteur.

Dague fit faire deux tours à sa fronde et tira.

La bête eut à peine le temps d'enregistrer le mouvement du coin de l'œil et de tourner la tête. La bille de plomb lui fracassa le crâne avec un craquement sec. Elle tomba raide morte.

Sourire aux lèvres, Dague se précipita vers sa prise, couteau à la main. Trouver de la viande fraîche était un impératif et elle ne pouvait pas prendre le risque que la créature soit seulement assommée.

Quand elle se fut assurée qu'elle était bien morte, elle fit signe à Tad de la rejoindre.

Puis elle se releva et alla jeter un coup d'œil à l'objet de couleur vive que la bête avait laissé tombé… et qui lui avait coûté la vie. Après un examen minutieux, elle décida qu'elle n'avait jamais rien vu de tel. De la forme d'une baudruche, il était rouge et bleu. Ça pouvait être une fleur, une cosse de graines, un fruit ou la carapace d'un insecte. Ne sachant pas de quoi il s'agissait, Dague choisit de l'abandonner sur place. Peut-être était-ce mangeable, mais ce n'était ni le lieu ni le moment de s'en assurer.

Le griffon ne fit qu'une bouchée de la petite créature. Il avait dévoré chaque membre séparément, puis le corps. C'était le deuxième « en-cas » que Dague réussissait à abattre pour lui ce matin et il se sentait revivre grâce à la viande fraîche.

La première fois, la jeune femme avait abattu une sorte de rongeur, à mi-chemin entre un lapin et un rat. La seconde proie était de la taille d'un gros lièvre, même si ses longs membres la faisaient paraître plus volumineuse. S'ils continuaient à avoir de la chance, Dague n'aurait plus à craindre que son équipier meure de faim.

Les griffons étaient de gros mangeurs, car leur métabolisme exigeait beaucoup de protéines.

Même si la forêt n'était pas redevenue aussi bruyante qu'avant, ils apercevaient de temps en temps, une autre créature vivante. Dague en était soulagée. Le signe qu'ils avaient distancé leurs poursuivants ? Bien sûr, s'ils avaient affaire à des créatures sournoises, elles attendaient peut-être la tombée de la nuit pour attaquer…

Peu importait. Même s'il s'agissait d'une accalmie avant la tempête, ils auraient été stupides de ne pas profiter de l'aubaine.

Je peux abattre suffisamment de petits animaux au cours d'une journée pour garder Tad en bonne santé.

Elle sortit l'aiguille-du-nord de sa poche. Tad s'était prudemment retiré dans un buisson pour avaler son en-cas. Appuyée à un tronc, Dague choisit en direction de l'ouest un point particulier qui leur servirait de repère. C'était comme ça qu'elle procédait depuis le début. Elle « naviguait » à vue d'un repère à l'autre. Et ainsi de suite…

Comme ça, ils évitaient d'être vus par leurs poursuivants et ils n'effrayaient pas le gibier.

Elle avait fait le point encore deux fois quand elle avisa un autre rongeur mi-lapin mi-rat, occupé à fourrager dans la couverture de feuilles mortes, elle fit de nouveau signe à Tad de s'arrêter. Quelques instants plus tard, elle eut abattu l'animal. Ça faisait trois prises en trois heures et elle commençait à se sentir très fière de son habileté. Pour une personne dont la mobilité était réduite par une clavicule fracturée, armée d'une fronde et chassant en terrain inconnu, elle se débrouillait plutôt bien.

Si mes souvenirs d'une « ration de griffon » sont exacts, Tad devrait se satisfaire d'une petite collation toutes les heures. Evidemment, C'est un peu comme donner la béquée à un rapace, mais nécessité fait loi ! Même s'il n'a jamais l'estomac plein, il ne meurt pas de faim non plus.

Tad semblait agacé de devoir avaler quelques bouchées toutes les heures, mais il ne se plaignait pas. Il avait l'habitude de faire deux repas par jour, l'un léger et l'autre très copieux. Après, il dormait. Peut-être se demandait-il pourquoi ils s'arrêtaient sans cesse pour lui permettre de dévorer les prises sur place.

La réponse était pourtant évidente. Si elle devait les porter jusqu'à ce que le griffon puisse faire un repas pantagruélique, elle se chargerait pour rien. Mieux valait que ses prises voyagent « utile ». Autrement dit, dans le ventre de Tad.

S'il n'a pas encore compris, ça ne devrait pas tarder !

Dague était inquiète pour son équipier. C'était elle qui avait la blessure la plus grave — elle ne pouvait pas le nier, son épaule lui rappelant son existence à chaque mouvement un peu brusque. Mais d'une certaine façon, c'était lui le plus en danger des deux.

Elle savait trop bien à quel point il était vulnérable ! Cloué à terre, il avait autant de points faibles qu'elle.

Presque tout son entraînement étant centré sur le combat *aérien*, il ne savait pratiquement rien des techniques au sol. Bien sûr, très intelligent, il pouvait improviser. Mais il était fait pour évoluer dans un tout autre élément. Obligé de se battre sur un terrain défavorable, il était beaucoup plus vulnérable qu'il ne pouvait le penser.

L'autre point faible, c'était le volume quotidien de nourriture qu'il devait ingurgiter pour rester en forme. Si elle ne parvenait pas à le lui fournir… Eh bien, forcé de manger trop souvent de la viande séchée réhydratée avec de l'eau de pluie, il finirait par dépérir.

Si ça devait arriver, nous serions obligés de trouver un trou où nous terrer, parce qu'il ne serait plus en mesure de voyager.

Marcher lui demandait plus d'énergie que voler. Il n'était pas fait pour se déplacer ainsi. Intellectuellement, elle le savait depuis toujours. Mais il avait fallu qu'elle le voie se frayer un chemin dans le sous-bois pour le comprendre vraiment.

Tad n'était pas à proprement parler *maladroit*. En réalité, il ne se débrouillait pas plus mal que la plupart des humains. Mais il se fatiguait vite et ses ailes se prenaient souvent dans un obstacle. Les muscles de ses jambes, d'ordinaire beaucoup moins mis à contribution que ceux de ses ailes, avaient besoin de se renforcer. Jusque-là, ce serait un handicap.

S'ils tombaient sur un gros herbivore — un cerf, par exemple — il pourrait l'abattre, à condition de le prendre par surprise. Mais tant que l'occasion ne se présentait pas, et étant le meilleur chasseur au sol des deux, elle restait sa seule chance de ne pas mourir de faim. Peut-être détestait-il dépendre d'elle ainsi, mais il n'avait pas le choix.

Après tout, il faisait sa part. Excellent pisteur, il s'arrangeait pour dissimuler leurs odeurs derrière celles de plantes locales.

C'est peut-être grâce à ça que nous pouvons approcher autant d'animaux sauvages. Nous sommes tellement enduits de sèves que je doute que nous sentions autre chose !

Dans la touffeur, les odeurs montaient. Les créatures des arbres ne s'aventuraient jamais au sol quand elles captaient l'odeur d'un gros prédateur. Elles devaient donc sentir uniquement la sève dont ils s'étaient badigeonnés.

Maintenant qu'elle y pensait, c'était peut-être pour cela qu'ils avaient voyagé dans une « bulle » de silence… jusqu'à ce que son partenaire imagine ce stratagème pour couvrir leurs odeurs. Tad était humide en permanence et un griffon dans cet état… Eh bien, il fallait admettre qu'il dégageait l'odeur de plume mouillée et de musc commune à tous les rapaces. Et ça n'était pas sa faute s'il n'avait pas pu vraiment sécher depuis leur accident.

Pendant notre voyage aller, il n'a jamais senti aussi fort. Et nous ne restions pas au sol assez longtemps pour que son odeur monte et se diffuse sur un grand périmètre. Alors que maintenant…

Cette hypothèse la rasséréna un peu, car tout semblait indiquer que c'était la bonne. Pour le moment, Tad ne sentait plus le rapace, sec *ou* mouillé. La sève dont la jeune femme les avait enduits à sa demande donnait une odeur de mousse très prononcée à leurs peaux respectives.

Ses vêtements étaient tachés de vert, mais Dague s'en fichait.

Pourquoi m'en plaindre ? Avec toutes ces traînées vertes, me voilà affublée d'une tenue de camouflage !

Elle devait commencer à chercher un endroit pour la nuit. En s'attelant à cette tâche, elle compta mentalement les jours qu'il faudrait à leurs supérieurs pour s'apercevoir de leur disparition et leur faire parvenir des secours. Peut-être devraient-ils dès maintenant songer à signaler leur présence ?

Nous avions rendez-vous avec l'équipe en place aujourd'hui ou demain, au plus tard après-demain. Ces Argents ont un téléson, donc ils pourront signaler notre disparition. Judeth prendra aussitôt des mesures, mais il faudra au moins trois ou quatre jours à une équipe de secours pour nous retrouver.

Ça fait... entre quatre jours et une semaine.

Il était trop tôt pour chercher un camp provisoire d'où signaler leur présence. Encore un jour ou deux...

L'heure suivante, Dague ne trouva pas le campement idéal, mais elle vit les signes — les premiers depuis longtemps — de la présence de gros animaux. Un cochon sauvage avait gratté la terre au pied d'un arbre. Malheureusement, sa piste partait vers le nord, et pas vers l'ouest.

Dommage, Tad et moi aurions apprécié de tomber sur un jambon géant...

Mais elle ne pouvait pas prendre le risque de suivre l'animal alors qu'elle n'était pas certaine de le retrouver.

La chaleur était oppressante. Dès qu'il commencerait à pleuvoir, elle prendrait une bonne « douche » tout habillée.

Si je ne le fais pas, mes vêtements tiendront debout tout seuls !

Sa tunique et son pantalon étaient trempés de sueur. Elle était reconnaissante à Tad d'avoir eu l'idée de les enduire d'une odeur végétale, et pas seulement parce que cela brouillait leur piste. Sans cela, elle aurait senti suffisamment mauvais pour offenser son propre odorat.

Mais cela ferait peut-être fuir nos poursuivants, écœurés par une telle puanteur.

Des gouttes de transpiration coulaient dans son cou et le long de ses flancs. Son crâne la démangeait terriblement… comme le reste de son corps. Les insectes locaux semblaient la trouver à leur goût. Elle était couverte de cloques rouges de la tête aux pieds. Plus qu'une tente qui se montait toute seule, c'était la moustiquaire qui lui manquait le plus. Sans cette protection, elle était devenue la principale source de nourriture des suceurs de sang à des lieues à la ronde… Sauf ceux qui tournaient autour de Tad, bien sûr. Ah, comme elle aurait voulu trouver une plante qui couvre son odeur et soit répulsive ! En attendant, elle continuait de se badigeonner chaque soir avec une décoction. En sus de soigner ses ecchymoses, elle endormait les picotements.

Dague se surprenait souvent à se gratter. Elle se rappelait alors qu'elle devait se contenter de *frotter* doucement. Si elle s'écorchait la peau, elle risquait une infection… Et l'odeur du sang attirerait davantage la vermine.

Un insecte bourdonna à son oreille, se posa et la piqua. Elle l'écrasa en jurant entre ses dents.

Pourquoi nous en faire au sujet d'éventuelles créatures lancées à notre poursuite ? Ces bestioles nous boufferont tout crus !

— Des fourmis, marmonna Tad derrière elle.

— C'est une fourmi qui m'a piquée ?

— Non. Ça avait des ailes et une sorte de trompe… Mais dès que je trouverai une fourmilière — avec des fourmis noires —, il faudra que je m'allonge dessus, pour me débarrasser de mes passagers clandestins.

« Les sécrétions des fourmis en colère font des miracles pour éloigner les parasites.

Un instant, la jeune femme envia son ami d'avoir toujours une solution à ses problèmes. Malheureusement, elle ne pouvait pas régler les siens si facilement. *Primo*, les insectes qui l'ennuyaient avaient des ailes. *Secundo*, des morsures de fourmis ajouteraient à ses malheurs.

Elle avait hâte qu'il pleuve. La sueur lui donnait une

furieuse envie de se gratter. Rester debout sous la pluie serait un véritable bonheur.

Si nous trouvons un cours d'eau, je jure que je dormirai dedans ! Ah, mais avec notre chance, il sera sans doute infesté de sangsues…

En soupirant, elle se conjura de prendre les choses comme elles venaient. Ils n'avaient qu'une semaine à tenir…

A condition de survivre assez longtemps.

CHAPITRE VI

Bon sang, ça n'est pas facile avec une seule main.

En déséquilibre à cause de son épaule immobilisée, Dague jeta un dernier ballot de branchages sur leur abri. Au même moment, le tonnerre gronda.

Ça fait mal !

La jeune femme se plia en deux. Elle avait la poitrine serrée, comme immobilisée par une corde. Le tonnerre gronda de nouveau, plus près.

Elle avait terminé juste à temps. Vivement que la pluie tombe !

Elle se releva en grimaçant.

Et vivement que je me repose.

Comme la nuit précédente, leur abri reposait sur les restes d'un arbre abattu, mais celui-ci était tombé récemment. La fracture très pâle, faisait comme une fêlure bien visible au milieu de tout ce vert. C'était ça qui avait permis à Dague de le repérer.

Même si la souche était trop récente pour avoir commencé à pourrir, l'arbre avait entraîné son voisin dans sa chute. Les deux géants formaient un angle sur lequel Tad et elle avaient tendu leur toile imperméable, qu'ils avaient ensuite camouflée sous des branchages. D'autres ballots dissimulaient l'ouverture.

Ce soir, ils prendraient le risque de faire un petit feu,

car ils étaient cachés derrière un écran de buissons. Ils avaient poussé le luxe jusqu'à répandre des feuilles mortes sur le sol, pour se protéger de l'humidité.

Le bonheur aurait été complet si Dague avait trouvé quelque chose contre ses démangeaisons !

Le tonnerre se fit de nouveau entendre, juste au-dessus de sa tête, cette fois.

Alors qu'elle ramassait des branchages, elle avait dérangé une multitude de petits animaux, comme des souris, des lézards, des serpents et des grenouilles. Elle en avait attrapé autant qu'elle avait pu. Ce soir, Tad et elle pourraient agrémenter leur dîner de ces morceaux de choix. Seuls, ils ne représentaient pas grand-chose, mais elle en avait un sac plein. Si la majorité était destinée au griffon, elle comptait se faire rôtir deux serpents pour accompagner son pain de voyage.

Des insectes compléteraient son menu. Elle avait déniché des larves dans une branche pourrie, ainsi que des chrysalides et des grillons. Une fois grillés, elle les avalerait. En stage de survie, elle n'avait jamais pensé être un jour obligée de mettre ses leçons en pratique.

Ce sera ma revanche. Puisque les insectes me dévorent toute crue, je mangerai leurs petits amis…

Les insectes étaient beaucoup trop petits pour profiter à Tad…

Le griffon était déjà dans leur abri. Dague rendit grâce à la Déesse Aux Yeux Etoilés qu'il puisse de nouveau invoquer le feu. Même si le bois était vert, ou mouillé, un mage pouvait le faire prendre. Sans les dons de son équipier, ils auraient dû se contenter d'un petit feu, ou de pas de feu du tout… Or, elle refusait d'avaler des insectes crus !

Je préférerais avoir faim. Et je me résoudrais à le faire en toute dernière extrémité.

Leur abri était juste sous la déchirure de la voûte des arbres pratiquée par la chute des deux géants. A leur arrivée, le ciel était gris. Maintenant, il était couvert, dissimulé par de gros nuages ventrus. Il faisait de plus en plus sombre, un signe que l'orage n'était pas loin d'éclater.

Un tour de son imagination, ou survenaient-ils un peu plus tôt chaque jour ?

Elle resta debout sans bouger, les yeux levés vers les nuages dont la masse était régulièrement déchirée par des éclairs d'une blancheur aveuglante. Peu de temps après, le tonnerre gronda. A mesure que le ciel noircissait, il faisait de plus en plus sombre sous les arbres. Les couleurs chatoyantes devenaient feutrées et les ombres moins prononcées. La clairière prenait des tons bleu indigo.

Soudain, un éclair déchira le ciel, suivi par un roulement de tonnerre. Dague glapit, surprise... puis elle grimaça de douleur, ayant involontairement malmené son épaule.

Elle s'efforça de se tenir tranquille, attendant que la douleur reflue.

Je devrais y être habituée...

Mais ça n'était pas le cas. Chaque fois qu'elle bougeait accidentellement l'épaule, la douleur se diffusait dans son bras et son cou.

Deux secondes après le coup de tonnerre, la pluie commença à tomber. Dague leva son bras valide et inclina la tête, laissant l'eau fraîche laver la crasse et la sueur qu'elle avait accumulées dans la journée. Ouvrant la bouche, elle étancha sa soif à une source qui avait le mérite de ne pas sentir le cuir tiède. Peu à peu, ses démangeaisons se calmèrent.

Entourée de troncs formant des murs aussi hauts que des hommes, elle se sentait suffisamment en sécurité pour prendre son temps. Une seule chose aurait pu la combler : une savonnette. Même sans ça, elle réussit à se débarrasser de la saleté, ce qui la mit de bien meilleure humeur.

Elle resta debout sous la pluie torrentielle jusqu'à ce

que les taches vertes qui maculaient ses vêtements pâlissent pour se fondre avec celles de la veille.

A Griffon Blanc, on lui avait toujours interdit de rester dehors par un temps pareil. Ici, entourée d'arbres géants, elle ne risquait pas d'attirer la foudre. Il était si exaltant de se tenir debout sous une pluie qui tombait assez fort pour lui couper le souffle !

C'est ça que ressent Tad quand il vole ? Si c'est le cas, comme je l'envie ! Est-ce ça qu'on éprouve quand on n'a pas à affronter les gens, ni à vivre terré dans une grotte ? Quand on est une personne à part entière, et pas l'enfant de quelqu'un ? C'est pour ce moment qu'on supporte toutes les tracasseries de la vie ?

Au moment où elle commença à frissonner de froid, elle leva la tête et courut vers leur abri.

Elle écarta les branchages qui protégeaient l'entrée… et faillit faire demi-tour.

Un nuage de fumée lui piquait les yeux et les faisait pleurer.

— C'est quoi ? demanda-t-elle en toussant.

Agitant la main comme un éventail, elle se laissa tomber sur le sol, où l'air était un peu plus respirable.

— Navré, dit Tad. J'essaie de me débarrasser des parasites qui ont élu domicile sur moi. C'est plutôt efficace…

— Oui, eh bien, tu as failli te débarrasser de moi du même coup, grommela la jeune femme en rampant pour s'installer près de lui. Enfin, si ta fumigation nous permet de passer une nuit sans insectes… (Elle éclata de rire.) Mais si j'avais su que tu exaucerais mon vœu de trouver une herbe répulsive, je ne sais pas si je l'aurais émis…

— Aurais-tu oublié le proverbe préféré de Dragon : « Attention à ce que tu souhaites… »

— Oui, je sais !

Tad avait pris un en-cas ; le sac était presque vide. Mais il lui avait gardé deux des plus gros serpents, qui n'étaient en fait pas vraiment gros, pas plus longs que son avant-bras. L'un était brun et l'autre vert. Tous les deux avaient de vagues reflets orange à la lueur des flammes. Le griffon mit de côté quelques braises pour qu'elle puisse cuire son dîner, puis il alimenta le feu.

Dague dépeça les serpents avec l'aide de Tad, puis elle les posa sur la pelle avec les grillons, les chrysalides et les larves. Aucun de ces aliments ne dégagea d'arôme en grillant. Mais les insectes furent très vite prêts. Affamée, elle les dévora.

Ça n'est pas mauvais, finalement. Si on n'y regarde pas de trop près, on croirait manger des graines grillées.

Les serpents, bien meilleurs, lui permirent de finir son pain de voyage. Pendant ce temps, Tad avait sorti sa viande séchée sous la pluie. Dès qu'elle fut assez ramollie, il l'ingurgita sans le moindre plaisir.

— Veux-tu prendre le premier tour de garde ? demanda-t-il.

La jeune femme avait mis un récipient d'eau à tiédir près du feu pour y faire sa décoction. Elle ajouta des herbes réputées pour leurs vertus calmantes.

— J'apprécierais que tu le prennes, répondit-elle. J'espère que cette mixture me permettra de dormir sans m'arracher la peau. Si je dois me gratter, je préfère être réveillée, histoire de me contrôler.

— La fumée est aussi efficace qu'une fourmilière et mes passagers clandestins sont partis. En plus, je n'ai pas encore sommeil.

Les cheveux et les vêtements de Dague étaient secs. De sa tenue, seule sa broche des Griffons d'Argent n'avait pas souffert. Sa tunique et son pantalon n'étaient pas seulement tachés. Froissés, ils commençaient à s'élimer au niveau des ourlets.

J'ai l'air d'une mendiante. J'espère qu'Ikala ne fera pas partie de l'équipe envoyée pour nous secourir... Oh, c'est ridicule ! Il ne s'attendrait pas à me trouver aussi élégante qu'une dame de la cour. La seule chose qui compte, c'est qu'on nous envoie de l'aide. Peu importe dans quelle tenue on me trouvera.

Tad l'aida à enrouler les bandages humides autour de sa poitrine et à badigeonner le reste de la mixture sur ses cloques. Au début, il n'y eut aucune différence, mais dès que le liquide eut séché, elle commença à se sentir soulagée.

Le griffon la regarda, le plumage un peu ébouriffé, une question muette dans le regard.

— Ça marche, dit-elle. Je vais en fabriquer plus et en garder toujours sur moi, dans une gourde. Ça m'évitera de devenir folle chaque fois que nous devons rester sans bouger trop longtemps.

— Bien. Il ne reste plus qu'à trouver un moyen d'empêcher la vermine de nous approcher... Sans que l'odeur nous rende dingue, évidemment !

Dague posa un regard critique sur son partenaire. Soudain, sans l'avertir, elle lui palpa le bréchet. C'était le premier indicateur de maladie chez un volatile, car la masse musculaire d'un griffon ou d'un oiseau fondait quand ils ne mangeaient pas suffisamment.

Il était plus proéminent que d'habitude, les muscles légèrement atrophiés. Une autre qu'elle ne se serait sans doute pas aperçue de la différence, mais elle était l'équipière de Tad et c'était son rôle de savoir ce genre de chose.

— Tu as perdu du poids, dit-elle. Ça peut venir du manque de nourriture ou du fait que ton corps puise dans ses réserves pour guérir. Peut-être un peu des deux...

— Ou parce que les muscles de mes pattes se développent au détriment de ceux de mes ailes. Je ne me souviens pas d'avoir autant marché de ma vie ! Bientôt, j'aurai davantage l'air d'un cheval de labour que d'un faucon.

— Si nous trouvions la rivière, nous pourrions

pêcher et tu aurais une nourriture décente. Même si nous sommes suivis par des créatures qui effraient le gibier, je doute qu'elles réussissent à faire fuir les poissons.

Cette rivière semblait incarner toutes les promesses du monde. Elle était devenue synonyme d'une nourriture abondante, d'un abri sûr et d'un moyen de signaler leur présence aux secours. Dague se demanda si elle ne fondait pas trop d'espoirs sur un simple cours d'eau, mais il était bon de se concentrer sur un objectif.

Tad lâcha un gros soupir et gratta machinalement une morsure d'insecte.

— J'ignore où nous sommes par rapport à la rivière et à la falaise, avoua-t-il. De plus, je ne connais rien à ce type de forêt. Si le terrain était semblable à celui qui s'étend aux alentours de Griffon Blanc, je trouverais un cours d'eau. Mais je ne peux pas voir le ciel et le sol ne m'apprend rien.

— Je ne te fais aucun reproche. Nous ignorons tout de cet environnement. Souviens-toi : nous étions censés séjourner dans un avant-poste avec un toit au-dessus de nos têtes, un jardin et des réserves de nourriture.

— Des réserves de nourriture, soupira Tad, soudain nostalgique.

Le griffon se frotta la gorge, puis déglutit avec peine. Il avait avalé plus d'air, ces derniers jours, que ça n'était raisonnable.

Dague fronça les sourcils.

— Je suis sûre que nous sommes entourés de choses comestibles, mais nous ignorons quoi et où chercher. Certaines te feraient peut-être du bien ! Mais nous ne pouvons pas nous payer le luxe d'expérimenter au hasard, au risque de nous rendre malades. Seul un indigène pourrait nous guider…

— Comme Ikala ? demanda Tad. (Quand elle rougit, il gloussa.) J'aimerais qu'il soit ici avec nous.

— Oui, moi aussi…

— Mais pas seulement pour cette raison, hein ? la taquina son partenaire. (C'était la première fois depuis l'accident qu'il était redevenu le Tad qu'elle connaissait.) Je ne peux pas t'en blâmer. C'est un jeune homme agréable à regarder. Et il s'en tire très bien, avec son entraînement. Je pense qu'il gagne à être connu.

— Je suppose, répondit Dague, méfiante. (Tad adorait se mêler de la vie amoureuse des autres.) Si nous avions pensé à lui poser des questions sur ce type de forêt, nous nous en tirerions un peu mieux.

— Dague ! Ne fais pas la timide avec moi ! Ne suis-je pas ton équipier ? Ne suis-je pas censé savoir quelle personne t'attire ? *Il* est attiré par *toi*. C'est évident pour qui sait observer.

— Et tu ne t'es pas gêné pour l'observer, n'est-ce pas ?

Le griffon éclata de rire.

— Ne suis-je pas supposé veiller sur toi ? Crois-moi, tu serais plus heureuse si tu avais un partenaire avec qui partager des… euh… instants de tendresse. Tu serais aussi plus facile à vivre…

— Oh, merci ! Voilà que tu parles comme mes parents ! Ils sont tellement impatients de me voir avec quelqu'un.

Dans mon lit, je veux dire. Tad sait bien à quel point ça m'agace, alors pourquoi se fait-il l'écho de leurs conseils ?

— Tes parents sont obsédés par les plaisirs de la chair et ils ont bâti leur vie autour, c'est ça ? Ils pensent que c'est le meilleur moyen d'être heureux.

« Ikala est un excellent parti. Il est beau, intelligent, et ouvert — ce qui t'évitera de t'empêtrer dans les coutumes haighlei. En plus, il a le sens de l'humour. Et il a été élevé pour devenir un prince. Il comprendra que tu as des devoirs à remplir et que tu ne pourras jamais être une femme au foyer.

Dague riva sur son partenaire un regard noir.

— Tu joues les marieuses ! Inutile de nier, je te connais ! Tu adores t'arranger pour que tous ceux qui t'entourent aillent par paire et vivent... Eh bien, peut-être pas heureux à jamais, mais au moins le temps d'une romance.

— Bien sûr ! Quel mal y a-t-il à ça ?

— Tu te mêles de ce qui ne te regarde pas, voilà quel mal il y a à ça ! J'ai bien assez de mes parents pour me conseiller de prendre quelqu'un dans mon lit ! Inutile que tu en rajoutes.

— Je suis ton partenaire. Je dois savoir ces choses et t'aider à obtenir celles dont tu as besoin, même si tu ignores ce que c'est. Si les rôles étaient inversés, j'attendrais la même chose de toi.

« Nous devons conserver notre équilibre émotionnel. Sinon, ça affecte notre travail. J'ai raison, admets-le !

Elle grogna, mais fut obligée d'acquiescer. Oui, il avait raison. Les deux moitiés d'une équipe d'Argents devaient être aussi proches qu'un couple marié. Ils étaient censés tout se dire et coopérer, même quand ils n'étaient pas en service.

D'ailleurs, ce genre de discours, si déplacé quand il venait de ses parents, ne l'était pas autant dans la bouche de Tad. En dépit de l'aptitude des griffons à voir les choses d'un point de vue humain, Tad n'était pas de son espèce et ça la rassurait.

— Confie-toi à moi, insista-t-il. Dis-moi ce que tu penses d'Ikala ?

La fumée s'était dissipée et le feu dispensait une douce lumière. La jeune femme était sèche. Elle avait l'estomac plein et se sentait bien au chaud. Son épaule ne la faisait pas trop souffrir. Le moment idéal pour un examen de conscience.

— Je n'en sais trop rien, dit-elle enfin. (Tad la regarda avec l'intensité typique des rapaces.) Il est très beau, absolument charmant, et indéniablement intelligent… mais je ne sais pas trop. Une partie du temps, je me dis qu'il m'attire parce qu'il est lui, une autre parce qu'il est exotique, et une autre encore parce que c'est la seule personne à Griffon Blanc dont mon père ne sache rien !

— Ça, c'est sûr ! J'ai remarqué qu'Ikala n'avait jamais consulté un *kestra'chern*. Je parie que ton père le trouverait encore plus énigmatique que toi.

— J'aimerais avoir une conversation avec une personne sans qu'elle craigne que papa me raconte tout ce qu'il sait à son sujet…

— Et il serait agréable pour toi de parler d'une personne à ton père sans te demander s'il ne va pas te raconter toutes les choses que tu ne veux pas savoir à son sujet…

La jeune femme acquiesçant, il ajouta, perversement :

— Je ne vais pas consulter de *kestra'chern*, alors tu peux avoir doublement confiance en moi et me confier ce que tu ressens. Ton père n'en saura jamais rien. Je le jure sur mon hédonisme !

Dague sourit. C'était bien le serment d'un griffon mâle, pas de doute !

— Il sait se contrôler, dit-elle. J'aime bien…

Je préfère ça à une personnalité passionnée et totalement débridée.

Tad toussota.

— Certains y verraient la preuve qu'il manque de sensibilité.

— Tu le connais mieux que ça, puisque tu as travaillé avec lui. Il lui arrive de perdre son sang-froid, comme à tout le monde, mais il ne perd jamais complètement la tête. Et quant à rendre visite à un *kestra'chern*…

— Eh bien ? demanda le griffon, les yeux pétillants de malice.

Dague s'empourpra.

— Il n'a pas été… euh… chaste. Il a eu des amies, depuis son arrivée. Aucune n'était *kestra'chern*, voilà tout. Rien de sérieux. De simples aventures.

J'envierais presque Karelee. Si elle ne s'était pas montrée si enthousiaste au sujet de ses prouesses sexuelles !

— Oh ? Il n'a pas été chaste ? Je suppose qu'il t'intéresse, puisque tu as pris la peine de te renseigner…

— Je ne me suis pas renseignée… Mais j'ai des oreilles et les gens bavardent. Tu devrais le savoir, toi, le roi des ragots.

— Moi, le *roi des ragots* ? Je préfère parler de « collecte d'informations impersonnelles » en vue de la « gestion des sources et des receveurs de plaisir ».

— Moi, j'appelle ça colporter des ragots. Ça et jouer les marieuses ! Voilà tes activités favorites. Quant à Ikala… il est attirant, je l'admets, mais tu t'emballes en nous voyant ensemble. J'ignore ce que je ressens pour lui, alors comment dire ce qu'il ressent ?

« Et je te rappelle que nous avons une mission. Dès que nous serons tirés de ce mauvais pas, nous partirons pour l'avant-poste. Si nous ne mourons pas de honte à l'idée de devoir être secourus…

Si nous sommes secourus, et si nous nous en sortons…

Cette pensée, même muette, resta suspendue entre eux. Dague voulait changer de sujet… Maintenant que c'était fait, elle n'était plus très sûre de préférer le nouveau.

Par réflexe, elle jeta un coup d'œil dehors. La nuit tombait. Une fois encore, la pluie durerait jusqu'au soir.

Tout à notre avantage, si ça empêche nos « amis » invisibles de trop s'approcher.

— Bien, dit-elle, d'un ton aussi léger qu'elle put. Maintenant que tu m'as fourni matière à réflexion, je ne vais pas pouvoir dormir. Je vais simplement cogiter allongée…

Tad bâilla.

— J'avoue que j'ai chaud et sommeil, maintenant. Ça me fait toujours cet effet quand j'écoute une personne m'expliquer pourquoi elle refuse d'être heureuse. Et si nous échangions nos tours de garde ?

Il s'allongea sans attendre de réponse.

Dague haussa les épaules.

— Pourquoi pas ? dit-elle.

Elle changea de place pour se mettre devant une ouverture, entre les branchages. Puis elle mémorisa tout ce qui était visible, profitant du peu de lumière qui restait. Les conditions climatiques lui donnèrent un coup de main. Il lui suffisait de se concentrer sur un point et d'attendre que l'éclair suivant vienne tout illuminer. Une image résiduelle après l'autre, elle remplit sa « carte » des environs.

Tad n'avait pas menti en disant qu'il était fatigué. Il dormait déjà. Inutile de regarder par-dessus son épaule pour s'en assurer, il suffisait d'écouter sa respiration lente et profonde.

Elle avait disposé les branchages pour que leur abri ressemble à un petit arbre abattu par les deux gros.

Avec toute cette pluie, toutes les traces de notre présence doivent avoir été effacées. Ni odeur, ni débris…

Mais la fumée dont Tad s'était servi pour se débarrasser de ses parasites… Elle se demanda si la pluie avait fait disparaître ses traces. Sinon… Dans une forêt soumise à des orages quotidiens, une odeur de fumée n'avait rien d'extraordinaire. Des incendies devaient se déclarer un peu partout.

Mais à quoi bon y penser ? Elle ne pouvait plus rien faire pour la fumée ou pour leur abri. Si quelque monstre était à leur recherche, elle aurait fait de son mieux pour couvrir leurs traces. La nuit précédente, il aurait été difficile à leur poursuivants de les retrouver. Ce soir, ce devait être tout simplement impossible.

La pluie torrentielle se transforma en averse, puis en bruine, avant de s'arrêter complètement. Dague n'entendit bientôt plus que le staccato mélodique des gouttes qui tombaient des feuilles trempées. Puis les bruits nocturnes retentirent.

Les entendant, la jeune femme soupira de soulagement et se retourna pour s'occuper du feu. Il faisait bien chaud, dans l'abri, et c'était agréable. Elle disposa du bois vert pas trop épais au-dessus des braises rougeoyantes, qu'elle avait couvertes d'un peu de cendre pour étouffer les dernières flammèches. Si elle laissait le feu couver ainsi, il ne s'éteindrait pas, mais brûleraient lentement, sans produire de flamme.

Bien. Il faisait presque aussi sombre maintenant dans l'abri qu'à l'extérieur. Elle pouvait retourner à sa tâche.

Rien n'avait changé. Les créatures qui vivaient dans les arbres vaquaient à leurs occupations nocturnes. Les insectes luminescents qu'elle avait déjà eu l'occasion de voir apparaissaient et disparaissaient dans les buissons.

On eût dit que leurs poursuivants avaient abandonné.

N'y compte pas trop. Mieux vaut prévoir le pire. Se dire qu'ils…

Quelque chose venait de bouger.

Juste une ombre, mais elle savait qu'il n'aurait pas dû y en avoir une à cet endroit — et surtout pas mobile.

Quoi que ça puisse être, c'était énorme. Plus gros que les lions qu'elle avait vus dans la ménagerie de Shalaman. Dague savait quelle était la distance entre chaque buisson et connaissait la hauteur de chaque petit arbre. Elle pouvait donc en juger. La tête de l'ombre devait être un peu au-dessus de la sienne. Elle crut voir qu'elle avait un cou sinueux. Sa poitrine cachait un buisson et sa croupe un autre. Autrement dit, elle avait approximativement la taille d'un petit cheval. Elle ignorait s'il s'agissait d'une créature massive, mais la fluidité de ses mouvements indiquait le contraire.

La vision nocturne de Dague n'était pas des plus précises. Mais alors qu'elle se concentrait, elle crut discerner d'autres corps longilignes. Une ombre bougea tandis que la première semblait s'être immobilisée, puis une autre encore. Y en avait-il trois, ou étaient-elles si rapides que la première avait pu parcourir une telle distance en si peu de temps ?

Il y en a au moins deux, c'est sûr. Mais elles ne semblent pas nous avoir repérés.

Soudain, la première ombre disparut. Une fraction de seconde plus tard, un cri à glacer les sangs déchira la nuit.

Le cœur de Dague s'emballa ; elle eut l'impression d'avoir été immergée dans de l'eau glacée. Il lui fallut tout son sang-froid pour ne pas bouger.

La jeune femme essaya de se calmer. C'était une bonne chose qu'elle ait déjà entendu le cri d'agonie d'un lapin. Sinon, elle aurait pu penser qu'une de ces *créatures* avait tué un bébé.

On eût dit que même les hôtes des arbres les avaient aperçues, car le silence s'étendait à la voûte des arbres. Seuls les insectes et les grenouilles n'étaient pas affectés.

La jeune femme cligna des yeux… Il ne fallut pas plus longtemps aux ombres pour disparaître.

Mais cela ne l'aida pas à respirer plus librement. Le silence signifiait que les monstres étaient toujours dans les parages et elle n'avait pas l'intention de trahir sa présence.

Espérons qu'il ne leur viendra pas l'idée brillante de sauter sur le « monticule » que forme notre abri…

Elle sentit des picotements à la base de sa nuque. Il n'y avait qu'une toile et quelques branchages pour la protéger des prédateurs. Si l'un d'eux approchait, il sentirait sans doute leur présence. Les herbes avec lesquelles ils s'étaient « parfumés » ne feraient pas la moindre différence. L'odeur de fumée pouvait les trahir.

Mais c'est supposer que ces créatures sont intelligentes, donc capables d'associer un feu avec nous, et *qu'elles nous pourchassent. Il est possible qu'elles soient simplement sur leur territoire. Jusqu'ici, nous n'avions vu aucun gros prédateur. Ça ne veut pas dire qu'il n'y en ait pas.*

Pourtant… quelque chose dans leur façon d'agir suggérait une certaine réflexion. Les créatures se déplaçaient avec prudence, mais très rapidement. Autrement dit, elles avaient des réflexes hors du commun… ou une grande intelligence.

Dans le doute, mieux valait ne pas prendre de risques inutiles. Intelligentes ou pas, ces créatures étaient des prédateurs. Les autres animaux ne se taisaient pas pour rien à leur approche…

Même si ce sont l'équivalent local des lions, elles n'en sont pas moins énormes et carnivores. Et elles chassent. Aucune raison de figurer à leur menu !

Et s'ils n'avaient pas affaire à un ennemi, mais à deux ? L'un pouvait les avoir cloués au sol et l'autre les avoir pisté… Les chasseurs étaient-ils alliés au responsable de leur accident ? Dans ce cas, ils n'étaient rien de plus que des « chiens » de chasse.

Ce genre de choses s'était déjà vu.

Urtho n'était pas le seul mage qui pouvaient créer des êtres vivants. Ma'ar avait ce pouvoir, comme d'autres sorciers qui n'ont pas participé à la Guerre des Mages. Il faut être plus qu'un Adepte pour avoir cette capacité. Une poignée de mages l'avait bien avant la guerre contre le Kiyamvir.

Un autre scénario s'imposa à Dague : ils étaient

devenus les proies d'un mage qui chassait les êtres intelligents avec sa meute…

Comme Ma'ar ! Mais il y en avait d'autres comme lui. Voilà pourquoi les Haighlei se méfiaient tellement de la magie. Une de leurs légendes parlait d'un sorcier sadique qui capturait des hommes, les ramenait sur ses terres et les chassait comme de vulgaires animaux. Un jeune mage s'était laissé prendre pour servir de point focal à l'attaque de ses pairs contre ce criminel.

Dague frissonna et dut se retenir de se passer nerveusement les mains dans les cheveux. Elle avait toujours eu beaucoup d'imagination…

Supposons qu'un de ces mages restés neutres soit venu se cacher ici avant le Cataclysme. Même s'il n'est pas l'égal d'Urtho, il a pu s'entourer d'animaux et d'oiseaux pour l'avertir de la présence d'intrus. Quand les Haighlei viennent dans la forêt, ils ne sont jamais moins de dix, dont un prêtre. Mais un mage peut échapper à sa détection en se tenant tranquille. Il faudrait qu'ils soient nez à nez avec lui pour le trouver. Ce qui le laisse libre de chasser à sa guise.

Cette hypothèse ne tenait pas : personne n'avait jamais disparu dans la région. A moins d'avoir coupé tous les ponts avec sa famille et ses connaissances, aucun Haighlei ne pouvait s'évaporer dans la nature sans que cela fasse du bruit. Et encore moins plusieurs. Quant aux trappeurs, aux bûcherons, aux explorateurs et aux chasseurs, ils disaient toujours où ils allaient, pour être certains d'être secourus en cas de problème.

Bon, alors… Il est venu ici pour échapper à la guerre et quand il a capté notre présence, il s'est senti menacé. Puis, il a provoqué notre accident pour que nous ne le découvrions pas.

Ça n'avait pas plus de sens que la précédente hypothèse. D'autres voyageurs avaient survolé cette région avant eux.

Nous a-t-il abattus parce que nous étions une équipe humain-griffon ?

Judeth et Aubri les avaient précédés…

Oh, par tous les vents, j'ai trop d'imagination !

Plus une hypothèse était compliquée, plus il y avait de chances qu'elle soit fausse. Il valait donc mieux s'en tenir aux deux plus simples.

Première hypothèse : nous avons eu un... accident magique, qui nous a abattus. Maintenant, blessés, nous devons échapper aux prédateurs locaux, qui nous prennent pour des proies faciles. Deuxième hypothèse : quelqu'un nous a abattus et nous pourchasse.

Que la première soit la plus plausible n'avait rien de rassurant. Les loups et les lions étaient connus pour suivre pendant des jours les proies blessées, attendant qu'elles soient moribondes pour les attaquer. Or, les ombres semblaient de taille à lutter contre Tad. Et si elles savaient que les deux équipiers étaient blessés…

Un oiseau trilla ; un autre lui répondit. Aussitôt, la forêt se réveilla, comme si ce dialogue avait été le signal que tout était redevenu normal sous la voûte des arbres.

La jeune femme soupira et se détendit. Elle jeta un regard amusé à son compagnon.

Qui ne s'était aperçu de rien.

Tad bâilla et s'étira, clignant des yeux dans la pénombre. Dague avait l'air fatigué, mais ça n'avait rien de surprenant. Elle semblait également nerveuse, mais comment aurait-il pu en être autrement ? Il le serait aussi pendant son tour de garde. Une sentinelle sur la défensive avait plus de chances de faire des vieux os.

— J'ai vu des ombres qui pourraient expliquer le silence qui s'abat par moments sur la forêt, dit Dague. Il y avait au moins deux créatures. L'une a attrapé un lapin. Pendant ce temps, les animaux se taisaient.

Ça explique sa nervosité et sa fatigue, la première étant responsable de la seconde.

Le griffon regarda à travers les branchages, mais il ne vit rien... Certains animaux semblaient s'être lancés dans un concert impromptu.

— Si le silence trahit la présence des créatures que tu as aperçues, tu peux dormir tranquille. Je suis surpris que ta tension ne m'ait pas réveillé... Je devais être beaucoup plus fatigué que je le croyais. Ou c'est à cause des médicaments.

— Je peux te dire que je n'en menais pas large... Ces créatures sont rapides et elles se déplacent sans frôler de feuilles ou casser de brindilles. Elles sont grosses comme des chevaux, donc des adversaires de taille. C'est peut-être mon imagination, mais je crois qu'elles sont intelligentes.

— On pourrait dire la même chose des chats sauvages. Toutes les bêtes sont intelligentes dans leur habitat naturel.

« Prends ton antidouleur et dors. Nous aviserons au matin. J'ai posé des pièges et s'il ne pleut pas...

— N'y compte pas trop ! C'est probablement là qu'elles ont trouvé leur lapin.

— Tu as sans doute raison, soupira Tad. Mais ça valait la peine d'essayer... La façon dont elles s'y sont prises pour voler notre petit déjeuner devrait nous indiquer leur niveau d'intelligence.

— C'est vrai, dit la jeune femme.

Elle s'allongea sur le matelas de branchages et de feuilles qu'il avait confectionné pour soulager sa clavicule. Si rien ne se passait, elle dormirait probablement jusqu'à l'aube.

Pour ne pas alarmer sa partenaire, Tad ne lui avait jamais parlé des traces qu'il avait trouvées... Il pouvait s'agir de n'importe quel type de prédateurs. Rien n'indiquait qu'ils aient une intelligence supérieure — ils étaient juste très vifs et extrêmement méfiants.

Le griffon débattit intérieurement de la nécessité de tout dire, puis décida de s'en abstenir. Rien ne prouvait que ces créatures soient celles dont il avait vu les traces. Même si elles avaient en commun d'être vives et méfiantes…

C'était une indication. Mais s'il s'en tenait aux faits, il n'en savait pas davantage.

En revanche, s'il laissait son imagination faire le reste… Ce que Dague avait vu confirmait ses craintes. Ils étaient bel et bien suivis, et dans un but précis. Mais lequel ? Comme de simples proies, ou les motivations de leurs poursuivants étaient-elles plus complexes ? Dans le premier cas, ils avaient affaire à de classiques prédateurs. Dans l'autre… Dague et lui avaient un sérieux problème.

Une telle méfiance, combinée à la curiosité des créatures, ne ressemblait pas à un comportement animal typique. Généralement, les gros prédateurs avaient tendance à fuir tout ce qui ne leur était pas familier. Si un intrus apparaissait sur leur territoire, il leur fallait un temps fou pour oser s'en approcher.

Les prédateurs sont nerveux par nature. Ils s'attaquent à une grosse proie uniquement si elle est vieille, malade ou très jeune. Ne pouvant pas se permettre d'être blessés, ils préfèrent éviter celles qui peuvent se défendre. Etre un carnivore n'est pas de tout repos, j'en sais quelque chose. Attraper son dîner demande beaucoup d'énergie. Les végétariens ont la part belle, car le leur ne risque pas de leur échapper.

Les créatures qui les suivaient n'agissaient pas comme des prédateurs normaux — une humaine et un griffon, cela faisait deux « nouveautés », donc deux bonnes raisons de se méfier. Il y avait une autre explication… Mais si le territoire de ces monstres était si étendu que les deux Argents le traversaient depuis leur première halte, ils avaient pu passer dans la catégorie « bête familière ».

Il était plus probable qu'ils aient affaire à des créatures sortant de l'ordinaire.

L'une d'elles avait mangé un lapin. Ça ne prouvait rien sur leurs talents de chasseurs. Un loup pouvait se nourrir de souris. Ça ne l'empêchait pas de tuer un daim quand il en avait l'occasion. Une créature de la taille d'un cheval n'hésiterait pas à s'attaquer à un griffon. Les prédateurs tuaient fréquemment des proies plus grosses qu'eux — à l'exception des rapaces, qui ne pouvaient pas voler avec une charge trop lourde. Seuls les aigles liges des Kaled'a'in avaient l'envergure et la masse musculaire nécessaires pour emporter un agneau.

Il faudra construire des pièges autour de notre camp. Même si toutes les créatures ne tombent pas dedans, si l'une d'elle est blessée, ça dissuadera les autres de passer à l'attaque... A condition d'avoir affaire à de simples animaux.

Bien sûr, il y avait le risque d'obtenir l'effet inverse, autrement dit de provoquer une attaque.

Si nous les mettons en colère, nous saurons qu'elles sont assez intelligentes pour associer un piège aux personnes qui se trouvent à l'intérieur du périmètre qu'il protège... et pour éprouver le désir de se venger.

Tad n'était pas d'accord avec une théorie de Dague. Selon lui, les créatures savaient qu'ils étaient là, mais elles avaient sous-estimé leur capacité de les voir. Pour chasser la nuit, elles devaient avoir des sens très aiguisés. Leur odorat était si fin qu'elles n'avaient pas été trompées par leur « parfum ». Et elles avaient dû sentir la fumée, qui trahissait leur position. Même si sa partenaire avait couvert le feu, il restait visible.

Les créatures savaient pertinemment où ils étaient. Et elles n'avaient pas jugé bon de les attaquer. Ni d'encercler leur camp.

Elles ne sont pas prêtes à nous affronter... Ou l'in-

térêt qu'elles nous portent est seulement de la curiosité.

Les cris des animaux étaient l'unique indicateur : aussi longtemps qu'ils retentiraient, ça signifierait que les prédateurs n'étaient pas dans les parages.

Mais je me fie peut-être trop aux capacités des hôtes des arbres…

Tout ça était suffisant pour flanquer une bonne migraine à un griffon.

Demain, il faudra que j'avance aussi vite que possible. Avons-nous une chance de les semer ? Ou réussirons-nous à les dissuader de continuer à nous suivre ?

Autant attendre que les poules aient des dents !

Tad étudia ce qui restait de son piège. Il avait été arraché et étudié. Le même scénario qu'avec les débris, sur le site de l'accident.

— Eh bien, je constate que j'avais raison, dit Dague. Tu vois, là ?

Oui, il avait vu les touffes de poils et les gouttes de sang, sur le tapis de feuilles mortes.

— J'aurais dû savoir que les pièges profiteraient aux prédateurs, soupira le griffon. Ils n'ont pas trouvé les autres… Mais aucun lapin ne s'y est pris. De toute façon, ils auraient fini comme celui-là, non ?

Ils pouvaient se rassurer : les créatures n'avaient pas cherché d'autres pièges… A moins qu'elles ne l'aient fait sans y toucher.

Cela supposait qu'elles étaient intelligentes.

Tad regarda tristement les poils et le sang.

C'est injuste. Elles me pourchassent, et en plus elles me volent mon petit déjeuner !

Il songea à la chair tendre du lapin, puis se résigna à un énième repas de viande séchée. Mais Dague avait une surprise pour lui.

— Tes pièges n'ont peut-être rien donné, mais ma

fronde s'est révélée efficace, dit-elle en tirant un lapin de sa besace.

— Merci ! s'écria le griffon, l'eau à la bouche.

Il se retint de lui arracher la bête des mains et la prit délicatement. Puis il abandonna ses bonnes manières et la dévora. Heureusement, Dague avait l'habitude de le regarder manger, car son estomac grognait tellement qu'il ne pu pas attendre qu'elle se soit éloignée.

— Et toi, que vas-tu manger ? pensa-t-il à lui demander, quand sa faim fut apaisée.

Au moins, j'ai assez de tact pour ne pas m'adresser à elle avec une patte de lapin coincée dans le bec…

— Un morceau de ta viande séchée. Je peux mâcher en marchant. Ramassons nos affaires et filons d'ici. Je ne tiens pas à rester trop longtemps au même endroit.

— Je suis d'accord avec toi. Surtout après ce qui s'est passé cette nuit. Si la chance est de notre côté, nous rejoindrons la rivière aujourd'hui ou demain.

Les animaux qui vivaient dans les arbres s'étaient tus une fois pendant son tour de garde, mais il n'avait rien vu. Le plumage dressé, tous les sens en alerte, il s'était demandé si les créatures avaient décidé de les attaquer par-derrière. Mais les bruits avaient repris peu après et n'avaient plus cessé jusqu'à l'aube.

Comme prévu, Dague avait fait infuser des herbes pour soigner les ecchymoses et avait versé la décoction dans une gourde. Tad espérait que la mixture serait aussi efficace en pleine chaleur que la veille, à la faveur de la fraîcheur du soir.

Pendant que la jeune femme décidait de leur route, le griffon se chargea de laisser quelques fausses pistes, dont une dans un arbre. Une initiative qui lui donna une idée : pourquoi ne pas dormir dans les branches d'un géant ?

Non, Dague ne pourra jamais grimper si haut. Pas avec une seule main. Et si je la hissais avec une corde, je risquerais de la blesser davantage.

Une fois encore, ils eurent de la chance et trouvèrent un endroit idéal pour la nuit. Un arbre abattu couché au-dessus d'un gros terrier. L'animal qui l'avait creusé avait déserté les lieux depuis longtemps. Les occupants actuels étaient cinq. Tad et Dague eurent tôt fait de les attraper. Le griffon ignorait quel nom leur donner. On aurait dit des castors sans queue. Mais quelle importance ? Leurs dents indiquaient que c'était des rongeurs et ils étaient comestibles.

Ce « coup de filet » fut le bienvenu. Dague n'avait réussi à atteindre aucune de ses cibles de la journée. Tad avait essayé de la rassurer, mais il savait que cela la contrariait.

Enfin, pour la première fois depuis l'accident, il se coucherait l'estomac plein. La viande fraîche lui avait fait un bien fou. Il ne s'était pas senti aussi vivant depuis… des lustres !

Aidée par son équipier, Dague avait fait du feu. Pendant qu'elle l'alimentait, Tad agrandit un peu leur terrier. Ses serres n'étaient pas faites pour creuser, mais il se débrouilla. Lorsqu'il eut fini, même s'ils seraient un peu à l'étroit, il estima que c'était mieux que rien. Il recouvrit le sol de branchages, puis construisit un barrage de terre contre les pluies diluviennes. Enfin, il utilisa une torche pour débarrasser le tronc de la vermine et dissimula l'entrée de leur abri derrière des lianes.

Dague fit rôtir sa part de leur prise, prépara sa potion, puis recouvrit le feu. La pluie se chargerait de l'éteindre et de chasser l'odeur de fumée. Comme le premier soir, ils n'avaient pas assez de place à l'intérieur de leur terrier pour allumer un feu. Tant pis. Aussi longtemps qu'ils étaient au sec, ils n'en avaient pas vraiment besoin.

Pourquoi y a-t-il un tel fossé entre vouloir une chose et en avoir besoin ?

Quand Dague eut fini de préparer son repas, Tad

était prêt à manger. Elle continua ce qu'il avait entrepris, tressant des lianes pour confectionner un rabat, auquel elle ajouta autant de feuilles de la liane poivrée qu'elle put en fourrer dans les interstices.

Ils rentreraient dans leur terrier dès qu'il commencerait à pleuvoir. Puis ils y resteraient jusqu'à l'aube. Selon Tad, c'était leur camp le plus vulnérable, mais il avait une idée pour y remédier.

Dague ne pouvait pas grimper, mais lui, oui. Et puisque l'abri n'était pas assez grand pour contenir leurs sacs…

— J'ai besoin de ton aide, dit-il à la jeune femme dès qu'il eut terminé son repas. Je veux tromper nos poursuivants.

Il coupa d'autres lianes et commença à faire des paquets auxquels il donna la forme d'un humain et d'un griffon. Au début, Dague le regarda faire, l'air surpris, puis elle l'aida.

— Que vas-tu en faire ? demanda-t-elle alors que les mannequins grandeur nature prenaient forme. Ils ne tromperont pas nos poursuivants très longtemps.

— Si j'avais l'intention de les laisser au niveau du sol, tu aurais raison… mais là-haut, c'est différent. (Il désigna la voûte des arbres.) Je vais monter nos sacs avec eux.

« Avec un peu de chance, nos poursuivants *nous* verront et décideront que le jeu n'en vaut plus la chandelle… A condition qu'ils ne puissent pas grimper…

Mais je doute qu'ils le puissent. Un prédateur ne peut pas dépasser une certaine taille pour chasser dans les arbres. Or, elles la dépassent largement.

— Pourquoi pas ? Ça vaut le coup d'essayer.

Dague n'avait pas l'air convaincu, mais elle ne se montrait pas ouvertement négative. Et elle n'avait soulevé aucune objection quand il avait parlé d'attacher leurs affaires à une branche. L'arbre que Tad avait choisi était un nain par rapport à ses voisins, mais l'idée de devoir y grimper lui valait déjà des sueurs froides. Alors s'il avait dû argumenter avec sa partenaire…

Il se hissa le long du tronc. L'exercice utilisait des muscles que ni le vol ni la marche ne sollicitaient, ce qui lui vaudrait d'autres courbatures. Ah, s'il avait pu redescendre en se laissant planer ! Dire qu'il devrait remonter chercher leurs sacs, au matin…

Plutôt que de les porter sur son dos, il avait emporté une corde. Il la fit descendre à Dague, qui y attacha le premier sac. Puis il la remonta. Et ainsi de suite.

En cas d'urgence, Dague saurait utiliser cette corde. Si on nous en laissait le temps, je pourrais même l'aider…

Il ne leur fallut pas très longtemps pour parachever la mise en scène. Leurs affaires resteraient quasiment sèches malgré la pluie. Les mannequins, eux, seraient très vite trempés. A leur place, ils auraient passé une nuit misérable.

Tad redescendit comme il était monté. Quand il jugea qu'il atterrirait sans se faire mal, il se laissa tomber.

— Et voilà ! annonça-t-il, faussement enjoué. Maintenant, il nous reste juste assez de temps pour tendre quelques pièges à nos admirateurs secrets.

Dague grogna à l'idée du travail que ça demanderait, mais elle hocha quand même la tête. Plus ils distrairaient leurs poursuivants, mieux ce serait.

Et plus nous mettrons leur intelligence à l'épreuve, plus nous en apprendrons sur eux.

Il laissa Dague prendre la tête pour qu'elle ne le voie pas claudiquer.

Quand la pluie commença à tomber, tous leurs pièges étaient en place et dissimulés. Pour faire plus « vrai », ils les avaient placés autour de l'arbre aux mannequins plutôt qu'autour de leur terrier.

Tad courut se mettre à l'abri. Fidèle à son habitude, Dague resta dehors, le temps de prendre sa « douche » quotidienne. Quand elle le rejoignit, elle était trempée, mais cela n'avait aucune importance, puisque Tad avait pris soin de tapisser le sol de branchages.

Ils n'avaient pas beaucoup de place et eurent l'impression d'en avoir moins encore quand le griffon fit tomber le rabat devant l'entrée. A grands renforts de contorsions, la jeune femme réussit à les enduire tous les deux de décoctions antidémangeaison. Tad ferma les yeux, à cause de l'odeur âcre. Avec un peu de chance ils atteindraient la rivière le lendemain et il pourrait se laver. Il préférait ne pas envisager de devoir se lécher le plumage !

L'entrée de leur abri était tout juste assez large pour qu'il y entre. Il n'y avait pas assez d'espace pour qu'ils puissent échanger leur place et monter la garde à tour de rôle.

Alors qu'un coup de tonnerre éclatait, couvrant le tumulte de la pluie, ils se regardèrent.

— Je ne vois aucune raison de monter la garde cette nuit, dit le griffon. L'un de nous devra rester éveillé pendant que l'autre dort, mais nous ne pouvons pas voir à travers le rabat. Nous l'avons trop bien fait.

— Tu as raison. Ton ouïe est plus fine que la mienne, alors si tu crois pouvoir dormir maintenant, j'aimerais que tu prennes le deuxième tour.

— Tu sais que je peux toujours dormir quand j'ai l'estomac plein, lui rappela-t-il.

S'il ne s'assoupissait pas tout de suite, ses muscles endoloris ne le laisseraient probablement pas prendre de repos, mais il évita de le mentionner.

Et courbatu comme il l'était, pas de risque qu'il ne se réveille pas…

De fait, il ouvrit les yeux alors que son équipière s'apprêtait à le secouer. La jeune femme se pelotonna contre lui et s'endormit presque instantanément. Enroulé autour d'elle, il fit de son mieux pour se détendre, afin d'éviter d'avoir des crampes. Mais cette position ne convenait pas vraiment à son aile blessée. A un moment, il faillit gémir tout haut.

Il était pleinement réveillé quand le silence surnaturel descendit sur la forêt, signalant l'arrivée des créatures qui les poursuivaient.

De toutes les nuits, depuis l'accident, celle-ci était la plus effrayante. Il ne pouvait pas voir ce qui se passait à l'extérieur. De plus, Dague et lui s'étaient terrés dans un trou trop accessible. S'il prenait envie aux créatures de les attraper, elles réussiraient sans trop de peine.

Tad tendit l'oreille et ne capta aucun bruit suspect. Si les prédateurs entendaient leurs respirations, ils les prendraient pour celles de petits animaux qui ne valaient pas la peine qu'on se donne le mal de les déterrer.

J'aurais dû creuser une sortie de secours. Une bien meilleure idée que de placer tous ces pièges.

Le silence s'éternisa. Plus le temps passait, plus il avait l'impression que son ouïe devenait sensible. C'était étrange.

Quand les rondins qu'ils avaient placés en hauteur dégringolèrent, cela lui fit l'effet d'un coup de tonnerre.

Comme le cri de douleur qui suivit.

Ce n'était ni un aboiement ni un feulement. Non, plutôt un mélange de sifflement et de hurlement. Un son comme il n'en avait encore jamais entendu. Ce fut sans doute pour ça qu'il sursauta ainsi, parce que son cerveau ne pouvait l'associer à rien de connu.

Le cri mourut très vite, mais l'animal qui l'avait poussé n'était sûrement que blessé.

Je doute qu'il soit mort, à moins que nos « amis » soient très malchanceux.

Tendant toujours l'oreille, il entendit un son mat, puis des bruits de tiraillements et de craquements — peut-être un corps qu'on traînait sur le sol — et un second sifflement. Puis plus rien.

Il en avait la chair de poule.

Le silence retomba. Tad serrait si fort les mâchoires que ça devenait douloureux.

Soudain, les animaux reprirent leurs activités nocturnes comme si de rien n'était.

Le danger était passé, mais il ne pouvait s'empêcher de rester sur ses gardes, muscles tendus. Peu à peu, la lumière de l'aube passa par les fentes du rabat. Quand il ne put supporter de rester inactif une seconde de plus, il secoua Dague.

La jeune femme se réveilla instantanément.

— Un de nos pièges s'est déclenché, dit le griffon. Je crois que nous avons pris quelque chose. Peut-être une des créatures qui nous suivent. Mais si elle est encore là, c'est qu'elle est morte.

Dague hocha la tête, puis écouta les bruits de la forêt.

— Nous pouvons sortir. Tu es prêt ?

— Autant qu'on peut l'être…

Ils en avaient parlé la veille. Dague était supposée sortir en force, au cas où quelque prédateur serait tapi dehors, attendant qu'ils quittent leur abri. Tad devait bondir à sa suite. La veille, ça leur avait semblé une bonne idée. Maintenant, avec ses courbatures, il n'était même pas certain de pouvoir ramper, alors jaillir de leur terrier…

La jeune femme tira son couteau. Puis, elle écarta vivement le rabat et bondit dans la lumière — en flanquant au passage un coup de pied dans l'estomac de son partenaire.

Le cri de guerre de Tad en fut complètement modifié. A la place d'un hurlement de défi, une sorte de grognement lui échappa, très semblable à un rot. Malgré tout, il réussit à suivre son équipière.

Rien.

Il le constatèrent avec un mélange de déception et de soulagement.

— Navrée, s'excusa Dague. Mon pied a glissé.

Que pouvait-il répondre à ça ?

— Ce sont des choses qui arrivent, assura-t-il aussi gracieusement que possible — autrement dit, pas beaucoup, mais elle ne pouvait pas lui en vouloir. Allons voir si nous avons pris quelque chose.

Quand ils approchèrent de ce qui restait de leur piège, il était vide. Mais il y avait du sang sur un des rondins.

— Nous en avons blessé un ! cria Dague, s'asseyant sur les talons pour examiner la trace. J'ignore si c'est grave… Non, je ne crois pas, mais il est possible qu'il ait eu un ou plusieurs os brisés.

Elle se releva et regarda le perchoir des leurres.

— Allons voir comment ils ont réagi.

Dès qu'ils atteignirent le pied de l'arbre, ils eurent un aperçu de ce que leurs poursuivants pouvaient faire.

Ils sont tenaces. Et probablement en colère. Mais pas au point d'en devenir imprudents.

Des entailles profondes, laissées par des griffes, marquaient l'écorce du tronc, à une hauteur qui correspondait à deux fois la taille de Dague. Les leurres avaient rempli leur fonction.

A moins qu'ils aient été tellement en colère contre nous qu'ils ont essayé de nous avoir sans se soucier des obstacles…

Ils savaient maintenant que leurs poursuivants pouvaient faire des bonds formidables, mais pas grimper aux arbres. Donc il ne s'agissait pas de grands félins. La terre, au pied du tronc, était piétinée et labourée.

Les chasseurs n'avaient pas beaucoup endommagé l'écorce. Ils avaient fait plusieurs tentatives, comme en témoignaient les griffures, mais ils ne s'étaient pas acharnés jusqu'à tomber d'épuisement.

Ils étaient suffisamment intelligents pour renoncer quand ils n'avaient aucune chance d'atteindre leur objectif.

Ou pour comprendre que ça n'était pas la peine d'insister, que nous serions obligés de venir rechercher les sacs...

S'ils avaient attaqué sous l'emprise de la colère, celle-ci était vite retombée.

Dague regarda autour d'elle, un peu tremblante, comme si les même idées lui avaient traversé l'esprit.

— Récupérons nos sacs et filons ! dit-elle. Ils ne se sont pas encore montrés, mais ça ne veut pas dire qu'ils le ne feront pas. Nous leur avons peut-être donné une raison de le faire.

Ignorant les protestations de ses muscles endoloris, le griffon se hissa le long du tronc bien plus vite qu'il ne s'en serait cru capable. Cette fois, il n'eut pas à s'encombrer d'une corde, ce qui lui facilita la tâche. Il détacha leurs affaires et les laissa tomber au bout des lianes qui les avaient gardées en place toute la nuit. Mais il ne toucha pas aux leurres. Si les chasseurs n'avaient pas encore compris l'astuce, ça leur laisserait le champ libre un moment.

Tad redescendit deux fois plus vite qu'il n'était monté. Les nerfs à fleur de peau, il sursautait au moindre bruit. Plus vite ils seraient partis, mieux il se sentirait.

Les deux Argents détachèrent chacun leur sac et se mirent en route sans prendre de petit déjeuner.

Tad n'avait pas faim et il supposait que sa partenaire n'aurait rien pu avaler non plus. Il avait le ventre noué, tellement il était tendu. De vieux proverbes griffoniques ne cessaient de lui revenir à l'esprit. Des histoires au sujet de crétins incapables de fuir un danger après avoir trop mangé.

En ce moment, je ne peux pas voler... Mais il est préférable de courir et de se battre l'estomac vide !

Le brouillard avait un arrière-goût amer très différent de celui de la brume marine. Sans doute était-ce son imagination, mais il semblait à Tad que l'air était plus lourd et plus épais. Il se condensait sur ses plumes et il devait s'ébrouer de temps en temps pour ne pas être trempé. Dague ne pouvait pas l'imiter. Elle avait les cheveux mouillés. S'ils n'avaient pas été en train de marcher d'un bon pas, elle aurait grelotté de froid.

Tad ne put s'empêcher de se demander quel genre de créatures étaient leurs poursuivants.

Je pense à toutes ces histoires qu'on raconte sur Ma'ar et sur les horreurs qu'il a créées... De quoi avaient-elles l'air ? Papa dit que la plupart étaient des mauvaises copies de celles d'Urtho...

Les makaars étaient des « équivalents » de griffons. Avait-il aussi essayé de reproduire les hertasis et les kyrees ? Les tervardis et les dyhelis étaient des créatures naturelles, donc Ma'ar n'avait pas dû se donner cette peine... Mais avec lui, il fallait s'attendre à tout. Il n'avait jamais hésité à faire une chose qui lui donnerait l'avantage sur les autres.

Il a créé les dragons des neiges et les basilics, et tout ça sans « copier » Urtho, donc la théorie de papa a ses limites. Il a également donné naissance à de plus petites créatures, mais aucune qui ressemble à nos chasseurs. Se serait-il amusé à créer des makaars sans ailes ? Mais quel intérêt ? Un makaar qui ne pourrait pas voler serait aussi vulnérable que moi en ce moment. Et il ne peut pas s'agir d'un équivalent des hertasis, car je suis sûr que nos poursuivants marchent à quatre pattes.

Un autre sorcier impliqué dans la Guerre des Mages avait-il créé un prédateur marchant à quatre pattes de la taille d'un cheval ?

Etoileneige pourrait sans doute nous renseigner, mais il n'est pas ici...

Tad tendait l'oreille en permanence pour être certain qu'ils n'étaient pas suivis. Devant lui Dague ressemblait à un fantôme. Il devait faire très attention à ne pas la perdre de vue, car avec ses vêtements beige clair, elle se fondait merveilleusement dans le paysage. Lui-même passait plutôt inaperçu avec son plumage gris.

Oui, décidément, le brouillard avait pour eux bien des avantages.

Qui que soient nos poursuivants, ils sont très rusés. Ils ne se sont pas laissé prendre par mes fausses pistes. Et ils ont abandonné l'idée d'atteindre les leurres. Ou ils ont compris à quoi ils avaient affaire. Et dans le premier cas, rien ne nous garantit qu'ils ne déjoueront pas très vite la supercherie.

Ils ne nous ont pas trouvés, la nuit dernière, mais ont-ils seulement essayé ? Ou ont-ils chassé pour se nourrir et n'en ont-ils pas eu le temps ? Après tout, s'ils savaient que nous nous montrerions au matin, pourquoi tenter de nous débusquer ? Mieux valait attendre, puis nous emboîter le pas.

Tad rêvait d'être entouré de murs de pierre que les chasseurs ne pourraient pas abattre. Il désirait manger régulièrement de la nourriture de bonne qualité. Dès qu'ils auraient l'un et l'autre, ils décideraient d'un moyen de signaler leur présence aux secours.

Et je veux voir nos ennemis.

Il fallait qu'il sache à quoi ils avaient affaire. Installer des pièges leur permettrait peut-être d'attraper un prédateur et de l'observer, à condition de le tuer ou de le blesser très gravement.

Cette nuit, ils ont emmené leur compagnon. C'était ça, les bruits que j'entendais.

Ça signifiait que les chasseurs coopéraient, autrement dit qu'ils avaient une certaine forme d'intelligence. Des loups seraient venus renifler leur compagnon pris au piège, certains l'auraient peut-être aidé à se libérer en lui rongeant un membre. Mais ils n'auraient pas pu dégager les rondins qui le retenaient prisonnier.

Le collet… Ils ne se sont pas contentés de couper la tête du lapin pour l'emporter. Le nœud était défait. Ils ont tué l'animal, ouvert le piège, puis mangé leur butin. Ensuite, ils ont examiné la trappe de plus près.

Une preuve d'intelligence, et de l'aptitude à manipuler des objets. Mais cela signifiait-il quelque chose pour Dague et pour lui ?

Il était temps qu'il cesse d'essayer de la protéger et qu'ils aient une franche conversation.

Dague s'arrêta derrière un buisson envahi de lianes.

Est-ce vraiment ce que je crois ?

Les sourcils froncés, elle fit signe à Tad de ne plus bouger. Elle entendait un bruit, dans le lointain, presque couvert par les cris des hôtes des arbres à quatre pattes et les sons mats que produisaient les fruits verts, dont certains oiseaux se régalaient, en atterrissant sur le sol.

Ce bruit…

Impatient de continuer, Tad se dandina d'un pied sur l'autre.

— Ne devrions-nous pas… ? commença-t-il.

— Chut ! coupa Dague, fermant les yeux pour mieux se concentrer sur ce qu'elle avait entendu.

Etait-ce vraiment ce qu'elle croyait ?

— Je crois que j'ai entendu un bruit d'eau. Allez, viens !

Pourquoi continuer à se montrer discrets ? Dague partit en courant, Tad sur les talons. La rivière était toujours leur plus sûr moyen d'échapper à leurs poursuivants et de se mettre à l'abri. Au-dessus de leur tête, dans les arbres, quelques animaux donnèrent l'alerte. Mais l'irruption des deux Argents ne causa pas beaucoup d'émois aux habitants de la voûte.

Rien d'étonnant. Nous courons, nous n'avançons pas furtivement, donc nous ne chassons pas. Bref, nous ne sommes pas un danger pour eux.

Comme pour prouver qu'elle avait raison, les oiseaux qui s'empiffraient de fruits verts continuèrent leur orgie matinale sans lever la tête. Tant mieux. Cela signifiait que rien n'alertait les créatures des arbres. Si leurs poursuivants les avaient suivis de plus près, ils auraient dû forcer l'allure pour ne pas se faire distancer. Et ils auraient aussitôt été trahis par les habitants des branches.

Pénétrant par une brèche dans la frondaison, les rayons du soleil inondaient la forêt. Leur lumière était verte dans les feuilles et blanche entre les troncs. Plus les deux équipiers avançaient, plus les clapotements de l'eau étaient forts.

Ils traversèrent une haie de buissons et s'arrêtèrent net, luttant pour conserver leur équilibre et ne pas tomber dans la rivière. Dague aurait voulu crier de joie, mais elle se contenta de flanquer une claque enthousiaste sur l'épaule de Tad.

La rivière était large et peu profonde, sauf au milieu. De l'autre côté se dressait la falaise dont ils avaient rêvé, séparée de l'eau par une plage de boue et de cailloux.

Des grottes et une ou plusieurs cascades, probablement. Et peut-être une crevasse que nous pourrions fortifier. Tout ça va nous être utile !

— Traversons, fit Tad. S'ils nous suivent, nous pourrons les voir. Ensuite, il y aura une rivière entre eux et nous.

Une rivière entre eux et nous…

Dague ne pouvait imaginer meilleure protection. Tad avait raison, bien sûr. Avec cet espace ouvert entre leurs ennemis et eux, ils pourraient voir les chasseurs approcher.

Il faudra chercher une grotte où nous abriter dès que nous aurons atteint l'autre rive.

Ils allaient pouvoir établir un camp fixe où attendre les secours. Les chasseurs ne creuseraient pas la roche pour les attraper.

Et ils auraient peut-être l'occasion de *voir* à quoi ils

ressemblaient... A condition qu'ils les aient suivis jusque-là. Peut-être avaient-ils abandonné ? Mais elle n'osait pas trop y croire.

C'était *possible* — quels prédateurs chassaient en prenant autant de peine pour un simple repas ? — mais improbable.

Dague sourit.

— Allons-y ! dit-elle. Nous avons besoin d'un bon bain !

CHAPITRE VII

Dague sonda la paroi de pierre, à travers le rideau de pluie, cherchant l'entrée d'une grotte. N'en voyant aucune, elle baissa de nouveau les yeux, pour regarder où elle mettait les pieds.

La pluie tombait à verse, rendant le sol terriblement glissant. Cette fois, ils n'avaient pas cherché un abri précaire où dresser leur camp pour la nuit. Ils avaient continué d'avancer, malgré l'orage, et longeaient la rivière, à quelques pas de la falaise.

C'était leur unique chance de trouver un endroit d'où rien ni personne ne pourrait les faire sortir par la force.

Tad était trempé. Dague allait devoir trouver quelque chose pour remplacer les bandages qui immobilisaient son aile. Pendant lamentablement, ils ne seraient plus d'aucune utilité avant d'avoir été nettoyés et rincés.

A défaut d'autre chose, je sacrifierai quelques vêtements. Je peux raccourcir mon pantalon aux genoux — de toute manière, il me protège mal des insectes ! Et je ferai une attelle à Tad avec des bouts de corde.

Elle devait surtout s'assurer qu'il sécherait avant de s'endormir. Car un griffon qui dormait mouillé risquait d'être malade au réveil.

Il faut que nous trouvions une grotte, ou au moins une fissure dans la roche. Cette pluie ne s'arrêtera pas avant la tombée de la nuit. Alors, nous ne verrons plus rien.

Le niveau de la rivière ne semblait pas avoir monté. Un signe.

Reste à espérer que ce n'est pas la saison des crues !

Il y en avait, comme en attestaient les débris rejetés sur les berges et en haut des rochers. Tout ce bois serait parfait pour leur feu de camp... à condition qu'ils trouvent un endroit où le faire sécher.

Nous avons placé tous nos espoirs dans la découverte de cette falaise. Il ne manquerait plus qu'il n'y ait pas de grotte !

S'ils ne trouvaient pas très vite un endroit où s'abriter, ils seraient obligés de passer la nuit sur cette plage. Là, ils devraient choisir entre allumer un feu et attirer l'attention, ou trembler de froid, enroulés dans des couvertures humides.

Mais les dieux, ou le destin, ne furent pas si cruels. La falaise s'incurva soudain vers la gauche et la rivière s'élargit. Un mur d'écume rugissant se dressa devant les deux Argents, comme si quelqu'un avait déchiré les nuages pour les vider d'un seul coup de toute leur eau.

Après quelques instants passés à cligner des yeux pour chasser la pluie et à tenter d'écarter ses cheveux trempés, Dague comprit que c'était une cascade. De leur côté de la falaise, elle aperçut des entrées de grottes dans la paroi.

Tad dut les voir au même moment qu'elle, car il se pencha pour lui crier à l'oreille :

— Avec un peu de chance, une de ces cavernes est assez profonde pour que nous y trouvions refuge ! Si des intrus approchent, nous ne les entendrons pas venir, mais ils ne pourront pas arriver sur nous par l'avant, à cause de la cascade ! Ça nous laisse une seule direction à surveiller !

La jeune femme tressaillit. Elle était à côté du griffon

et il n'aurait pas eu besoin de crier si fort. Mais elle vit immédiatement qu'il avait raison. D'habitude, elle n'aurait pas apprécié le vacarme, mais les avantages du site étaient plus nombreux que les inconvénients.

Comme pour lui prouver que c'était l'endroit idéal où camper en attendant des secours, un poisson un peu étourdi se réfugia au creux des rochers pour reprendre ses esprits. Le pauvre avait été entraîné par les eaux tumultueuses. Affamé, Tad l'attrapa sans tarder et n'en fit qu'une bouchée.

— Vois si tu en trouves d'autres ! cria Dague. Je vais visiter les grottes !

— Attends !

Le griffon ramassa un caillou blanc, le regarda avec une intensité qu'elle avait appris à associer à la magie, puis le lui tendit.

Il diffusait une douce lumière.

La jeune femme accepta ce cadeau avec soulagement. Tad avait suffisamment récupéré pour créer une lumière magique !

Dague n'eut pas à visiter toutes les grottes pour trouver celle qui conviendrait le mieux. La première était parfaite. Elle s'enfonçait profondément dans la roche en pente douce. Du côté de l'entrée, le sol était couvert de sable fin et sec jusqu'à une ligne marquée par des morceaux de bois flotté. Au-delà de cette limite, il n'y avait plus que des pierres et de la boue. Un filet d'eau coulait le long de la grotte, au milieu. Il venait du fond.

La jeune femme le suivit, tenant au-dessus de sa tête le caillou qui diffusait une lumière bleue. Au fond de la grotte, elle découvrit une cheminée naturelle. L'eau venait de là. Plaçant la tête sous l'ouverture et levant les yeux, Dague reçut des gouttes de pluie sur le visage et vit un morceau de ciel gris.

Un véritable cours d'eau, peut-être un bras de la rivière, avait jadis creusé la roche, formant ce conduit et la grotte. C'était parfait ! La cheminée naturelle était trop étroite pour que des intrus s'y glissent — à part peut-être des serpents, mais ils n'avaient pas grand-chose à craindre de leur part — et elle leur servirait à évacuer la fumée... A condition qu'aucun autre écoulement que la pluie n'alimente le filet d'eau, bien entendu.

Dague n'aurait pu rêver d'un meilleur abri. Il semblait que d'autres créatures l'avaient trouvé à leur convenance, comme en témoignaient les arrêtes de poissons et les squelettes de petits animaux qui constellaient le sol. Pour l'instant, il n'y avait personne, à part quelques chauves-souris. La jeune femme se félicitait de partager son habitat avec elles. N'étaient-elles pas insectivores ?

— Dague ? appela Tad.

La jeune Argent réalisa que l'épaisseur de la roche les isolait du fracas de la cascade.

— Je viens ! répondit-elle.

Alors qu'elle avançait, une odeur de fumée lui chatouilla les narines.

Tad avait fait du feu avec le bois trouvé dans la grotte. Elle le rejoignit d'un pas guilleret.

— Les poissons du coin sont particulièrement stupides, dit-il. J'en ai attrapé des tas au creux des rochers. Je t'en ai gardé deux.

— J'espère que tu as d'abord pensé à toi ! Tu as plus besoin que moi de chair fraîche. Je survivrai en mangeant uniquement du pain de voyage.

Il rougit un peu et elle jugea, à son jabot distendu, qu'il avait mangé autant qu'il était griffonement raisonnable. Non qu'elle l'en blâmât... surtout après les maigres rations qu'il ingérait depuis l'accident.

— Tu devrais placer ça sous quelques chose, dit-elle en lui tendant le caillou transformé en lampe magique. Sinon, nous ne pourrons pas dormir.

« Si j'avais conçu la grotte idéale, je n'aurais pas

fait mieux. Il y a même une cheminée naturelle. La seule chose qui manque, c'est un signal de nuit. Il va falloir que nous en parlions.

Il réfléchit un instant, son aile valide déployée pour sécher à la chaleur du feu.

— Je ne crois pas que les secours voleront de nuit..., commença-t-il. Bien que... puisqu'il s'agit de nous...

— Skandranon exigera des vols nocturnes, même s'il est obligé de s'en charger lui-même, acheva Dague en souriant.

Mais sa bonne humeur ne dura pas. Elle ne pouvait pas oublier, même un instant, qu'ils étaient les proies de chasseurs mystérieux. Oui, ils avaient trouvé un excellent abri, mais un ennemi — disons, un mage renégat — pouvait les forcer à plier bagage.

Tad semblait plus enclin à jouir de l'instant présent. Il se débarrassa de son sac à dos et poussa les poissons vers elle.

— Mange, ordonna-t-il. Il y a assez de bois dans la grotte pour tenir toute la nuit. Pendant que tu dînes, je monterai la garde à l'entrée.

La jeune femme n'hésita pas un instant.

Il a raison. Je dois manger et me détendre un peu.

Il était peu probable qu'on essaie de les attaquer avant la fin de l'averse. Si les chasseurs étaient intelligents, ils présumeraient que les deux Argents avaient suivi leur tactique habituelle et s'étaient mis à l'abri avant l'orage. Donc, ils seraient persuadés qu'ils étaient toujours de l'autre côté de la rivière. A plus forte raison s'ils n'avaient pas trouvé leur piste avant la pluie. Car elle ne s'arrêtait pas seulement au bord de l'eau. De ce côté-ci, les roches et la boue n'en auraient conservé aucune trace.

S'ils pouvaient garder leur feu à l'abri des regards, leur présence dans la grotte ne serait pas découverte avant une bonne journée. La fumée qui s'échapperait de la cheminée serait trop diluée dans l'air pour les trahir.

Après, ils seraient obligés de sortir pour chercher de la nourriture et du bois. Chaque fois qu'ils mettraient le nez dehors, ils courraient le risque d'être repérés.

Je m'inquiéterais de ça le moment venu, décida-t-elle. *Alors, j'aurai peut-être les idées plus claires*.

Il était merveilleux d'avoir la place de déballer ses affaires. Mais une fois de plus, elle devait effectuer avec une main une tâche qui n'était déjà pas facile avec deux : écailler et vider un poisson. Elle finit par enlever une de ses bottes, pour coincer la queue sous son pied.

Elle garda la tête et les entrailles, qui lui serviraient d'appât. Impossible de compter sur des pêches miraculeuses chaque fois qu'ils devaient trouver de la nourriture. Mais peu importait, puisqu'ils avaient leurs cannes. Et si les entrailles n'attiraient pas de nouvelles prises, elle pourrait essayer avec un insecte, du pain ou un dé de viande séchée. Comme d'habitude, elle utilisa la pelle, la transformant en gril. Ç'aurait été plus facile si elle avait eu de quoi la graisser, mais elle était trop affamée pour s'en préoccuper.

Le poisson colla effectivement à son support, mais ça n'avait pas d'importance. Ça ne l'empêcha pas de le manger, et s'il en restait un peu sur la pelle, elle n'en était pas inutilisable pour autant. Dague avait tellement faim qu'elle commença à détacher les morceaux de chair avant que son dîner ait refroidi. Entre deux bouchées, elle jurait tout bas, se brûlant les doigts. Heureusement que personne n'était là pour la voir, parce qu'elle mangeait comme un cochon.

Tad réapparut, dégoulinant de pluie, et posa sur elle un regard pensif.

— La prochaine fois, fais cuire ton poisson dans de l'argile, suggéra-t-il. L'autre avantage, c'est que la peau y reste collée.

— Qui t'a appris ce truc ?

— Ma mère. Tu sais qu'elle adore le poisson. Elle le préfère cru, mais s'il n'est pas pêché du jour, elle accepte de le manger cuit. Tu sais comment elle est… Contrairement à mon père, même si elle souhaite ce qu'il y a de mieux, elle ne se plaint pas quand elle ne l'obtient pas !

« Que veux-tu faire, au sujet du feu ? Le déplacer au fond de la grotte ? Ainsi, la lumière ne devrait pas être visible de l'autre berge. Mais est-ce vraiment important ?

Il avait donc pensé aux même choses qu'elle.

— Non, pas vraiment… Tôt ou tard, ils nous verront, ou ils découvriront des traces de notre présence. Il vaut mieux mettre en place des défenses.

— J'ai posé des pièges simples, alors fais attention quand tu sortiras. Ça n'est pas grand-chose, juste des fils en travers du chemin, mais ça devrait nous donner l'avantage. Je verrai demain ce que je peux faire pour améliorer tout ça. Sous la pluie, c'est presque impossible.

— C'est pour ça que tu es trempé !

La jeune femme fit signe à son équipier de la rejoindre près du feu, pendant qu'elle dévorait le reste du poisson. Il n'avait pas beaucoup de goût. La viande séchée en avait, mais comme elle sentait le vieux cuir… Le poisson était chaud, nourrissant et *cuit*, ce qui faisait toute la différence. Elle le dévora jusqu'à la dernière miette, qu'elle dut gratter de la pelle avec son couteau.

Rassasiée, elle s'assit sur les talons et regarda le griffon.

— Très bien. Parons au plus pressé. Qui prend le premier tour de garde ?

— Toi, si tu veux bien. J'ai l'estomac plein et je risquerais de m'endormir — je n'y peux rien, c'est ainsi que je suis fait. De plus, ma vision nocturne est meilleure que la tienne. J'ai également l'ouïe plus fine, mais avec le bruit de la cascade, ça ne compte pas. Je peux faire courir le fil de pêche d'un piège jusqu'ici et placer la lampe magique sous un tas de cailloux, au milieu du chemin, pour signaler d'éventuels intrus.

Tout ça semble parfait.

— Une bonne idée. Si je vois quelque chose, cette nuit, dois-je essayer de l'abattre avec ma fronde ? Avec toutes les pierres qu'il y a ici, je peux manquer ma cible sans que nous soyons obligés de chercher le projectile, mais ce n'est pas le problème...

Une autre épine qui lui était retirée du pied. N'étant pas parfaitement ronds, les cailloux faisaient de moins bons projectiles que ses billes de plomb, mais c'était des munitions renouvelables.

— Non. Si nos poursuivants se demandent où nous sommes, pourquoi répondre à la question pour eux ? Et s'ils ne nous trouvent pas, ils abandonneront peut-être...

— J'en doute, mais ça vaut le coup d'essayer. Penses-tu que nous devrions piéger l'autre berge ?

Une autre excellente question. Le jeu en vaudrait peut-être la chandelle... Mais chaque fois qu'ils traverseraient, ils s'exposeraient à une attaque. La rivière n'était pas très profonde, même au milieu — Dague avait eu de l'eau jusqu'au menton. N'importe quelle créature pouvait la franchir. Ils l'avaient fait et ils n'étaient pas au mieux de leur forme. Un bon nageur passerait d'une rive à l'autre sans faire de bruit.

Comme s'il avait lu dans ses pensées, le griffon secoua la tête.

— Contentons-nous de piéger ce côté-ci. Sur l'autre, nous serions trop vulnérables. Et pourquoi prendre cette peine ? Nous ne voulons pas attraper ces créatures...

En effet... Après tout, que feraient-ils d'un chasseur, mort ou vif ? Il y avait des moyens plus sûrs et moins fatigants de découvrir à qui ils avaient affaire.

— Non, à moins de décider de les décimer, souffla-t-elle, songeant que la grotte avait des avantages, mais aussi quelques inconvénients.

Il ne serait pas facile pour les secours de les repérer et leurs poursuivants pouvaient les assiéger. L'étroitesse de la cheminée, qui empêchait quiconque d'entrer, interdisait également toute sortie.

— Bon. Demain, si tout va bien, nous ramasserons du bois vert et des feuilles pour faire un feu de détresse. Nous stockerons également tout le bois sec que nous trouverons.

— Nous avons de l'eau, dit Dague. Je pourrai commencer à pêcher. Comme ça, notre feu fera double emploi, car j'y fumerai les poissons. C'est peut-être une précaution inutile, mais en cas de siège, nous aurions de quoi tenir un moment.

— Pour les pièges, j'ai pensé à une chute de rochers, directement à l'entrée de la grotte, que nous pourrons déclencher de l'intérieur, ajouta le griffon. Aussi avec un peu d'ingéniosité et d'huile de coude, nous barricaderons le passage avec du bois et des pierres. Je sais que nous ne manquons pas d'idées, alors tout ce qu'il faudra, c'est nous mettre au travail.

« Pour ce soir, je suis trop fatigué, nous continuerons demain. Maintenant je vais dormir. Sans couverture. Il fait chaud, près du feu. (Il lui fit un clin d'œil.) Et si je m'allonge sur ce sable doux et tiède, je formerai une barrière de protection entre la sortie et toi. Tu vois, je sacrifie une place humide et froide au nom du devoir.

— Comme c'est généreux ! Aide-moi à étaler nos couvertures, pour qu'elles sèchent. Après, tu pourras dormir. Jusqu'à ce que je te réveille…

Pourvu que nous montions la garde uniquement pour voir arriver des secours. Nous avons manqué le rendez-vous avec l'autre équipe, qui doit l'avoir signalé par téléson à Griffon Blanc. Combien de temps nos supérieurs attendront-ils avant de considérer qu'il ne s'agit pas d'un banal retard ? Enverront-ils des secours tout de suite ?

Papa sera bouleversé en apprenant la nouvelle. Je suis bien contente de ne pas devoir la lui apprendre !

Ambredragon regardait fixement le commandant Judeth, son cerveau refusant d'assimiler ce qu'elle lui avait dit...

Puis il comprit.

— Ils ont *quoi ?*

La sérénité si durement acquise du kestra'chern l'abandonna d'un coup. Il bondit de son siège comme s'il s'était assis sur une braise.

— Calme-toi, Dragon, les enfants sont en retard d'une journée, dit Judeth.

Extérieurement, elle semblait parfaitement calme, mais il la connaissait assez pour voir à quel point elle était inquiète.

— L'équipe qu'ils devaient rencontrer les attendait hier, mais ils ne sont jamais arrivés.

Elle est inquiète. Mais elle n'a pris aucune mesure.

Il riva sur elle un regard accusateur, serrant si fort les accoudoirs du fauteuil qu'il en avait les phalanges blanches.

— *Ils ne sont jamais arrivés*, alors pourquoi ne fais-tu rien ? Tu sais que ces deux-là prennent leur travail très au sérieux ! Ils n'auraient pas désobéi. Et en cas de retard, ils auraient prévenu par téléson. S'ils ne l'ont pas fait, c'est qu'il leur est arrivé quelque chose !

Il avait haussé le ton et il le savait. Mais il se fichait de montrer ses émotions. Pour la première fois de sa vie, il *voulait* que quelqu'un sache à quel point il était bouleversé. Judeth essaya de le calmer en souriant. Comment pouvait-elle croire que cela suffirait pour le « ramener à la raison » ?

Cela ne l'empêcha pas d'essayer.

— Nous faisons quelque chose, Dragon. Les deux

Argents qu'ils devaient rencontrer sont en ce moment sur leur trajet de retour, pour essayer de les rencontrer en route. Il est trop tôt pour paniquer…

Trop tôt pour paniquer ? A qui croit-elle s'adresser ?

Il dut faire un effort pour ne pas exploser.

— Reviens me raconter ça le jour où il s'agira de la disparition de *ton* enfant ! Au lieu de me dire de ne pas paniquer, apprends-moi plutôt ce que tu comptes faire. Et si tu n'as pas l'intention de lever le petit doigt, j'aimerais savoir ce qui t'en empêche. Je te garantis que j'utiliserai toutes les ressources à ma disposition pour que *quelque chose* soit tenté, *tout de suite* !

Il n'avait jamais été aussi près de menacer un client de révéler ses secrets.

Je retrouverai ma fille, même si je dois faire chanter la moitié de cette cité pour arriver à mes fins !

Une vraie menace, il ne bluffait pas. Mais c'était Judeth et il devait la prévenir. Lui laisser le choix. S'il usait de son influence, des têtes pouvaient tomber, dont la sienne.

Judeth se rembrunit, mais sa voix resta calme, ce qui en disait long sur son contrôle. Elle n'appréciait pas les menaces. Réaliste, elle savait qu'il n'hésiterait pas à mettre la sienne à exécution.

— En ce moment, la patrouille voyage dans la bonne direction. Si nos hommes ne les retrouvent pas, ils referont le trajet en prenant une route parallèle, un peu au nord. Puis ils feront la même chose par le sud.

« Nous ne nous contentons pas de nous tourner les pouces, crois-moi ! D'abord, nous essayons de trouver un moyen de les localiser. Et… (elle éleva la voix quand elle vit qu'il était de nouveau sur le point d'exploser) … nous formons des équipes de recherche. Elles partiront au matin. Pas avant. Nous ne pouvons pas envoyer des secours sans aucune préparation ni équipement !

« Maintenant, si tu vois autre chose à faire, je t'en prie, parle !

— Non, je ne vois rien. Il n'est pas facile de réfléchir dans ces conditions. Skan est-il au courant ?

— Aubri est en train de l'informer.

Son ton semblait dire *« Pauvre Aubri »*, mais Ambredragon pensa : *Pauvre Skan.*

Il avait peur que ça arrive. Comme moi, il n'était pas heureux que nos enfants soient envoyés aussi loin. Je sais qu'il a envisagé de demander à Judeth et à Aubri de revenir sur cette décision, mais il ne l'a pas fait. Et aujourd'hui, il doit s'en vouloir.

— Je vais prévenir Bichehivernale..., dit-il, la gorge serrée.

Dieux, comment lui annoncer la nouvelle ? Tout est ma faute, au fond. Si mon comportement n'avait pas poussé Dague à entrer dans les Argents, nous n'en serions pas là. Ce sont mes indiscrétions qui lui ont donné l'envie de fuir le plus loin possible... Si je ne m'étais pas mêlé de sa vie privée, elle serait à Griffon Blanc, en sécurité. Peut-être même exercerait-elle une autre profession. Quant à Tad, il aurait un autre équipier, qui ne l'aurait pas forcé à accepter un poste à l'autre bout du monde !

Il aurait voulu que quelqu'un se charge de tout dire à Bichehivernale, pour ne pas devoir affronter son regard accusateur. C'était de la lâcheté, oui...

— Non, c'est à moi de le faire, dit Judeth. Je suis le supérieur de Dagueargentée. C'est mon rôle. Va voir Skan. Je te l'enverrai là-bas.

Là-bas, comme tous les habitants de Griffon Blanc le savaient, c'était la « chambre de Kechara ». Skandranon passait au moins une heure chaque après-midi dans cette pièce, avec la griffaucon et les enfants, toutes espèces confondues. Il adorait jouer avec eux et leur raconter des histoires.

Ambredragon se leva et sortit.

Dès que la construction de la grande salle du Conseil de Griffon Blanc avait été terminée, les conjoints des conseillers avaient exigé que leurs époux y aient chacun un bureau.

Bichehivernale en tête.

— Nous en avons assez de vous voir rapporter du travail à la maison, ou de le voir vous y *suivre*, avait-elle dit à Ambredragon. La maison, c'est l'endroit où on doit se réfugier pour échapper aux idiots qui ne trouvent pas les latrines publiques quand on ne les y conduit pas en leur tenant la main ! Donc, chaque conseiller doit avoir son bureau, même s'il n'est pas plus grand qu'un placard !

« Je me fiche que le chef du clan k'Leshya n'ait jamais eu de bureau. Jusqu'à maintenant, le chef du clan k'Leshya vivait sous une tente. Alors s'il peut violer la tradition en vivant dans une falaise, il peut aussi avoir des horaires de bureau fixes !

Et ça vaut aussi pour toi, mon cher et bien trop obligeant époux !

La femme de Ventlion se tenant derrière elle, la main sur son couteau, les Conseillers s'étaient empressés d'obtempérer.

Les bureaux avaient été creusés dans la falaise, derrière la grande salle, à proximité des bâtiments publics. Le quartier général des Griffons d'Argent n'était pas très loin de celui d'Ambredragon. La « chambre de Kechara » non plus, car elle avait longtemps servi d'agent de liaison entre les Argents. Elle la partageait avec les enfants des soldats et des administratifs. Ainsi, la grifaucon avait toujours des compagnons du même âge mental qu'elle — chronologiquement parlant, elle était au moins six fois plus vieille.

Même si les pouvoirs de Kechara avaient été bridés, elle pouvait « parler » à tous les griffons de la ville. Elle était donc toujours utile aux Argents, une excellente raison de la garder avec eux.

Alors qu'Ambredragon se dirigeait vers le QG des Griffons d'Argent, il se demanda comment Judeth avait pu croire qu'Aubri serait le messager idéal pour annoncer la nouvelle à Skan.

Aubri a le tact d'une brique. Quand Skan…

— DRAGON !

Le hurlement du griffon devait s'être entendu jusqu'aux fermes. Quand il déboula du QG, il avait l'air résolu à broyer des barres de fer dans son bec pour recracher des clous. Il passa les portes et prit son envol, la tête tournant dans toutes les directions, cherchant son ami des yeux.

— *Dragon !* brailla Skan. Ces imbéciles ! Ils ont perdu…

— Je sais, je sais, répondit le *kestra'chern*. C'est pour ça que…

Le griffon blanc et noir replia ses ailes et atterrit comme s'il fondait sur une proie, toutes les plumes dressées.

— Je veux que *tous* les mages s'emploient à les retrouver, peu importe ce qu'ils sont en train de faire ! C'est une urgence ! Nous avons besoin de *tout le monde* pour former des équipes de recherche. Et je veux qu'elles partent *sans tarder* ! Et il faut envoyer un message à Shalaman, pour qu'il envoie *tous* ses hommes ! Et je…

Nous devons nous unir ou personne ne voudra nous écouter.

Ambredragon prit la tête de son ami à deux mains et lui fit baisser le bec, pour que son regard croise le sien.

— Je sais ! Crois-moi, je ressens la même chose que toi, Skan, et j'espère que personne n'osera nous contredire, car sinon…

— Sinon, nous savons tous les deux des choses qu'ils préféreraient que nous n'ayons jamais apprises.

— Exactement. Et je suis prêt à m'en servir.

Voilà, c'était dit. Et Skan approuvait. Une tactique

peu honorable, mais ça valait mieux que de polémiquer jusqu'à ce qu'il soit trop tard.

— Mais foncer sur les gens comme un prédateur ne servirait à rien, sinon à retarder encore les décisions, insista Dragon. Tu es d'accord ?

« Bien, allons coordonner tout ça. Judeth a demandé à l'équipe de l'avant-poste de partir à leur recherche. Dans l'immédiat, ils ne peuvent rien faire de plus *là-bas*. Voilà pourquoi *nous* devons envoyer des secours d'*ici*, en utilisant des Portails.

« Mais il faut que le Conseil nous soutienne, sinon rien ne sera fait. Et si nous continuons à hurler comme des parents hystériques, on ne convaincra personne !

— Mais nous *sommes* des parents hystériques ! riposta le griffon. Je ne veux pas suivre de foutue procédure !

Les poings sur les hanches, Ambredragon se pencha vers Skandranon.

— Nous obtiendrons l'appui du Conseil, par tous les moyens.

Je n'aime pas ça mais si nous voulons obtenir l'entière coopération des Argents, nous devons avoir le Conseil derrière nous. Et c'est là que les menaces de chantage interviennent...

Skan gronda de nouveau, mais moins fort.

— Bon sang, Dragon, pourquoi faut-il toujours que tu aies raison ? Bon, d'accord, je vais retourner là-dedans et demander à Kechara de réunir le Conseil.

Le *kestra'chern* voulut ajouter : « Ne lui fais pas peur. » Mais c'était inutile. Parmi les habitants de Griffon Blanc, Skan était le moins désireux de rendre Kechara malheureuse. Il était son « papa Skan » et elle l'aimait de tout son cœur — aussi grand que son cerveau était petit. Il ne lui ferait pas davantage peur qu'il ne laisserait Tad et Dague dans une forêt hostile.

Ambredragon partit seul pour la salle du Conseil,

certain que Bichehivernale et Zhaneel devaient déjà être en chemin.

Skan entra dans la salle du Conseil peu de temps après Ambredragon, suivi par les autres Conseillers. Judeth fut une des premières à arriver. Elle paraissait surprise et un peu ennuyée. Le griffon lui jeta un regard noir, mais s'adressa à elle avec courtoisie.

— J'ai réuni le Conseil pour une urgence.

Il attendit qu'il y ait suffisamment de conseillers pour atteindre un quorum. Quand ils se furent tous assis, il fit signe à Judeth de prendre la parole.

— Tu es le commandant des Argents, donc la personne désignée pour exposer la situation au Conseil.

Judeth eut l'air de vouloir lancer une remarque désobligeante, mais elle se ravisa…

Sage décision.

Ambredragon savait ce qu'elle pensait. C'était avant tout une militaire. Dans d'autres circonstances, la disparition de deux bleus — ou leur retard — n'aurait pas été une urgence à porter sur-le-champ devant le Conseil. Il fallait être des parents hystériques — mais puissants — pour penser ça.

Le *kestra'chern* l'aurait volontiers étranglée, si elle avait osé le dire à voix haute.

Puis je l'aurais ranimée, pour l'étrangler encore.

Une partie de lui était abasourdie par sa violence, mais l'autre s'en réjouissait.

Ensuite, je l'aurais ranimée de nouveau, pour que Skan puisse prendre son tour.

Mais Judeth était trop intelligente pour faire ce genre de remarque… Elle exposa calmement la situation, sans jamais être interrompue. Pendant ce temps, Skan foudroyait ses pairs du regard, les défiant de dire que ce n'était pas du ressort du Conseil.

Personne n'en fit rien. Quand elle se tut, Etoileneige

posa même une question qui éclaira différemment la situation.

— Cela s'est-il déjà produit ? demanda-t-il. Je sais qu'il y a eu des accidents chez les Argents, mais je ne me souviens pas qu'une équipe en route pour un avant-poste ait disparu.

« Judeth, il n'y a pas eu d'accident mortel depuis le voyage qui nous a amenés ici, n'est-ce pas ? Je pense que la disparition de ces deux jeunes gens doit être prise très au sérieux.

Aubri ouvrit le bec, puis il regarda Judeth, l'air surpris. Ce fut elle qui répondit.

— Tu as raison, dit-elle d'un ton qui reflétait la surprise d'Aubri. Chez les jeunes griffons, seuls les chasseurs ont parfois des accidents mortels. Dans les Argents, nous n'avons pas eu de mort depuis notre installation ici.

« Jusqu'à ce jour, nous avons eu des équipiers malades ou blessés — une équipe d'humains s'est égarée, une fois. Grâce au téléson, nous avons pu envoyer des secours. Mais nous n'avons jamais perdu une équipe…

Son regard indiquait à quel point cette dernière observation l'alarmait. Ambredragon ne fut pas mécontent de le voir se durcir. C'était celui du général Judeth, confrontée à un ennemi mortel sur un terrain qu'elle croyait conquis.

— Je me disais que c'était le genre de chose qui arrive quand on fait son devoir… grommela Aubri en rougissant. Mais ça, c'était bon en temps de guerre. Tu as raison, Etoileneige ! Nous n'avons perdu *aucun* Argent depuis que nous nous sommes alliés aux Haighlei !

Tous les deux, vous avez fait l'erreur de croire que les Argents étaient une extension de l'ancienne armée... Mais ce n'est pas le cas. Et notre situation n'est pas non plus un retour à l'avant-guerre.

Comment ai-je pu être aveugle au point de ne pas voir votre *aveuglement ?*

— Il s'agit d'une urgence, dit Etoileneige. Quand deux individus entraînés disparaissent sans laisser de trace, ça nous concerne tous. On pourrait les avoir éliminés pour qu'ils ne donnent pas l'alerte. Comment le savoir, si nous restons là à attendre ?

Tous les conseillers hochèrent la tête. Ambredragon échangea un regard alarmé avec Bichehivernale, arrivée juste à temps pour entendre le discours d'Etoileneige. Il était glacé d'épouvante et elle avait pâli.

J'aurais pu me passer d'entendre ça.

Il était content qu'Etoileneige ait pensé à cette éventualité, parce que ça obligeait les vétérans du Conseil à épouser leur cause. Mais il aurait préféré ne pas entendre ce genre de chose.

Etoileneige pense vraiment ce qu'il dit. Ou le non-diplomate qu'il prétend être vient de manipuler les autres pour qu'ils nous soutiennent. Peut-être est-ce un peu des deux.

Un lourd silence s'était abattu sur la salle du Conseil. Skan ressemblait à une statue. A côté de lui, Zhaneel avait l'air trop choquée pour avoir une pensée cohérente. Trop sonnée pour songer à s'asseoir, Bichehivernale serrait le dossier de son siège, les phalanges aussi blanches que l'animal dont elle portait le nom. Ambredragon ne bougeait plus, comme paralysé.

Judeth s'éclaircit la gorge, faisant sursauter l'assemblée.

— Très bien, dit-elle. L'équipe en place est partie à leur recherche. Et nous constituons des patrouilles. D'autres suggestions ?

Skan ouvrit le bec, mais Etoileneige fut plus rapide que lui.

— Je vais rassembler les mages qui ont le don de vision à distance. Même si nous sommes trop loin, ça vaut le coup d'essayer. Nous concentrerons nos recherches sur la magie de leurs instruments. S'ils ont eu un accident, rien n'a pu l'effacer. J'en profiterai pour choisir ceux qui accompagneront les équipes de secours.

Skan ouvrit le bec et foudroya du regard les autres membres du Conseil, histoire d'être certain qu'aucun n'oserait l'interrompre.

— Nous devrions envoyer un message à Shalaman, dit-il. Ses hommes connaissent mieux la forêt que nous. Nous devrions lui dire — lui *demander* — d'envoyer ses chasseurs.

— Excellente suggestion, dit Judeth. J'avais déjà prévu que tous les Argents en poste dans cette région feraient partie des équipes de secours. Mais si nous avons des chasseurs haighlei, ce sera mieux.

« Autre chose ?

Des équipes de secours... Recherches magiques... Les Haighlei...

Les pensées se succédèrent si vite dans l'esprit d'Ambredragon qu'il ne put en développer aucune. Judeth croisa le regard de ses pairs, puis hocha la tête.

— Bien. Nous avons une stratégie ! Pour notre sécurité à tous, nous devons supposer que le responsable de la disparition de ces Argents met également notre cité en danger. Les retrouver est donc une priorité. Au travail !

Judeth se leva. Elle atteignit la porte avant que quiconque n'ait bougé de son siège. Ambredragon ne pouvait pas lui en vouloir. A sa place, il n'aurait pas voulu rester dans la même pièce que quatre parents paniqués.

Surtout quand deux d'entre eux avaient menacé de la faire chanter parce qu'elle ne prenait pas la disparition de leurs enfants au sérieux...

Tous les Conseillers sortirent en hâte. Seul Aubri se retourna avant de quitter la salle. Il ouvrit le bec, puis suivit les autres.

Skan aurait voulu se précipiter au secours de son fils. Puisqu'il ne le pouvait pas, il avait une furieuse envie d'arracher le gésier à ceux qui étaient responsables de sa disparition.

Judeth et Aubri. C'était leur faute ! S'ils n'avaient pas envoyé les enfants dans un avant-poste reculé, son fils et la fille de son cher Ambredragon seraient toujours là.

— Je savais que c'était une erreur ! dit-il à Zhaneel. Ils sont trop jeunes pour un avant-poste ! Aucun Argent de cet âge n'a jamais reçu une telle affectation ! Aubri est sénile depuis longtemps, mais je pensais que Judeth…

— *Tais-toi, par pitié !* explosa Zhaneel.

Il la regarda, le bec ouvert, une patte en l'air.

— Arrête ça, Skan ! Ça n'est pas leur faute. Cesse de vouloir trouver un responsable et remue-toi ! (Elle leva vers lui un regard où se mêlaient la peur et l'anxiété.) Je ne suis pas un mage, mais toi, oui. Va rejoindre Etoileneige. Moi, je m'occupe d'envoyer le message à Shalaman. C'est tout ce que je peux faire.

« Skandranon… Tadrith est aussi *mon* fils. Pourtant je peux agir sans menacer personne.

Elle lui tourna le dos et le planta là.

Skan se retrouva seul, car Ambredragon et Bichehivernale étaient partis.

Griffon stupide. Elle a raison, tu sais. Blâmer Aubri et Judeth ne sert à rien — sauf à les mettre en colère contre toi. Voudrais-tu qu'on se souvienne du Griffon Noir comme d'un père vengeur ? Ça ne ramènerait pas ton fils…

Il s'assit par terre, se sentant soudain très… vieux.

Vieux, fatigué, vaincu, et par-dessus tout, impuissant. Il ferma les yeux et s'abandonna à la peur.

Son fils était perdu… Peut-être blessé… Mais il n'y avait rien qu'il pût faire pour l'aider.

Un anachronisme vivant. Je ne sers plus à rien. Du Griffon Noir, il ne reste qu'un vieux Griffon Blanc perclus de rhumatismes. C'est moi qui suis sénile, pas Aubri, ni Judeth. Eux, ils font de leur mieux. Je ne suis plus bon qu'à menacer, comme un vieux guerrier vaincu à qui il ne reste plus que cette arme.

Il tremblait tellement qu'il dut faire un effort pour ne pas hurler à la mort, espérant qu'un dieu aurait pitié de son chagrin. Il avait la gorge serrée. Traînant sa peine comme un boulet, il se leva lentement.

Son esprit recommença peu à peu à fonctionner.

Qu'est-ce qui me prend ?

Je suis peut-être vieux, mais je reste une légende. Beaucoup de héros meurent dans la fleur de l'âge. Moi, je suis vivant. J'ai de l'expérience. Je suis un mage plus puissant que dans ma jeunesse. Et si je n'ai plus la force du guerrier que j'étais, je suis beaucoup plus rusé qu'avant !

Quant à mes sentiments… je sais ce que c'est. Ce qu'éprouvait Urtho chaque fois que je partais en mission ou qu'un de ses griffons était porté disparu. Je l'aimais et j'honore sa mémoire. C'était un grand homme parce qu'il s'acceptait tel qu'il était.

Je ne suis pas le Mage du Silence, mais son *fils spirituel. Ce que j'honore, je peux l'imiter. J'ai beaucoup de choses à faire, à commencer par vérifier qu'Etoileneige ne laisse rien passer.*

Il s'ébroua, comme pour se débarrasser de la chape de plomb qui semblait s'être abattue sur lui. Puis il sortit.

J'admirais en Urtho des qualités que d'autres admirent en moi. Il pouvait voir toutes les facettes d'une situation, même si elle le touchait personnellement. C'est pour ça qu'il était un chef, pas une cible paniquée. Il agissait quand les autres se laissaient submerger par leurs émotions. Si je réfléchis à la disparition des enfants en fonction de ce que j'éprouve, je manque-

rai des détails importants. Les historiens débattront sans doute pour savoir si j'étais paniqué ou en colère ce fameux jour ! Moi, je veux être efficace avant tout !

Il lui fallut un certain temps pour retrouver Etoileneige. L'Adepte avait rassemblé les mages les plus puissants chez lui. Skan fut impressionné par la rapidité du Kaled'a'in. Tout le monde savait qu'il était difficile de mobiliser les mages. Mais il y était parvenu en un temps record.

Sept mages étaient déjà au travail, dont l'Adepte. Assis par paires à des tables différentes pour ne pas se gêner, ils cherchaient tous un objet particulier. Une équipe essayait de trouver le téléson, une autre la tente, une autre la nacelle...

Etoileneige travaillait seul. Quand il vit Skan, il lui fit signe d'approcher.

— Je cherche Tadrith lui-même, dit-il sans préambule. Je t'attendais. Tu es son père et vos empreintes magiques sont très semblables. Tu devrais pouvoir le repérer. Si c'est possible.

— Si ? demanda le griffon. (*Alors, il pense que Tad est... mort ?)* Tu veux dire que tu sens qu'il est déjà mort...

Etoileneige eut un geste apaisant.

— Non. Même si Tadrith est inconscient, ou pire, nous le retrouverons. Mais nous sommes presque hors de portée. (Le mage kaled'a'in secoua sa tête blanche.) « Presque », ce n'est pas la même chose que « complètement ». Et l'urgence fait parfois des miracles. Si tu es prêt, je veux bien essayer.

Skan grogna, mais contint son irritation.

— Question stupide, Etoileneige. Tu sais que je suis prêt à essayer jusqu'à tomber d'épuisement.

— Navré. Heureusement, ça n'influera pas sur le sort ou sur la pierre. (Il invita le griffon à prendre place en face de lui, autour du dôme en pierre volcanique.) S'il te plaît, assieds-toi.

Skan obéit. Il avait déjà utilisé la vision à distance, mais jamais seul. Et pas avec Etoileneige. Chaque mage avait son véhicule favori — pour la plupart, une pierre blanche (ou noire) ou un miroir. Skan posa une patte sur la moitié du dôme. L'Adepte plaça la main sur l'autre, le bout de ses doigts touchant le bout des serres du griffon.

Après cela, il ne resta plus à Skan qu'à se concentrer sur son fils et à fournir de l'énergie magique à Etoileneige pendant qu'il jetait le sort. Certains mages avaient besoin d'un composant visible, mais pas le Kaled'a'in. Il fallait être sensible à l'énergie magique et à ses fluctuations — comme un griffon — pour comprendre ce qu'il faisait.

Skan sentit l'énergie s'accumuler, condensée sous forme d'un sort, et tirer sur les brides que lui avait imposées Etoileneige. Puis l'Adepte la libéra.

Rien. Elle bondit... et se dissipa. Elle n'était pas partie à la recherche de l'objet de sa quête. Elle avait disparu, comme si un souffle de vent l'avait éparpillée.

Etoileneige sursauta.

— Bon sang, dit-il entre ses dents. (C'était la première fois que le griffon l'entendait jurer.) Ce n'est pas bon. Ils sont trop loin.

Skan se raidit, la poitrine si comprimée qu'il n'arrivait plus à respirer.

Tad...

Quelques instants plus tard, les autres mages rapportèrent leur échec... Tous sauf l'équipe qui cherchait le téléson.

Skan connaissait les deux mages. L'un était un jeune Kaled'a'in appelé de Chênerouge et l'autre un mercenaire de l'armée d'Urtho nommé Gielle. Il était terriblement chanceux. De simple Apprenti, il était devenu Adepte grâce aux orages magiques. Cette transition l'avait abasourdi, mais il l'assumait avec une rare modestie.

— Je n'arrive pas à expliquer ce qui a pu se passer, dit-il. Quand je n'ai pas réussi à trouver leur téléson, j'ai essayé les autres, pour vérifier que ça ne venait pas de moi. Je les ai tous contactés, y compris celui de l'équipe qu'ils devaient remplacer et même celui que nous avons à Khimbata.

« Je les ai tous localisés, sauf celui de Tadrith et de Dague. C'est… (Il secoua la tête.) Comme s'il n'avait jamais existé ! Je ne dis pas qu'il a été cassé ou modifié, ce qui laisserait des traces. Non, j'ai travaillé avec les télésons une grande partie de ma vie de mage et je n'ai vu une chose pareille qu'une seule fois.

— Pendant la Guerre des Mages ? demanda Etoileneige.

Gielle hocha la tête.

— Oui. Un vieil Adepte à moitié sénile avait mission de recharger un téléson qui ne lui était pas familier et il a inversé le sort. Il a vidé le téléson de toute sa magie, le rendant inutilisable. (Le mage haussa les épaules.) Mais c'était quand même un Adepte. Ce n'est pas par hasard que nous protégeons les télésons des erreurs de leurs utilisateurs. Tadrith ne serait pas arrivé à ce résultat, même s'il l'avait voulu.

« Même si leur téléson était endommagé, j'aurais été en mesure de l'activer et de lui faire renvoyer un écho. Et s'il avait été détruit par la magie, je l'aurais senti. J'ignore ce qui a pu arriver.

Etoileneige fronça les sourcils.

— C'est très étrange…

Skan regarda Chênerouge, qui secoua la tête et écarta les mains.

— La signature d'un Adepte n'est pas le genre de chose qui passe inaperçu. Celle d'Urtho était de rendre ses enchantements indétectables — sa marque consistant justement à n'en laisser aucune. Mais je ne crois pas qu'il pouvait masquer les sorts des autres.

« S'il s'agissait d'un Adepte resté neutre pendant les

guerres, les Haighlei l'auraient repéré depuis longtemps. Ces mages étaient incapables de s'empêcher d'utiliser leurs pouvoirs. Une des choses que leur reprochait Urtho.

— Ça me donne une idée..., dit Etoileneige. J'aurais besoin de votre aide. Nous allons faire quelque chose de primitif comparé à la vision à distance. (Il regarda autour de lui.) Chênerouge, Gielle, Joffer et toi, rapprochez les tables. Chevauche-seul, tu sais où sont mes instruments de chamane. Va les chercher, s'il te plaît. Lora, Aileverte, venez avec moi.

Il se tourna vers Skan.

— Va au QG des Argents et demande-leur de nous prêter la plus grande carte de la région où sont perdus les enfants... Si c'est toi qui demandes, ils n'oseront pas refuser.

— Non, l'impudent qui oserait pourrait y laisser un membre, gronda Skan.

Il fit de son mieux pour ne pas trébucher en marchant. Depuis quand n'avait-il pas utilisé autant d'énergie magique ?

Très bien, vieil oiseau. Souviens-toi de ce que tu te disais un peu plus tôt. Tu vas peut-être tomber de fatigue, mais tu as de l'expérience. Alors, appuie-toi sur les autres dès que tu le peux — et pas quand tu le veux, griffon imbu de lui-même ! Travaille intelligemment. Et ne te casse rien, parce que tu es à court de pièces de rechange !

Il constata avec surprise qu'il faisait nuit. Le temps avait passé très vite. Pas étonnant qu'il se sente si fatigué !

Le quartier général des Argents était illuminé, ce qui le rasséréna un peu. Ils prenaient la situation au sérieux et faisaient quelque chose !

Dire qu'il a fallu qu'Etoileneige les convainque qu'un danger était à leur porte pour qu'ils se décident à agir ! Ils auraient dû prendre les choses en main depuis le début, comme au bon vieux temps.

Skan entra dans le QG, épingla la première personne qui portait une broche des Griffons d'Argent et décrivit ce qu'il était venu chercher sur un ton qui suggérait qu'il éviscérerait quiconque oserait le contrarier. Le jeune humain ne s'y risqua même pas.

— Re… restez ici, balbutia-t-il. Je… je vais vous chercher ce… ce que vous demandez.

Ce soir, Skan n'était pas « adulé partout où il allait ». Mais ça lui était égal. De mauvaise humeur, il préférait être craint qu'adulé.

*Les gens commençaient à ne plus voir en moi qu'une sorte de vieil oncle tout juste bon à promener les enfants sur son dos. Ils ont oublié qui j'*étais. *Le guerrier qui déchiquetait les makaars en plein vol.*

Eh bien, ce soir, ils allaient s'en souvenir !

Le jeune homme revint très vite, une carte sous le bras. Skan la déroula et y jeta un coup d'œil pour s'assurer que c'était la bonne. Puis il remercia l'Argent et sortit.

Il remarqua les changements dès qu'il entra dans la salle de travail d'Etoileneige. Ce qui n'était pas nécessaire à la tâche qu'ils allaient entreprendre avait disparu. Il faudrait sans doute des jours pour tout remettre en place, mais Skan comprit que l'Adepte ne pourrait penser qu'à Tad et à Dague jusqu'à ce qu'on les ait retrouvés.

Au moins, nous avons un ami qui prend cette affaire au sérieux…

Les petites tables n'en formaient plus qu'une grande. Dès qu'il passa la porte, on lui prit — on lui *arracha* — la carte pour l'étaler dessus. Chênerouge alluma de l'encens, dont la fumée âcre lui piqua un peu les yeux. Le mage qu'Etoileneige avait appelé Chevauche-seul — probablement issu d'une des nombreuses tribus que s'était attaché Urtho — tenait un tambour. Il allait en jouer pendant qu'ils… pendant qu'ils feraient ce qu'ils allaient faire.

— Très bien, dit Etoileneige. (Seul à être resté debout, il tenait une chaîne au bout de laquelle pendait une pierre en forme de goutte.) Chênerouge, note ce que fait le pendule. Chevauche-seul, donne-moi un rythme de battements de cœur. Les autres, concentrez-vous. J'ai besoin de vos énergies en plus de ce que je pourrai tirer du node local. Skan, ça vaut aussi pour toi. Assieds-toi en face de moi… et ne pense plus à tes angoisses. Compris ?

Cela rappela au griffon les préparatifs des étranges rituels funèbres dont se servait Urtho chaque fois que la magie traditionnelle ne donnait pas de résultat. Skan fit ce qu'on lui demandait et regarda Etoileneige soulever le pendule au-dessus de la région où devaient errer les deux jeunes gens. Chevauche-seul commença à battre un rythme lent et régulier. Bizarrement, au lieu de favoriser l'assoupissement, cela semblait améliorer la concentration.

Longtemps, il ne se passa rien. La pierre ne bougea pas ; Skan commença à redouter que cette nouvelle tentative n'échoue. Mais Etoileneige resta impassible. Puis il promena le pendule, lentement, très lentement…

Soudain, la pierre *bougea.*

Elle s'écarta vivement de l'endroit à l'aplomb duquel Etoileneige voulait l'entraîner. Défiant la gravité, elle reculait comme si quelque chose la repoussait.

Etoileneige grogna tout bas. Skan n'aurait su dire si c'était de contrariété ou de satisfaction. Chênerouge se pencha pour faire une marque sur la carte. L'Adepte kaled'a'in déplaça légèrement la main ; le pendule retomba.

Etoileneige recommença son manège, et ainsi de suite, en se concentrant sur cette partie de la carte. Il délimita ainsi une zone que Chênerouge marquait.

Cela prit un certain temps. Quand Etoileneige posa

le pendule et fit signe à Chevauche-seul d'arrêter de jouer, tous transpiraient à grosses gouttes. Chênerouge relia les points. Il était plus que probable que les deux jeunes Argents avaient traversé cette région…

— Je parie que Tad et Dague sont là, dit Etoileneige d'un ton las. Une zone totalement dépourvue de magie. L'énergie magique que les animaux et les plantes produisent… *s'évapore* aussitôt. Comme la magie de tout ce qui la traverse. Je crois comprendre ce qui s'est passé…

— La magie de la nacelle s'est *évaporée* ? demanda Chênerouge, qui siffla entre ses dents quand Etoileneige acquiesça. Comment avez-vous su ce qu'il fallait chercher ?

— C'est Gielle qui m'a donné l'idée de travailler sur l'absence de magie, répondit modestement Etoileneige. Je me suis souvenu de la rhabdomancie chamanique. Grâce à elle, on peut chercher quelque chose qui est là, comme un métal, ou qui *n'*est *pas* là, comme l'eau. C'est Urtho qui me l'a apprise. Nous nous en servions pour nous assurer que nous n'implantions pas un avant-poste en terrain instable.

Il regarda Skan, qui essayait de croire impossible que toute la magie ait déserté la nacelle d'un coup… Parce qu'il préférait ne pas imaginer ce que cela avait donné.

— Prends cette carte et va répéter à Judeth ce que nous avons trouvé. Je dois choisir les mages que je vais envoyer avec les équipes de secours. Nous pouvons sans doute nous protéger des effets de cette zone. Je doute qu'un mage ait pu faire ça. Ce doit être une bizarrerie naturelle. Les Haighlei n'ont jamais rien remarqué parce qu'ils recherchent la magie, pas son absence.

Skan hocha la tête. Chênerouge passa une couche de fixateur sur la zone marquée, pour que les traits ne s'effacent pas. Les vapeurs ne firent pas bon ménage avec l'encens, mais l'odeur se dissipa très vite. Dès que ce fut sec, le jeune mage enroula la carte et la tendit au griffon, qui l'emporta.

Cette fois, Skan alla directement dans la salle de stratégie — que Judeth appelait « salle de guerre ». Pour une fois, ce nom semblait approprié. Judeth et Aubri étaient penchés sur une carte pendant que leurs aides couraient dans tous les sens.

— Etoileneige pense avoir délimité une zone de recherche, annonça Skan. (Toutes les têtes se tournèrent vers lui, sauf celle de Judeth.) Regardez.

Il tendit la carte à l'aide de camp le plus proche, qui l'étala par-dessus celle qu'étudiaient ses supérieurs.

— Qu'est-ce que ça représente ? demanda Judeth.

— Une zone où la magie n'existe pas répondit le griffon. (Il leur rapporta ce qu'avait dit Etoileneige.) C'est sans doute pour ça que nous ne pouvons pas contacter leur téléson. Selon Etoileneige, tout objet magique qui pénètre dans cette zone est aussitôt privé de pouvoir.

— Si le sort de la nacelle a lâché… (Judeth se mordilla la lèvre inférieure ; un de ses assistants toussota.) Peu importe comment ils ont atterri. Ils sont cloués au sol. Sans téléson, sans magie… Ils doivent se terrer en attendant les secours.

Aubri étudia la carte.

— Toutes les équipes que nous avons envoyées là-bas étaient composées de deux griffons, dit-il à Judeth. Une seule exception, toi et moi. Nous avons utilisé une nacelle et notre plan de vol nous faisait traverser cette zone. Pourtant, il ne nous est rien arrivé. Comment expliques-tu ça ?

— Peut-être le phénomène s'étend-il ? avança une assistante. Plus il absorbe de magie, plus il devient puissant.

— Eh bien, c'est rassurant ! dit sèchement Judeth. (Elle tapota l'épaule de la jeune femme, qui avait rougi.) Tu as sans doute raison et nous allons devoir nous en assurer. Car si cette chose grossit, tôt ou tard, elle nous atteindra. J'ai dû vivre sans la magie bien trop longtemps et je ne veux pas avoir à répéter cette expérience !

— Ça fait beaucoup de terrain à couvrir, dit Aubri. Ils peuvent avoir atterri n'importe où...

Ils ont atterri... ou ils se sont écrasés.

Skan avait beaucoup d'imagination. Il n'eut aucun mal à se représenter la nacelle en train de tomber.

— Quatre équipes feront l'affaire, répondit Judeth. Elles resteront au sol, ce qui exclut la participation de griffons. Ces arbres sont beaucoup trop grands : on pourrait y cacher la tour d'Urtho et ne jamais la retrouver en survolant la région !

— Des griffons seront utiles pour repérer d'éventuels signaux de fumée, objecta Aubri.

Judeth ne dit rien, mais Skan savait ce qu'elle pensait : les deux jeunes gens pouvaient être trop mal en point pour faire un feu.

— Très bien, concéda-t-elle. Nous demanderons aux deux griffons qui survolent actuellement la région de chercher de la fumée. Je vais envoyer un mage ouvrir un Portail, puis constituer quatre équipes de volontaires — tout le monde ne confierait pas sa peau à un Portail...

— J'irai, dit une voix grave.

Skan se retourna.

Ikala venait d'entrer.

— Avec tout le respect que je vous dois, commandants, je dois y aller. Contrairement à vos autres recrues, je connais cette forêt. Oubliez mon rang et ma naissance — mon père serait d'accord. Deux de mes camarades ont disparu. C'est mon devoir et mon honneur de les secourir.

Judeth soupira, mais elle ne souleva aucune objection.

— Très bien. Les équipes seront importantes — je ne veux pas que quelques hommes isolés crapahutent en territoire inconnu — et chacune comprendra deux mages, un pour chaque tour de garde.

« Ikala, va demander des volontaires parmi les chasseurs et les Argents. Skan, retourne voir Etoileneige et dis-lui de quoi j'ai besoin. (Elle les foudroya du regard.) Allez, ne restez pas là !

Skan était content que le prince se soit porté volontaire, bien qu'une partie du voyage dût se faire via un Portail. C'était exactement le genre de personne dont ils avaient besoin : il connaissait les dangers de la forêt et comment les affronter.

Etoileneige avait prévu les décisions de Judeth.

— Comme si l'un d'entre nous avait peur de franchir un Portail ! Ça fait cinq ans que nous les utilisons. Il n'y a que vous pour croire que c'est dangereux !

— Pas moi ! protesta Skan, mais l'Adepte était déjà passé à autre chose.

— Gielle se chargera de l'ouvrir. Je mettrai Chênerouge à la tête d'une des équipes. J'ai plus de volontaires pour cette mission qu'il n'en faut, aussi j'éliminerai ceux qui sont le moins aptes pour la remplir. Que Judeth se rassure, je retiendrai des mages qui savent se battre. Nous ignorons ce qui cause cette anomalie…

Skan ne dit rien, mais il pensait que Judeth s'était fait la même réflexion.

— Je vais voir Dragon, fit-il.

La nuit allait être longue, car aucun d'entre eux ne pourrait dormir. Alors, autant se rendre utiles.

Tu deviens vieux, stupide griffon, mais tu restes efficace.

CHAPITRE VIII

Ambredragon ne dormit pas. Malgré toute sa bonne volonté, il ne trouva rien de concret à faire. Alors, il passa son temps à étudier les même scénarios dans sa tête, sur le papier ou à voix haute — le plus souvent devant Gesten.

L'insomnie n'était pas le seul effet physique dont il souffrit. Il ne pouvait pas rester en place. Dès qu'il s'asseyait ou s'allongeait, il bondissait sur ses pieds un instant plus tard, une chose urgente lui ayant traversé l'esprit. Les muscles de son dos et de ses épaules étaient si noués qu'un bain chaud n'y changea rien — il n'y resta d'ailleurs pas assez longtemps pour en juger. Et il n'avait pas mangé depuis qu'on lui avait annoncé la nouvelle parce que sa gorge était trop serrée.

S'il avait eu un client dans un tel état de nervosité, il l'aurait fait mettre sous sédatif.

Mais il ne pouvait pas aller voir un Guérisseur. Il devait faire des choses qui ne pouvaient pas être accomplies depuis son lit.

Il se souvint des mots de Zhaneel, des années plus tôt : *Qui guérit le guérisseur ?*

Skan et Etoileneige n'avaient pas réquisitionné tous les mages. Il y en avait toujours un de garde, chargé des communications. Griffon Blanc restait ainsi en contact avec les Argents postés hors des limites de la ville — dans la garde de Shalaman, par exemple — et les prêtres du roi. Impossible de parler directement à Shalaman. Cela ne se faisait tout simplement pas. Les messages devaient passer par les prêtres, les seuls dans le royaume autorisés à utiliser la magie.

Ambredragon trouva le mage et envoya un message pour demander de l'aide à l'empereur. Il savait que Zhaneel l'avait déjà fait, mais deux précautions valaient mieux qu'une.

Après, il ne sut plus que tenter.

Ses talents étaient limités. N'étant pas un mage, il ne pouvait pas aider Skan à retrouver leurs enfants. Il se prépara pour une marche en territoire hostile, mais cela ne l'occupa pas très longtemps — même si Gesten dut refaire son paquetage. Quant à se rendre utile chez les Argents…

Même s'il avait pu les aider, il aurait envenimé les choses. Il était la dernière personne que Judeth apprécierait de voir en ce moment. Aubri lui pardonnerait plus volontiers, mais Judeth avait longtemps vécu avec l'illusion qu'elle n'avait plus à tenir compte des caprices des « politiciens ». Comme la plupart des militaires, elle les détestait, même si elle utilisait les même armes qu'eux pour arriver à ses fins. Sans roi ni chef, elle pensait être libre de faire comme bon lui semblait à la tête de sa police. Dans ce but, elle avait insisté pour que les Argents restent autonomes.

L'attitude d'Ambredragon lui rappelait qu'une communauté où les individus n'avaient pas de moyens de pression les uns sur les autres n'existait pas. En cas de coups durs, même ses amis pouvaient se servir de toutes les armes à leur disposition.

Personne n'aime voir disparaître ses illusions, surtout ceux qui en ont peu.

Judeth ne serait pas à prendre avec des pincettes avant longtemps. Il espérait que le bon sens prendrait le pas sur sa colère et qu'elle finirait par comprendre son point de vue. Avec de la chance, elle le verrait comme un individu qui avait utilisé une arme à un moment capital, pas comme un ami prêt à trahir sa confiance pour obtenir ce qu'il voulait. Sinon, il s'était fait un ennemi et il n'y pouvait rien. Même s'il avait pu remonter le temps, il n'aurait rien changé.

Judeth devait se faire à l'idée que les gens — et cela incluait le *kestra'chern* — étaient capables de tout pour protéger leurs enfants. Une situation qu'elle n'avait jamais dû affronter. L'armée prévoyait le remplacement ou le replacement des rebelles éventuels. Mais il n'y avait plus vraiment d'armée. La « protection parentale » jouerait un rôle croissant dans l'avenir des Argents, car ils seraient bientôt composés des seuls enfants de colons. Peut-être était-ce une bonne chose qu'elle ait dû apprendre cela...

Mais il lui faudrait du temps pour s'y habituer. Il n'avait donc rien à faire, sinon attendre.

Attendre le matin, attendre la réponse de Shalaman, attendre, attendre, attendre...

Comme il l'avait fait dans l'armée d'Urtho.

Il avait été si longtemps un des chefs de la cité... Comme Judeth, il avait l'habitude de régler les problèmes dès qu'ils se présentaient. Aujourd'hui, les urgences se faisaient rares. Maintenant que le pouvoir était entre les mains d'autres notables que lui, il devait de nouveau attendre.

Finalement, il rentra chez lui, car c'était là qu'on penserait à venir le chercher. Mais il n'eut pas le courage d'affronter une maison vide et se contenta de faire les cent pas dans l'allée.

Il était furieux contre lui-même, mais aussi contre Judeth et contre Dague... Improductif, certes, mais inévitable. Et ce sentiment lui permettait de contrôler son imagination. Il était si facile d'imaginer Dague blessée, sans défense, aux prises avec des animaux féroces ou face à un ennemi…

Une fois encore, il serait le dernier à le savoir ! Après tout, il n'était que le père de Dague, comme il n'avait été qu'un *kestra'chern* ! Espérer que quelqu'un aurait pitié de lui et viendrait l'informer était futile, il le savait trop bien !

Il tourna en rond puis s'assit. Les lumières de la ville conféraient à l'écume une douce luminescence. Un carillon éolien en bois tintait doucement sur sa droite, et un autre, en verre, sur sa gauche. Combien de soirées d'été avait-il passées à les écouter ?

Pris entre le verre et le bois, l'un se brisant et l'autre pliant, l'un chantant et l'autre vivant. Ainsi vont nos vies.

Quand Bichehivernale rentra, il se retourna en entendant son pas familier. Elle venait de la salle du Conseil. A la lumière des rayons de lune, il était impossible de lui donner un âge. Elle aurait pu être la *trondi'irn* de l'armée d'Urtho ou la jeune ambassadrice envoyée à Khimbata des années plus tôt. Lorsqu'elle approcha, il vit son anxiété et sa tension.

— Ils achèvent les préparatifs, dit-elle avant qu'il n'ait pu lui poser des questions. Skan et les mages sont toujours chez Etoileneige. Shalaman n'a pas encore envoyé de réponse, mais ne t'inquiète pas, il le fera avant le matin. Tu sais que sa cour veille tard.

A cause de la chaleur, le peuple de Shalaman faisait une longue sieste l'après-midi et restait debout une partie de la nuit. Les affaires d'Etat, les cérémonies et les divertissements se poursuivaient bien après minuit.

Le *kestra'chern* ne craignait pas un refus. Shalaman pouvait envoyer une centaine de chasseurs sans souffrir de leur absence. Mais il redoutait la lenteur de l'administration khimbatienne. Il faudrait d'abord que les prêtres approuvent le départ des hommes, qui devraient ensuite traverser la forêt pour arriver dans la zone où les enfants avaient disparu...

Ambredragon tendit les bras à Bichehivernale. Ils restèrent enlacés un long moment, cherchant un peu de réconfort. Les mots étaient inutiles. Ils ressentaient et pensaient la même chose. Parler ne changerait rien et n'apaiserait pas les tourments de leurs cœurs et de leurs âmes.

Ils restèrent assis côte à côte, dans les bras l'un de l'autre devant leur maison, sous les étoiles. Tous deux étaient habitués à attendre.

Ça ne rendait pas l'exercice plus facile... Mais au moins, ils n'étaient plus seuls.

Judeth devait avoir ravalé sa colère, car elle n'en montra aucun signe, à l'aube, au cours de ce que les Argents appelaient une « réunion de planification ». Ambredragon et Bichehivernale avaient pris un bain et s'étaient changés. Le *kestra'chern* avait délaissé ses costumes voyants pour revêtir une tenue pratique. Qui sait, il aurait peut-être enfin quelque chose à faire ?

Le messager les trouva attablés devant un petit déjeuner auquel ni l'un ni l'autre n'avaient touché. Ils accueillirent la convocation avec soulagement et suivirent le jeune homme jusqu'à la Salle du Conseil.

Skan, Zhaneel et Keenath étaient déjà arrivés.

Ils étaient aussi tendus et inquiets qu'Ambredragon, mais seule une personne habituée à lire les émotions d'un griffon pouvait s'en apercevoir. Quand le *kestra'chern* vit Keenath, il fut submergé par une absurde vague de colère.

Au moins, il lui reste un enfant. Si son fils n'avait pas été si impatient de quitter la ville, ma fille y serait peut-être toujours !

C'était totalement faux, il le savait. Il étouffa aussitôt son ressentiment et suivit Bichehivernale, qui se frayait un chemin jusqu'à leurs amis, avec qui elle entendait faire bloc.

Judeth non plus n'avait pas dû dormir, comme en témoignaient les cernes qui soulignaient son regard et la faisaient paraître deux fois plus vieille. Aubri ne prenait pas la peine de prétendre à un calme qu'il ne ressentait pas et mâchouillait une de ses vieilles plumes — sans doute pour ne pas s'attaquer à son plumage.

Une quarantaine de personnes s'étaient rassemblées dans la salle, dont six mages. Bichehivernale, Skan, Keenath, Zhaneel et lui-même étaient les seuls non-Argents. Ambredragon fut bizarrement ravi de découvrir Ikala parmi les volontaires, comme si le grand jeune homme était davantage qu'un expert en forêt tropicale.

La salle du Conseil était la seule à pouvoir contenir autant de personnes et Judeth l'avait investie, étalant partout des cartes et des documents. Elle semblait s'y être installée depuis longtemps.

— Etoileneige et les mages ont découvert une chose étrange, dit-elle, indiquant une tache noire sur la carte. Cette zone est dépourvue de magie. D'après eux, c'est une aberration. L'équipe qui a disparu devait suivre cette trajectoire... (Elle la matérialisa avec un charbon de bois : elle traversait le sud de la zone.) S'il y a vraiment quelque chose qui neutralise la magie, vous pouvez imaginer ce que ça a fait à leur nacelle et à leur téléson.

Ambredragon se représenta ce qui était arrivé à la nacelle. A la façon dont Bichehivernale lui serra le bras, il comprit qu'il n'était pas le seul.

— Ça signifie que nous devrons arriver hors de la zone et continuer à pied, car nous ne pourrons pas ouvrir de Portail à l'intérieur, continua Judeth. Nous devrons également nous passer d'objets magiques et nous contenter des bonnes vieilles méthodes. Ça ne veut pas dire que toute magie est impossible dans ce secteur. Mais les mages, s'ils peuvent jeter des sorts, devront se contenter de leur propre énergie. Je m'adresse à eux : veillez à ménager vos forces.

Elle regarda les mages, massés à un bout de la table.

— Et les griffons ? demanda quelqu'un. Peuvent-ils survoler la zone ?

Judeth ferma les yeux et soupira.

— C'est la saison des pluies... Les mages m'ont dit qu'il pleuvra sans discontinuer pendant plusieurs jours. Les deux griffons qui cherchaient nos disparus ont dû se poser à cause d'un orage.

« Ce mauvais temps pourrait être un des effets secondaires de l'absence de magie. La seule certitude, c'est qu'aucun griffon ne pourra voler. Si certains veulent accompagner une équipe, ils devront marcher.

— Zhaneel, Keeth et moi n'avons pas peur de marcher, dit Skan.

Judeth hocha la tête.

— Dans ce cas, chacun de vous accompagnera une équipe, dit-elle. J'ai envoyé un griffon avec le mage chargé d'ouvrir le Portail, mais il reviendra dès sa mission accomplie. Je rappellerai également les deux griffons chargés des recherches.

Elle regarda Skan, s'attendant à l'entendre protester. Mais il s'en abstint. Ambredragon comprit pourquoi : un griffon cloué au sol devait faire face à de sérieux handicaps. Les deux Argents devaient être exténués par leur patrouille et celui qui transportait le mage le serait davantage.

— Maintenant, voilà le plan de bataille : nous ouvrirons le Portail ici...

Judeth indiqua un point sur la carte, hors de la zone marquée, mais sur la trajectoire empruntée par Dague et Tad.

— Le mage qui l'ouvrira restera sur place, avec un petit groupe, pour attendre votre retour. Les autres volontaires seront répartis en trois équipes. Celle de Skan et de Dragon contournera la zone par le nord-est, avant d'y pénétrer. Celle d'Ikala, incluant Keenath, la traversera en diagonale. Celle de Bichehivernale et de Zhaneel la contournera par le sud-ouest avant d'y entrer.

Judeth regarda de nouveau Skan.

— Si tu te demandes pourquoi aucun de vous n'est dans l'équipe chargée de suivre leur itinéraire, c'est parce que les deux griffons l'ont déjà fait et n'ont trouvé aucun signe de Tad et de Dague. Donc, soit ils ne l'ont pas empruntée, soit il faudra un expert — en l'occurrence Ikala — pour les repérer.

« Il sera à la tête d'une équipe d'éclaireurs. Quand ils auront refait l'itinéraire des deux disparus, ils patrouilleront au nord et au sud de cette ligne. Je vous ai mis, Dragon et toi, dans l'équipe nord, parce que Tad a toujours eu tendance à suivre les trajectoires par le nord.

— Mais il pourrait ne pas l'avoir fait, cette fois, protesta le griffon.

— Voilà pourquoi il y a une troisième équipe, chargée de patrouiller au sud. Chaque groupe comprendra huit personnes : un Guérisseur, un *trondi'irn* ou un *équivalent* — ça, c'est toi, Dragon —, deux mages et cinq combattants. Un groupe plus petit ne pourrait pas se défendre ; plus nombreux, les équipiers se gêneraient les uns les autres.

« Inutile de faire vos bagages. Vous emporterez le paquetage standard des Argents, qui comprend un kit de secours. Vous ne pourrez pas non plus vous changer... Mais ne vous en faites pas, grâce à la pluie, vous serez propres le soir venu.

Elle adressa à Ambredragon un regard éloquent : *Si tu n'aimes pas les conditions de voyage, tu peux encore renoncer*.

Celui qui lui retourna signifiait clairement : *Essaie de m'en empêcher, pour voir !*

Judeth attendit qu'il dise quelque chose. Mais le

kestra'chern ne répondit pas à sa provocation et elle fut la première à baisser les yeux.

— Très bien. Je veux que vous considériez dès à présent que vous avez affaire à un ennemi qui peut absorber l'énergie magique d'une zone relativement étendue. J'ignore quelle est sa nature, mais il pourrait ne pas apprécier de voir débarquer vingt-quatre personnes sur son territoire. Dès que le mage arrivera au point désigné pour ouvrir un Portail, celui-ci restera ouvert le temps de vous expédier de l'autre côté. Est-ce bien compris ?

Elle regarda Dragon, comme pour signifier qu'elle adorerait l'y envoyer elle-même… d'un bon coup de pied dans les fesses. Il se contenta de hocher la tête comme les autres.

— Bien. A partir de maintenant et jusqu'à l'heure de votre départ, vous mangerez et dormirez ici. (Elle sourit de leur surprise.) Ainsi, nous ne perdrons pas un temps précieux à rassembler les volontaire le moment venu. Des lits de camp arriveront d'un moment à l'autre.

« J'ai envoyé Darzie avec le mage. Alors ils devraient être sur place dans un jour tout au plus.

Ambredragon fut impressionné par l'identité du griffon et par la rapidité avec laquelle le duo atteindrait sa destination. Il se demanda ce que Judeth avait pu offrir à Darzie pour qu'il accepte de tirer une nacelle. Il n'appartenait pas aux Argents mais à une toute nouvelle catégorie de griffons messagers qui se consacraient aux acrobaties et aux courses aériennes. Les Haighlei les adoraient et leur faisaient des ponts d'or. Darzie était un des meilleurs. Comment Judeth avait-elle pu obtenir sa coopération ?

Mais peut-être se montrait-il médisant. Et si Darzie s'était porté volontaire…

Aucune chance, à moins qu'elle ait fait pression sur lui.

Quelle importance ? Judeth l'avait eu en le faisant chanter ou en l'achetant.

Aurait-elle décidé de suivre mon exemple ? Les dieux savent qu'elle a assez de poids pour en imposer à n'importe qui dans cette ville.

— Des questions ? demanda Judeth. Non ? Parfait. Maintenant, ceux d'entre vous qui n'ont pas dormi vont le faire… J'ai demandé à Tamsin de venir, pour donner un petit *coup de pouce* aux réticents.

Elle braqua un regard sans appel sur Dragon et sur Skan, qui tressaillirent.

— Je suis du nombre, ajouta-t-elle. Nous devrons tous être en forme le moment venu. N'est-ce pas, Dragon ?

La question le prit par surprise, d'autant plus qu'elle vibrait de sympathie et de compassion — et d'inquiétude. Les défenses du *kestra'chern* cédèrent.

— Euh, tu as raison, dit-il, penaud.

Il se détendit un peu. *Elle a compris et elle veut bien nous pardonner…* Il n'avait pas espéré que ça arriverait si vite…

— Bien. Contente que tu approuves, parce que tu vas être l'un des premiers à dormir.

Du bruit, près de la porte, annonça l'arrivée des lits de camp, d'un repas et de Tamsin.

Judeth s'assura que tous les volontaires mangeaient, buvaient puis se soumettaient à Tamsin. Comme promis, Ambredragon fut un des premiers à passer entre les mains du Guérisseur. Il lui suffit d'un coup d'œil au commandant pour ravaler ses protestations.

Obéissant, le *kestra'chern* avala sa ration, la fit descendre avec quelques gorgées d'eau et s'allongea. Il ferma les yeux…

Ce fut le noir jusqu'au moment du départ.

La pluie… Je préfère encore les serpents !

Skan faisait de son mieux pour ne pas songer à son

inconfort, mais ça n'était pas facile. Sa peau le démangeait et la pluie n'y était pour rien. Si son plumage n'avait pas été collé à son corps par l'eau, il aurait été hérissé…

Il n'aimait pas cet endroit… et ça n'avait rien à voir avec le temps.

Cela aurait pu être parce que cette forêt, qui le rendait claustrophobe, semblait avoir avalé Tad et Dague. Mais ce n'était pas non plus la bonne explication. Non, l'autre mage ressentait la même chose que lui. S'il s'était écouté, il serait retourné au camp de base, parce que quelque chose était *anormal*.

Ils en avaient parlé, finissant par conclure que c'était l'absence d'énergie magique qui les troublait. Au-dessous du niveau de Maître, un mage n'aurait pas été affecté, parce qu'il utilisait uniquement l'énergie produite par son corps. Mais deux Maîtres — comme Skan et l'Argent Filix — étaient aussi habitués à sentir les flux magiques qu'un griffon les courants aériens. Skan ne se souvenait pas d'avoir éprouvé une chose pareille de sa vie. Même pendant les orages, la magie n'avait jamais disparu. Elle n'était plus tout à fait pareille, voilà tout. Mais ne pas être entouré d'énergie magique… Cela le désorientait, comme s'il cherchait constamment quelque chose qui n'était pas là.

J'ai l'impression d'avoir perdu un de mes sens…

Mais la magie était opérationnelle, même à l'intérieur de la zone. Et les artefacts qu'ils avaient emportés gardaient leurs propriétés. Filix et lui avaient même noté que l'énergie avait recommencé à s'accumuler. Donc, l'entité qui avait provoqué l'absence d'énergie magique s'était contentés de l'absorber, pas de la supprimer — graduellement ou d'un coup, cela restait à déterminer…

Skandranon n'aimait pas penser à ce qui avait dû se passer si la magie de la nacelle avait disparu d'un coup.

Il se concentra sur ce qu'il dirait quand il aurait réussi à coincer une oreille compatissante. Après tout, il avait la réputation d'utiliser un langage coloré et imagé et il devait la maintenir. C'était mieux que de penser à la pluie, au froid et à ses muscles douloureux après deux jours de marche.

Voir Dragon en meilleure condition physique que lui l'irritait. Mais le *kestra'chern* montait et descendait les escaliers de Griffon Blanc depuis bientôt vingt ans, alors que lui se contentait de voler d'un point à un autre. Avec son entraînement de *trondi'irn*, Keeth devait s'en tirer avec les honneurs. La pauvre Zhaneel devait être aussi malheureuse que son compagnon.

Oui, mais elle a la meilleure trondi'irn *de la ville à sa disposition. Et Keeth en* est *un lui-même. Moi, je dois me contenter de Dragon. Il fait de son mieux mais il est... préoccupé.*

De l'eau lui entrant dans les narines, il éternua et secoua vigoureusement la tête. Dragon et lui fermaient la marche. Logique, puisque le griffon avait l'ouïe plus fine que les humains et pouvait détecter d'éventuels poursuivants.

Si j'avais pensé à demander à Judeth de joindre deux éclaireurs kyree à chaque équipe !

Quel climat ! Du brouillard dès l'aube, puis de la pluie jusqu'à la tombée de la nuit, où régnait une humidité glaciale. Et ainsi de suite. Judeth avait eu raison de clouer les griffons au sol.

Darzie avait réussi à amener le mage à destination parce qu'il avait la chance de quatre griffons. Et parce qu'en dehors de la zone « sans magie », le temps était normal pour la saison.

Darzie est assez jeune pour se croire immortel et suffisamment doué pour voler comme s'il l'était.

Comme un autre abruti de griffon que j'ai bien connu...

Pendant la saison des pluies, un orage éclatait tous les après-midi. Darzie avait volé *et atterri* pendant l'un d'eux, prétendant que tout n'était qu'une question de rythme et d'observation des éclairs. Son passager, blanc comme un linge, avait préféré ne pas s'étendre sur le sujet.

Dragon avait découvert la « carotte » de Darzie. Judeth avait demandé au jeune griffon lequel de ses camarades pourrait accomplir un tel vol, suggérant que lui ne l'était pas. Cela avait suffit pour que Darzie se porte volontaire, persuadé qu'il était le seul à pouvoir réaliser un tel exploit. Et il l'avait fait en un temps record, sans mettre sa vie ou celle de son passager en danger. La rapidité, l'audace et le courage insensé qu'il lui avait fallu pour ce vol le plaçaient au niveau de certaines prouesses du Griffon Noir.

Peut-être. Mais Darzie devra attendre pour devenir une légende. Et s'il est malin, il n'essaiera pas de m'imiter. Je crois que ma vie a consommé la chance de vingt griffons !

Skan, l'équipe du camp de base et les vingt-trois autres volontaires avaient établi leur propre record en franchissant le Portail. Si personne n'avait été « jeté » de l'autre côté, les vivres et le matériel n'avaient pas eu autant de chance. Même en temps de guerre, le griffon n'avait jamais vu un Portail s'ouvrir et se refermer aussi vite.

Darzie était reparti pour Griffon Blanc, où l'attendaient les honneurs qui lui étaient dus... Et toutes les femelles célibataires, ce qui achèverait de le mettre sur les rotules. L'Adepte et son équipe avaient établi leur camp pendant que les vingt-quatre volontaires prenaient leur paquetage et partaient... sous la pluie.

Personne ne leur avait dit qu'ils devraient descendre une falaise pour pénétrer dans la vallée où étaient coincés les enfants. Les griffons s'étaient ébroués suffisamment pour pouvoir voler, mais les humains avaient dû franchir l'obstacle à la force des poignets… L'expérience, bien qu'excitante, avait valu des cheveux blancs aux plus endurcis des vétérans. La roche était glissante, à cause de l'eau, de la boue et d'autres substances — qu'ils n'avaient pas eu envie d'identifier !

Arrivées en bas, les trois équipes s'étaient séparées. Skan avait été abasourdi par la vitesse à laquelle la forêt avait avalé les autres. En un rien de temps, il n'avait plus entendu que la pluie et les cris des animaux.

Le seul moment où il était sec, c'était juste avant de se coucher. Dès qu'il sortait de la tente qu'il partageait avec Dragon et l'autre mage, c'était fini. Cela commençait par le brouillard, qui s'infiltrait sous ses plumes. Puis la pluie le trempait jusqu'aux os.

Déprimant !

Comment espérer trouver des traces de leur passage ? se demanda-t-il en levant les yeux vers la voûte végétale qui dégoulinait de pluie. Cette succession ininterrompue de troncs, de lianes et de buissons lui donnait le vertige. Il n'y avait pas la moindre piste de gibier. Skan avait dû se contenter d'avaler des petites créatures, dans la matinée, quand ses ailes étaient encore assez sèches pour lui permettre de chasser.

Les enfants pourraient être à portée de voix et nous ne le saurions pas !

Cette forêt était foisonnante. Un des combattants jurait que les plantes poussaient à vue d'œil et le griffon voulait bien croire que c'était vrai.

Combien de temps faudrait-il à une végétation aussi luxuriante pour recouvrir des débris, après un accident ? Quelques jours ? Une semaine ?

Cela devait faire une semaine que les enfants étaient portés disparus. Peut-être davantage. Ici, Skan perdait la notion du temps.

Et ils ont pu avoir leur accident trois ou quatre jours avant la date de leur arrivée à l'avant-poste.

Cette pensée était aussi peu réconfortante que leur

environnement. Mais il ne pouvait pas se résoudre à abandonner les recherches. Tant qu'il resterait un espoir, même minuscule, il continuerait. Parce qu'il *devait* savoir ce qui s'était passé. L'ignorance, en pareil cas, était la pire des choses.

Dragon devait partager ses sentiments. Le *kestra'chern* offrait un spectacle inhabituel avec ses vêtements trempés et boueux, son visage fermé et son mutisme. Chaque fois qu'un des hommes se blessait, il le soignait, mais n'offrait rien de plus en terme de réconfort, ce qui ne lui ressemblait pas. Il marchait d'un bon pas et faisait sa part des corvées, mais il était évident que son esprit était ailleurs.

Skan se demandait si son ami n'essayait pas d'utiliser son empathie pour retrouver sa fille, cherchant sa peur, sa douleur ou sa détresse au milieu de la jungle de troncs et de lianes. Ils étaient liés par le sang, ce qui le rendait particulièrement sensible… Si Dague était en vie, Dragon avait des chances de la localiser.

Je lui envie son don. Je sais qu'il n'a jamais essayé de l'utiliser de cette manière, mais ça ne veut pas dire que ça ne marchera pas.

Skan aurait aimé avoir un don qui lui permette d'être davantage qu'une bête de somme. Il ne savait pas suivre une piste et ne pouvait pas se rende utile grâce à sa magie… Il ne maîtrisait qu'une chose : le vol. Mais ça, c'était exclu.

Regin, le chef de leur équipe, leva la main pour ordonner une halte. La énième de la journée. Il ne semblait pas y avoir de raison, et Skan commençait à s'impatienter. Pourquoi s'arrêter sous la pluie ? Plus ils couvraient de terrain, plus ils avaient des chances d'accomplir leur mission. Le griffon s'approcha du vieil Argent à qui Judeth avait confié le commandement.

— Regin, qu'attendons-nous, au juste ?

L'homme ignora son ton sarcastique et répondit en désignant la voûte des arbres. Skan leva les yeux à temps pour voir un éclaireur descendre le long d'un tronc, vif comme un écureuil.

— Bern cherche une trouée dans la voûte qui pourrait indiquer que quelque chose est tombé, dit Regin. Peut-être ne le croirez-vous pas, mais en montant dans les branches, il peut repérer les brèches. Vous voyez, la lumière, à ces endroits-là, est différente et ça se voit à distance.

Bern approcha et secoua la tête. Skan n'eut pas besoin de connaître le code des Argents pour comprendre qu'il n'avait pas trouvé ce qu'il cherchait. Regin donna le signal du départ.

Jusque-là, rien n'avait indiqué que quelque chose ou quelqu'un les suivait. Skan commençait à se dire que la théorie de Judeth au sujet d'une entité hostile n'était qu'affabulation. Il n'y avait pas d'autres traces que celles d'animaux sauvages. Or, ce qui avait drainé la magie devait être un phénomène étrange. Peut-être était-ce cela qui retenait les enfants prisonniers...

Le griffon reprit sa place près de Dragon. Maintenant qu'il savait qu'ils n'avançaient pas à l'aveuglette, il se sentait un peu mieux.

Le *kestra'chern* s'anima un peu quand Skan lui eut expliqué ce qu'avait dit leur chef.

— Ce n'est pas bête, comme idée... Ça ne vaut pas la perspective offerte par un vol de griffon, mais c'est mieux que rien.

Une fois de plus, Regin ordonna une halte. Skan eut beau faire, il ne vit rien à travers le rideau de pluie.

— Je me demande comment Bern peut grimper aux arbres, et à cette vitesse, par un temps pareil. Il doit être tout en membres, comme les animaux grimpeurs que Shalaman a domestiqués. Peut-être sont-ils originaires de cette forêt, d'ailleurs.

Dragon haussa les épaules, comme si le sujet lui était indifférent.

— Je...

— *Hé !*

Skan leva les yeux, surpris, et vit la petite silhouette s'agiter frénétiquement. Bern semblait accroché à l'arbre par un seul bras. L'autre indiquait une direction.

— Hé ! Trouée récente ! Par là !

Une trouée récente ? La même pensée leur traversa l'esprit, mais les Argents furent infiniment plus rapides à réagir que les deux pères. Ils s'enfoncèrent dans la végétation, laissant aux pauvres géniteurs le soin de les suivre.

Le cœur de Skan battait la chamade et ça n'avait rien à voir avec la course. S'il avait pu, il aurait dépassé tout le monde pour arriver le premier... Mais il faisait déjà de son mieux pour ne pas se laisser distancer. Alors qu'il commençait à avoir un point de côté, il entendit Bern arriver dans son dos... et continuer jusqu'à ce qu'il ait prit la tête de la colonne.

Frimeur...

Un cri parvint à ses oreilles, étouffé par la pluie. Il n'entendit pas les mots, mais le ton était excité, pas consterné.

Ils ont trouvé quelque chose. Quelque chose, *pas quelqu'*un... *ni des cadavres.*

Puisant dans des réserves insoupçonnées, Skan exécuta une série de bonds qui l'emportèrent à travers le sous-bois jusque dans la clairière. Où il trébucha sur les vestiges d'une palissade de branchages.

Un camp !

Si les enfants avaient réussi à en bâtir un, ils ne pouvaient pas avoir été gravement blessés... Puis il vit à quoi ressemblait le camp et son cœur se serra. Une construction sommaire, faite de débris et de ce qu'ils avaient trouvé sur place.

Regin leva les yeux des restes détrempés de la nacelle.

— Ils sont partis, mais ils se sont écrasés ici, dit-il, montrant la brèche dans la voûte des arbres. Avec assez de force pour détruire deux côtés de la nacelle. J'ignore *comment* ils ont survécu. Peut-être y avait-il suffisamment de branches pour ralentir leur chute. Le kit médical n'est plus là, mais ils l'ont utilisé, c'est évident.

Ils étaient ici. Blessés. Mais ils sont partis. Pourquoi ?

— Pourquoi ne sont-ils pas restés ici ? demanda Skan.

— Excellente question, répondit Regin. La procédure standard est de demeurer sur place en cas d'accident. C'est ce qu'ils ont fait, au début, puis quelque chose les a forcés à partir. Ils ont tout quitté. Pourtant il n'y a pas de trace de lutte.

— Quelque chose leur a peut-être fait peur, avança Ambredragon. Ou… eh bien, ce camp n'est pas très bien fait…

— Un désastre, oui ! corrigea Regin. Mais dans ces circonstances, je n'aurais pas fait beaucoup mieux. De plus, j'ignore s'il leur restait des vivres. (Il regarda autour de lui, fronçant les sourcils.) Pas de trace de lutte, mais pas de gibier non plus. Peut-être ont-ils manqué de nourriture. Et il n'y a pas d'eau…

Dragon l'interrompit d'un toussotement poli.

— Nous sommes *sous* une source d'eau, fit-il.

Regin haussa les épaules.

— On nous a appris à ne pas compter sur la pluie pour nous approvisionner. Résumons : pas de gibier, pas d'eau et un camp impossible à défendre. Les griffons sont de gros mangeurs. Si leurs réserves ont été écrasées, elles auront pourri en deux jours. Après, ils ont dû chercher de la nourriture, surtout pour Tadrith.

« Ils sont restés ici le temps de récupérer, puis ils sont partis en direction de Griffon Blanc. Ils ont dû laisser une piste. J'espère qu'elle est encore assez fraîche… Mais s'ils se dirigent vers l'ouest, nous ne devrions pas avoir trop de mal à les retrouver. A leur place, j'aurais visé la rivière. Pour des blessés, il est plus facile de pêcher que de chasser.

— Si nous avions suivi la rivière, nous serions tombés sur eux ? grogna Skan.

Regin eut un sourire sans joie.

— Oui, c'est exactement ça. Mais il faut voir le bon côté des choses. Maintenant, nous savons qu'ils sont vivants.

Le griffon acquiesça. Regin signala à Bern de chercher une piste. Alors que l'Argent s'exécutait, Skan remarqua certaines choses.

Primo, les objets lui parurent étrangement disposés, comme s'ils avaient été expédiés dans toutes les directions, puis rassemblés, examinés, et enfin triés.

Secundo, pourquoi Tad et Dague n'avaient-ils laissé aucun message ? Ils ignoraient que quelqu'un retrouverait leur camp, mais ils auraient dû faire *comme si*.

Tertio, il ne restait plus trace de magie dans les objets qu'ils avaient abandonnés. C'était désormais très clair : quelque chose avait absorbé celle de leur équipement et, d'après ce que Skan pouvait voir, cela s'était produit d'un coup.

Quelle était l'origine du phénomène ? Et qui avait fouillé dans les débris du camp abandonné ?

Surtout, qui avait poussé les enfants à fuir sans laisser d'indication à d'éventuels secours ?

La réponse à la troisième question était-elle la même qu'aux deux premières ?

Tad rentra dans la grotte, de l'eau jusqu'aux chevilles. Il fit très attention de ne pas se prendre les pattes dans les fils de pêche installés par Dague. Les prises de la jeune femme étaient attachées à une ficelle.

Il eut un hochement de tête appréciateur.

— L'eau monte, dit-il. Par endroits, elle recouvre la piste.

— Eh bien, nous ne manquerons pas d'eau, répondit Dague. Et nous n'avons plus besoin de sortir de la grotte pour pêcher.

La pluie tombait depuis qu'ils étaient arrivés, à l'exception de quelques heures, au cœur de la nuit. La jeune femme s'était souvent demandé à quoi ressemblait une saison des pluies… Aujourd'hui, elle le savait. Le filet d'eau qui traversait leur abri n'avait pas grossi, mais il coulait beaucoup plus vite. La rivière était montée, leur permettant de pêcher de l'intérieur de la grotte.

Un bienfait, car ils étaient assiégés, même s'ils n'avaient pas encore réussi à voir leurs ennemis. Les ombres aperçues dans les broussailles leur avaient fait comprendre qu'ils ne pouvaient plus traverser la rivière.

Tad déploya son aile valide pour la sécher devant le feu. Il était sorti ramasser tout le bois qu'il avait pu trouver. La réserve occupait un coin de leur abri. Il avait également rapporté des feuilles susceptibles de brûler en dégageant beaucoup de fumée, pour le feu de détresse qu'ils allumeraient sous leur « cheminée ». Bien sûr, il était possible que personne ne la voit… Il fallait être un griffon désespéré pour voler par un temps pareil.

Skandranon et Keenath l'étaient peut-être assez pour essayer…

Dague espérait *et* redoutait qu'ils le fassent. Leurs poursuivants s'étaient enhardis et elle avait failli interdire à Tad de sortir, cet après-midi. Les chasseurs étaient toujours des ombres menaçantes, mais ils n'hésitaient plus à se tapir sur l'autre rive pour les espionner en plein jour.

— Ils vont essayer quelque chose cette nuit, dit Tad sur le ton de la conversation. Je sentais leur frustration et leur impatience pendant qu'ils m'observaient.

— J'ai eu la même impression, avoua Dague.

Elle n'avait pas vraiment apprécié de baisser ses boucliers pour essayer de *reconnaître* ce qui se cachait de l'autre côté de la rivière. En réalité, elle l'avait surtout fait pour *sentir* une éventuelle équipe de secours. Mais la colère froide et totalement inhumaine qu'elle avait captée l'avait obligée à se refermer sur elle-même, tremblante.

— Je... j'ai essayé d'utiliser mon Empathie et j'ai ressenti la même chose que toi. Ils sont impatients de nous tomber dessus.

Dague espérait que Tad n'en ferait pas une histoire. Il ne cessait de la pousser à utiliser toutes les armes en sa possession. A présent qu'elle avait cédé, sous la pression, elle n'était pas d'humeur à entendre un : « Je t'avais bien dit que c'était une bonne idée »... D'autant qu'elle n'était pas sûre que c'en était une. Et si les chasseurs avaient lu en elle comme elle avait lu en eux ?

Qu'auraient-ils pu apprendre ? Qu'elle était blessée et qu'elle avait une trouille bleue ? Ils devaient déjà le savoir.

Heureusement, Tad se contenta de hocher la tête.

— Content de vérifier que tout ça n'était pas seulement le fruit de mon imagination, dit-il en soupirant. Maintenant, je ne me sens plus coupable d'avoir posé tous ces pièges.

— Quel... ? commença-t-elle.

Au même moment, une ligne se tendit et Dague s'occupa de ramener le poisson. Après avoir tout remis en place, elle reprit la conversation.

— A ton avis, quel autre genre de piège fonctionnerait ? demanda-t-elle. De notre côté de la rivière, je veux dire.

Depuis leur premier succès, aucune de leurs chausse-trappes n'avait réussi à tuer ou blesser un des chasseurs. On eût dit qu'après avoir vu à l'œuvre le mécanisme de la chute de pierres, ils ne s'y laisseraient plus jamais prendre.

A présent que le chemin était en partie inondé, ils pourraient cacher les fils sous l'eau…

— Je me suis chargé de tout pendant ma « promenade ». La rivière est plus profonde et plus rapide, désormais, et s'ils veulent traverser, ils n'auront qu'un seul endroit. J'ai disposé des pierres pour simuler un piège.

Il lui fit un sourire malicieux de griffon.

— Comme ça, quand ils verront que celui-là est sans danger, ils tomberont dans le vrai sans se douter de rien. Bien joué !

Tad hocha la tête.

— Le vrai est beaucoup plus gros. S'ils traversent pour nous atteindre, l'un d'eux sera sérieusement blessé, voire tué… à moins qu'ils ne soient aussi rapides que l'éclair ou plus chanceux qu'une créature n'est en droit de l'être.

— C'est parfait, tant que tu ne blesses pas les gens qu'on a envoyés à notre secours !

La veille, elle aurait protesté, arguant qu'il était inutile de poser des pièges dans le but de tuer. Mais c'était avant qu'elle ait le contact mental avec les chasseurs. Si elle ignorait toujours à quoi ils ressemblaient, elle savait désormais ce qu'ils étaient : des tueurs intelligents et rusés. Elle débattrait une autre fois du droit à la vie de telles créatures. Pour le moment, elle voulait bien les laisser tranquille, si c'était réciproque. Mais s'ils s'en prenaient à Tad ou à elle, elle les combattrait jusqu'à la mort.

Ils ignoraient toujours si les chasseurs agissaient pour leur propre compte ou pour quelqu'un d'autre. Dague ne pouvait pas lire leurs pensées — s'ils en avaient — mais elle n'avait senti aucune autre présence dans les parages. Une chose restait sûre : leurs poursuivants étaient tous de la même race et ils vivaient en meute.

Leur maître pouvait être ailleurs et les espionner grâce à un miroir de vision à distance… Le genre de chose que faisaient les Adeptes noirs. Elle ne pouvait pas s'imaginer Ma'ar s'exposant à la pluie et à la boue.

S'il y avait un Adepte derrière tout ça et qu'elle lui mette la main dessus…

— Ce n'est pas le seul piège que j'ai mitonné, continua Tad. J'ai placé en équilibre des rochers qui tomberont au moindre effleurement. Plus des fils entrecroisés sous l'eau, pour leur faire boire la tasse. Entre ça et la barricade de pierres, à l'entrée de la grotte, nous ne risquons rien.

— Aussi longtemps que nous pouvons pêcher sans sortir d'ici et que tu te contentes d'un régime poissons.

— Il suffit que je pense à la viande séchée. A côté, le poisson est un mets de roi. Je commence même à distinguer les variétés en fonction des goûts. L'une a une chair presque sucrée, une autre contient plus de graisse…

Pour moi, un poisson est un poisson…

— D'accord, je te crois ! Ecoute, je me demandais… Ne pourrions-nous pas mettre en place une sorte d'épuisette pour récupérer le bois flotté directement à la source ?

Tad adorait inventer des choses. L'idée d'une « épuisette » à bois le séduisit. Surtout, cela lui fournit une occupation sédentaire, donc reposante. Peu importait qu'il ait l'air en pleine forme, Dague le savait tout aussi épuisé qu'elle.

En plus, le griffon dormait sans doute d'un œil pendant que sa partenaire montait la garde. Faisant la même chose, elle ne pouvait pas l'en blâmer. C'était idiot, mais ni l'un ni l'autre n'y pouvaient rien. Au cœur de la nuit, leur imagination parait leurs ennemis de toutes sortes de pouvoirs surnaturels. Le jour, il était plus facile de museler ses peurs. Mais ça n'était pas parce que la meute n'avait rien tenté qu'elle ne le ferait pas bientôt.

Difficile de conserver un bon équilibre entre paranoïa

et imprudence, surtout quand on ignorait à quoi ressemblait l'ennemi.

— La nuit va bientôt tomber, dit Tad.

Le soleil était constamment caché par les nuages, si bien qu'ils perdaient souvent toute notion du temps. Mais la lumière baissait, c'était évident.

Une autre ligne se tendit. Le poisson accroché à l'hameçon était un bagarreur — un de ceux que préférait Tad. Pour Dague, tous avaient le même goût insipide. Avec des herbes, cela aurait sans doute été différent. Elle avait songé à les frotter avec une feuille de liane à l'odeur poivrée, mais c'était un risque inutile. On pouvait s'enduire la peau de jus de baies-sombres sans danger, alors qu'il suffisait d'en manger quelques-unes pour vomir ses tripes.

Dague laissa le poisson s'épuiser avant de le ramener. Voilà, ils avaient de quoi dîner. Elle rangea ses lignes. Quand elle releva la tête, elle s'avisa que la nuit tombait bel et bien.

La jeune femme emporta sa pêche derrière le mur de pierres. Ils le renforçaient un peu plus chaque jour, mais bientôt, ils ne pourraient plus utiliser de glaise pour colmater les brèches. Ce n'était tout simplement pas assez solide.

Leur grotte avait un autre avantage : ne pas abriter le moindre insecte. Grâce à leur feu de détresse, il flottait toujours assez de fumée dans l'air pour éloigner la vermine. Les piqûres qui la démangeaient tellement quelques jours plus tôt avaient eu le temps de guérir et ne l'ennuyaient plus.

S'ils n'avaient pas été suivis jusqu'ici, Dague ne se serait fait aucun souci. Ils avaient de l'eau, du feu, un excellent abri et de la nourriture en abondance. Et ils savaient que tôt ou tard, quelqu'un de Griffon Blanc ou de Khimbata verrait ou sentirait leur feu de détresse et viendrait leur porter secours.

Elle se réserva un des poissons, le vida et l'enferma

dans une gangue de boue, qu'elle enfouit sous les braises et les cendres. Puis elle tendit les autres à Tad.

Moins affamé qu'à leur arrivée, le griffon mangeait en prenant son temps. Et si ses manières laissaient à désirer selon les standards humains, Dague s'en fichait.

Je connais des humains avec qui je ne voudrais surtout pas être coincée en tête-à-tête !

— Comment va ton aile ? demanda-t-elle.

— Elle ne me fait plus aussi mal qu'hier, mais je préfère la garder immobilisée. Dès que je bouge, la douleur se réveille.

Traduction : *C'est assez douloureux pour que mes pattes se dérobent sous moi et que je manque m'évanouir.* Dague connaissait bien son partenaire. Tad était stoïque. S'il se montrait optimiste, c'était pour la rassurer. Mais cela ne servait pas à grand-chose. D'autant qu'elle-même bougeait avec prudence, pour éviter de crier de douleur.

Si elle avait eu ses deux mains ou lui ses deux ailes ! Si l'un avait pu atteindre le haut de la falaise, il aurait hissé l'autre... Et ils n'auraient plus eu à se soucier de leurs poursuivants. Les chasseurs ne grimpant pas aux arbres, ils n'escaladeraient pas une paroi de pierre.

Avec des « si »... Pourquoi ne pas souhaiter la présence de quatre Argents expérimentés, armés d'arcs à longue portée ? J'ai le sentiment qu'un détail évident m'échappe...

— Penses-tu vraiment qu'ils attaqueront cette nuit ? demanda-t-elle à Tad.

Non qu'elle crût qu'il avait changé d'avis, mais elle ne pouvait plus supporter ce silence.

Tad désigna l'entrée de la grotte.

— La pluie tombe déjà moins drue. A cet endroit de la rivière, le courant n'est pas aussi fort qu'ailleurs. Traverser n'est pas difficile quand on a des griffes pour s'accrocher aux rochers. Or, nous savons qu'ils en ont.

Dague se demanda si elle devait réessayer de sonder leurs poursuivants, mais c'était sans doute une mauvaise idée. Et s'ils n'attendaient que cela ?

Le silence retomba.

Dague vérifia la cuisson de son poisson. La gangue de boue était dure comme de la pierre, indiquant que son contenu était à point. Elle la retira du feu et la cassa. La peau et les écailles restèrent accrochées à la glaise, lui permettant de manger la chair blanche et juteuse… mais sans beaucoup de goût. Des souvenirs de pain frais et craquant tartiné de beurre, de ragoûts épicés, de soupe aux haricots et de poissons farcis à l'ail et aux herbes — une recette de Jewel — lui traversèrent l'esprit. Elle s'empressa de les chasser.

Après le repas, ils laissèrent les flammes s'éteindre. Puis ils couvrirent le feu, pour que la lumière ne les trahisse pas. Si les chasseurs avaient l'intention d'attaquer, inutile de leur signaler leurs positions exactes.

Dague s'approcha de la barrière en longeant la paroi de la grotte. Tad fit de même par l'autre côté. Pour une fois, la pluie avait baissé d'un ton, tôt dans la soirée. Au lieu d'un mur d'eau qui se serait dressé juste devant son nez, la jeune femme entrevoyait l'autre berge de la rivière.

Rien… et c'était mauvais signe. Jusque-là, il y avait toujours eu au moins une ombre tapie dans la végétation. Pas ce soir. L'instinct de Tad et ce qu'elle avait appris de leur ennemi ne les avaient pas trompés : les chasseurs avaient l'intention de passer à l'attaque.

La jeune femme jeta un coup d'œil à son équipier. Tad semblait si tranquille qu'il aurait pu passer pour une sculpture. Il gardait les paupières à demi baissées, pour que la lumière ne se reflète pas au fond de ses prunelles, ce qui aurait trahi sa présence. Grâce à sa couleur, il se confondait admirablement avec la pierre derrière lui, les stries de ses plumes « imitant » les veines de la roche. Dans ce genre d'environnement, il n'avait nul besoin de camouflage.

Dague se demanda s'il entendait quelque chose par-dessus le vacarme de la cascade.

Soudain, il y eut un bruit aussi fort qu'un coup de tonnerre : un des pièges de Tad venait de s'abattre sur sa victime avec une force telle que la falaise vibra.

Dague sursauta. Elle dut se rattraper à la paroi avec sa main valide pour ne pas tomber. Dès qu'elle eut recouvré son équilibre, elle voulut se précipiter dehors. Tad la retint par le poignet.

— Non, attendons le matin, dit-il. Nous avons tué un ennemi. Et cette fois, ils ne pourront pas emporter le corps.

— Combien de rochers avais-tu empilés, pour obtenir un tel résultat ? demanda-t-elle.

Comment avait-il fait, avec une aile cassée ?

— Suffisamment ! Je n'ai pas voulu t'en parler avant d'avoir obtenu le résultat escompté… Je me suis servi de la magie pour terminer le travail commencé par l'érosion. C'est tout un pan de la falaise qui vient de s'effondrer. J'ignorais quelle quantité de roche tomberait, mais je savais que ce serait plus que je ne pourrais en entasser.

— D'après le bruit, je dirais qu'il en est tombé une quantité astronomique. Ça, c'est une application intelligente de la magie ! As-tu senti la roche vibrer ?

Il hocha la tête.

— Oui, et j'espère que cette chute de pierres ne leur a pas fourni un moyen de traverser la moitié de la rivière à sec. C'était une possibilité, mais j'ai décidé de courir le risque.

Dague haussa les épaules. Ce qui était fait était fait. D'autant plus qu'ils allaient peut-être enfin découvrir quel genre de créature les pistait depuis leur accident.

— Le pan de falaise aurait pu tomber tout seul, avec le même résultat. Inutile de nous inquiéter pour rien.

Après ça, je pense qu'ils nous laisseront tranquilles, cette nuit.

Dague ne s'était pas trompée. Ils sortirent aux premières lueurs du jour pour voir ce que Tad avait « attrapé ».

L'éboulement formait effectivement une sorte de digue jusqu'au milieu de la rivière, mais les eaux tumultueuses étaient déjà à l'œuvre et emportaient les rochers. Alors qu'ils approchaient, les Argents virent qu'ils avaient fait une victime.

La meute avait essayé de dégager le cadavre, à moitié visible. Quoi que soit cette créature, Dague n'en avait jamais vu de semblable.

Si un mage avait eu l'idée de croiser un serpent avec un lévrier et de donner à sa créature la taille d'un cheval, il aurait obtenu le monstre qu'elle avait sous les yeux : de couleur sombre, avec une peau écailleuse comme celle d'un serpent ou d'un lézard, un long cou et des crocs plus effilés que ceux d'un chien. Sa tête et ses membres ressemblaient d'ailleurs à ceux de cet animal. Impossible de dire de quelle couleur étaient ses yeux. Dans la fente des paupières, on ne voyait que du blanc.

Contrairement à sa partenaire, Tad n'eut aucun mal à identifier la créature.

— Un wyrsa, grommela-t-il. Mais il n'est pas de la bonne couleur…

Dague le regarda. Il semblait sûr de lui.

— Qu'est-ce qu'un wyrsa ?

— Un jour, un Adepte voulut créer un être qui ressemblât aux kyree et le baptisa wyrsa. Il désirait obtenir une race de chiens de garde et de chasse, mais ses wyrsa se révélèrent incontrôlables.

« C'était bien avant Ma'ar et les Guerres. Aubri m'a parlé de chasser ces monstres. Il m'a dit qu'ils devaient vivre en meutes quelque part. Mais ceux qu'il m'a décrits étaient plus petits. Et ils étaient blancs, avec des crocs et des griffes empoisonnés.

La jeune femme se pencha pour examiner les dents et les pattes de la créature. Elle prit deux pierres et cassa une de ses longues canines et une des ses griffes. Aucune n'étaient creuses.

— J'ignore ce qui distingue ce wyrsa de ceux dont t'a parlé Aubri, mais celui-ci n'a ni croc ni griffe empoisonnés. Tu vois, pas de conduit pour amener le venin ! Et pas non plus de sac pour le produire.

« Pour qu'il y ait du venin, il doit venir de quelque part et être amené jusqu'à la chair des victimes. A moins que cette créature n'ait une salive empoisonnée...

— Aubri a dit qu'ils étaient exactement comme des serpents, insista le griffon. Mais la couleur de cette créature, comme sa taille, diffèrent de celles des wyrsa « normaux ». *Quelqu'un* doit les avoir modifiés.

— Un mage ? demanda Dague. Les orages ?

Elle s'y connaissait en venin, mais la magie était le rayon de Tad.

— Je pencherais pour les orages magiques. Si un mage avait délibérément modifié des wyrsa, pourquoi leur aurait-il enlevé leurs griffes et leurs crocs empoisonnés ?

— Ce n'est pas moi qui te contredirai... (Elle s'agenouilla près de la créature pour examiner sa tête. Aussi longue que son avant-bras, elle était surtout constituée d'une énorme mâchoire.) Tad, ces créatures n'ont pas besoin de venin. Regarde ces canines ! Elles sont aussi longues que mon majeur et le reste de la dentition est tout aussi formidable. Que sais-tu d'autre au sujet des wyrsa ?

— D'après Aubri, plus la meute est importante, plus ils agissent intelligemment. Ce que l'un sait, tous les autres le savent aussi. Et ils sont extraordinairement tenaces. S'ils flairent une proie, ils peuvent la traquer pendant des jours... Et si on en tue ou en blesse un, ils traquent jusqu'au bout. Le seul moyen de s'en débarrasser, c'est de les éliminer tous.

— Comme c'est réconfortant, fit Dague en se relevant. Nous en avons blessé un *et* tué un autre. Si j'avais su…

Penaud, Tad se dandinait d'une patte sur l'autre.

— Ils ne nous tiendront peut-être pas rigueur de la chute de pierre, dit-il.

— Ce qui est fait est fait !

Dague surprit un mouvement du coin de l'œil et tourna la tête.

Elle se pétrifia. On eût dit que leurs ennemis, maintenant que Tad et elle savaient à quoi ils ressemblaient, ne faisaient plus l'effort de se cacher. Six wyrsa se tenaient sur l'autre rive, les babines retroussées.

L'instant suivant, ils eurent disparu. S'ils n'avaient pas fait onduler la végétation en s'en allant, la jeune femme aurait cru avoir rêvé.

— Eh bien, maintenant, ils savent que la chute de pierres, c'était nous. Retournons dans la grotte, avant qu'ils décident de passer à l'attaque.

— Sans précipitation, conseilla Tad. Aubri a dit que courir était la pire réaction. Ça les incite à prendre leur proie en chasse.

Dague aurait bien voulu dissimuler sa peur, mais à l'impossible nul n'était tenu.

— Quelles créatures charmantes ! Aurais-tu d'autres choses à m'apprendre sur leur compte ?

Le griffon secoua la tête.

— Non, c'est tout ce dont j'arrive à me rappeler pour l'instant.

Dague fit attention où elle mettait les pieds. La pluie avait redoublé de force, rendant les rochers glissants. Dans leur situation, elle ne pouvait pas se permettre de tomber et de se fracturer quelque chose.

— Par curiosité, quelqu'un a-t-il jamais pu contrôler ces monstres ? demanda-t-elle.

Le chemin rétrécit. Tad lui fit signe de passer devant. Si les wyrsa décidaient de traverser la rivière, il ferait une meilleure arrière-garde qu'elle.

— Pas à ma connaissance. Un mage pourrait jeter un sort à une meute et la lancer sur la cible de son choix. Quant à les contrôler vraiment, je ne crois pas que ce soit possible. Rien ne peut les détourner de leur objectif et s'ils décidaient de se lancer derrière la mauvaise proie, personne ne les en empêcherait.

— Donc, il n'y a pas de mage derrière tout ça ? Ni derrière notre accident ?

— Eh bien... pas que je sache, répondit Tad. Mais ces wyrsa ne ressemblent pas à ceux dont j'ai entendu parler. Ils pourraient avoir troqué leurs crocs et leurs griffes empoissonnés contre d'autres armes. Un mage aurait pu nous abattre sur leur territoire, sachant qu'ils feraient le sale boulot à sa place...

— As-tu d'autres bonnes nouvelles à m'annoncer ? Désolée... Je ne suis pas de très bonne humeur...

— Moi non plus, avoua Tad.

Le griffon monta la garde toute la journée pendant que Dague pêchait. Il aperçut deux wyrsa, mais ils ne firent pas mine de traverser la rivière.

Evidemment. Ce sont des chasseurs nocturnes, et ça doit être encore plus vrai pour ceux-là, avec leurs couleurs sombres.

Ils étaient vifs, silencieux et terriblement féroces. Tad n'avait pas envie d'affronter un seul représentant de ce nouveau type de wyrsa, alors toute une meute !

Je me demande combien elle compte d'individu ? Six ? Dix ? Davantage ?

Les rejetons d'une même femelle ? Les wyrsa se reproduisaient une fois tous les deux ans et donnaient naissance à deux petits à la fois.

Si nos poursuivants sont issus de jumeaux d'une même portée, modifiés par un orage magique... com-

bien de petits ont-ils pu avoir ? Il leur faut quatre ans pour atteindre l'âge adulte, après ils ont des petits tous les deux ans...

La réponse se situait entre sept — ceux qu'ils avaient vus — et quarante.

Tad et Dague mangèrent en silence. Puis la jeune femme couvrit soigneusement le feu pendant que Tad s'installait pour le premier tour de garde. Dès qu'il fit noir, le griffon changea quelques pierres de place, pour dissimuler sa silhouette, puis se tapit au ras du sol. Il espérait ainsi faire croire aux prédateurs qu'il n'était pas là, qu'il n'y avait aucun obstacle entre eux et l'humaine. S'il réussissait à en attirer un sur les rochers glissants de la berge, il pourrait l'assommer avec un sort... Les remous de la cascade l'entraîneraient au fond et le noieraient. Seul un poisson pouvait survivre à ces courants tourbillonnants. Un wyrsa de moins, c'était déjà ça.

Il n'entendit et ne sentit pas Dague approcher. Après une brève hésitation, elle le poussa du bout du pied, pour lui signaler sa présence, puis elle s'allongea près de lui et murmura à son oreille :

— Pouvais pas dormir.

Il hocha la tête. C'était ennuyeux, mais elle avait des raisons d'être insomniaque.

La jeune femme s'aplatit encore davantage que lui contre la roche. Il aurait fallu avoir une meilleure vue qu'une chouette pour l'apercevoir de l'autre côté de la rivière.

Il pleut de moins en moins fort. Une bonne et une mauvaise nouvelle. Visiblement, les wyrsa n'appréciaient pas la pluie et ils n'aimaient pas grimper sur des rochers mouillés. Comme le griffon, ils avaient des serres, mais leurs pattes n'étaient pas aussi bien articulées que les siennes. D'où leur plus grande difficulté à se déplacer sur un terrain glissant.

Mais moins la pluie tombait drue, meilleure était la

visibilité, surtout si les éclairs continuaient de zébrer le ciel nocturne.

Quelque chose bougea sur la rive d'en face. Le griffon se figea. Il sentit Dague retenir son souffle.

Un éclair déchira la nuit, révélant un corps sombre et lisse debout sur la berge et une paire d'yeux braqués dans leur direction. Cette fois, Tad put voir leur couleur. Le blanc vitreux qu'il avait aperçu entre les paupières du cadavre était leur couleur normale. Ces wyrsa avaient des regards de morts. Il en eut la chair de poule.

Le griffon prépara son sort. Inutile de frapper sans préparation…

Si la créature voulait bien se rapprocher et se pencher un peu… Un autre éclair illumina la rivière ; le wyrsa n'avait pas bougé.

Pas encore… Pas encore…

Maintenant !

Tad frappa. Il vit la créature sursauter, ses yeux s'arrondissant de surprise…

Au lieu de tomber raide, assommé, le wyrsa brilla un moment. Dague émit un petit cri étouffé ; le griffon sut qu'elle avait vu la même chose que lui.

Une soudaine faiblesse, doublée d'une sensation de vertige, le terrassa. Il dut cligner plusieurs fois des yeux pour s'éclaircir la vue.

Le wyrsa ouvrit la gueule. Puis il disparut dans le sous-bois. Aucune créature naturelle n'aurait pu bondir ainsi.

Il était parti, emportant l'énergie du sort jeté par le griffon. S'il l'avait détournée, elle aurait été toujours là, en train de se dissiper. Mais le sortilège n'avait pas heurté de boucliers. Il n'avait pas été dévié…

Le monstre l'avait purement et simplement *absorbé*. Et il avait emporté avec lui une partie de l'énergie magique de Tad…

— Dieux…, souffla-t-il, sous le choc.

Maintenant, il savait ce qui les avait frappés en plein ciel… et pourquoi les wyrsa les avaient pris en chasse.

Ce n'était ni un mage renégat ni un phénomène naturel qui leur avaient volé leur magie, mais les wyrsa ! Ils absorbaient la magie, qui les rendait plus puissants.

Dague le secoua.

— Que s'est-il passé ? *Que se passe-t-il ?*

Tad se secoua pour répondre. La jeune femme en savait assez sur la magie pour qu'il n'ait pas à se répéter.

— Oh, déesse… souffla-t-elle, aussi sonnée qu'il l'était.

Redevenant elle-même, elle résuma la situation en quelques mots.

— Ils connaissent notre odeur, ils veulent nous tuer et ils savent que tu es un mage. (Elle le regarda, les yeux écarquillés.) Nous allons devoir les massacrer, sinon nous ne nous en débarrasserons jamais !

CHAPITRE IX

Tad défia les wyrsa debout sur l'autre rive. La meute lui répondit en montrant les dents et en grondant. Cette fois, ils ne firent pas mine de disparaître. Le griffon eut l'impression qu'ils le narguaient.

Logique. A la distance où ils étaient, ils n'avaient aucune raison de croire qu'il pouvait les atteindre avec autre chose qu'un sort. Et ils *désiraient* qu'il se serve de sa magie contre eux.

Allez, stupide griffon, jette-nous un sort ! Fournis-nous l'énergie dont nous avons besoin !

Tad avait vérifié l'équipement. La pierre qu'il avait transformée en lampe et l'allume-feu ne contenaient plus d'énergie magique. S'il avait eu besoin d'une preuve pour lui confirmer que les wyrsa étaient bien les voleurs, il en aurait eu une.

Je me demande ce que papa ferait ?

Mais Skan ne se serait jamais trouvé dans cette situation. Et sa solution n'aurait pas forcément été la bonne, puisqu'elle aurait sans doute impliqué un grand nombre de combats. Pour le moment, Tad n'était pas en état.

Skandranon était plus connu pour ses prouesses physiques que pour son ingéniosité.

Tad, ne commence pas... Tu ne vas pas te comparer

à ton père ! La question n'est pas ce que ferait le Griffon Noir, mais ce que tu comptes faire.

Il se dressa sur ses pattes de derrière et lâcha un cri de guerre, montrant son bec et ses serres aux wyrsa. Ils cessèrent aussitôt de gronder et le regardèrent avec un certain respect.

— Ne fais plus jamais ça, dit Dague en émergeant de la grotte où elle se reposait. (Les cheveux ébouriffés, elle semblait de très mauvaise humeur.) Se réveiller en sursaut en se demandant si son équipier n'est pas en train de s'engager dans un combat à mort n'est bon pour personne.

— Ils ne semblent pas apprécier la vue de mes serres. J'espérais les intimider.

Tad étudia les wyrsa. Ils étaient sans cesse en mouvement, bondissant les uns par-dessus les autres, se retournant et se tortillant. Le griffon n'avait jamais vu de créatures dotées d'autant d'énergie et aussi déterminées à en faire usage. On eût dit qu'il leur était impossible de ne pas remuer !

La meute était sortie à découvert au moment où la pluie avait commencé à tomber. Si l'humidité la dérangeait, ça ne se voyait pas.

Mais pourquoi cela aurait-il ennuyé les monstres ? Tad avait présumé que c'était le cas, mais il n'avait aucune preuve. Les wyrsa n'avaient ni plumes ni poils. Le seul effet de l'eau sur leur corps, c'était de les rendre luisants.

— Ils n'ont pas l'air si intimidés que ça, souffla Dague. (Puis elle fronça les sourcils et plissa les yeux.) D'un autre côté… c'est une excellente stratégie défensive, non ?

Tad regardait la peau luisante des chasseurs. Leurs mouvements semblaient dessiner des figures sans cesse changeantes.

— Entassés comme ils le sont, j'aurais plutôt pensé que ça faisait d'eux une cible facile.

Il continuait de les étudier. Soudain, il secoua la tête. Leur « danse » hypnotique avait failli le plonger en transe ! Il jeta un coup d'œil à Dague. Elle haussa les épaules.

— D'accord, mais c'est efficace si ça endort l'adversaire.

Elle eut un petit sourire qui mit à Tad la puce à l'oreille. Il avait déjà vu ce sourire. Généralement, il annonçait des ennuis… pour l'ennemi.

— Voyons si nous pouvons tirer parti de leur ruse. Reste ici et impressionne-les, d'accord ? J'ai besoin que tu les « amuses ».

La jeune femme rentra dans la grotte. Les wyrsa continuèrent leur manège sous l'œil désormais averti de Tad. Il n'était pas près de se laisser avoir une deuxième fois ! Comptant mentalement, il détournait les yeux toutes les dix secondes.

— Baisse-toi ! dit la voix très calme de Dague dans son dos.

Le griffon obéit. Une bille de plomb siffla au-dessus de sa tête. De l'autre côté de la rivière, un wyrsa glapit, puis mordit son voisin. Celui-ci se vengea aussitôt de cette attaque injustifiée. Les deux adversaires se firent face, babines retroussées… la « danse » perdit de son efficacité.

Une seconde bille de plomb atteignit un troisième wyrsa, qui se jeta dans la mêlée. C'en fut trop pour les autres, qui s'y joignirent aussi. La meute ne fut bientôt plus qu'une boule de corps lisses et luisants, de gueules ouvertes et de crocs brillants. Un seul wyrsa s'en arracha, sifflant et crachant. Il recula puis tourna son regard blanc vers les deux Argents. Dague le visa ; il tomba sur le flanc, en silence, pendant que les autres continuaient de se battre.

La jeune femme sortit de l'ombre, l'air satisfait.

— Je me demandais à quel point cette meute était soudée… et combien de temps il lui faudrait pour associer à notre présence les projectiles d'une arme à longue portée. Je doute qu'ils aient jamais eu affaire à une chose pareille.

A cet instant, un autre wyrsa apparut et poussa un cri à mi-chemin entre un sifflement et un grondement. Les autres cessèrent de se battre et s'aplatirent sur le sol en signe de soumission. Le nouveau venu les ignora. Il se retourna pour renifler celui que Dague avait assommé et lui mordilla une patte, le poussant à se relever.

— On dirait que le chef vient d'arriver, murmura Tad.

L'animal tourna la tête et le foudroya du regard, le pétrifiant. Le griffon n'aurait pas pu remuer un cil. Le chef de meute retroussa les babines, une lueur malsaine dans les yeux.

Tad se sentait comme un oiseau pris au piège du regard d'un serpent. Une sensation horrible, qui le glaça jusqu'à la moelle.

A cet instant, Dague s'interposa entre son partenaire et le wyrsa. D'une voix claire et calme, elle lui suggéra de faire certaines choses très mal vues et sans doute impossibles — biologiquement parlant — avec sa mère, quelques objets domestiques et un poisson mort.

Tad cligna des yeux, son cerveau revenant à la vie. Il n'avait pas imaginé que l'éducation de Dague ait pu être *si* libérale !

Le chef de meute n'avait sans doute pas compris les mots, mais il sembla avoir saisi leur sens. Il se ramassa sur lui-même, comme s'il voulait relever le défi et bondir par-dessus la rivière — ou la traverser à la nage.

Dague fit voler une quatrième bille de plomb... qui l'atteignit au bout du museau, lui brisant un croc. Le wyrsa poussa le cri affreux que Tad avait entendu la nuit où ils en avaient blessé un.

L'animal se tourna en glapissant vers ses congénères ; un instant plus tard, tous eurent disparu.

Dague rangea sa fronde, puis massa son bras blessé.

— J'ignore si c'était une bonne ou une mauvaise idée. Désormais, nous ne pourrons plus les dresser les uns contre les autres. Mais ils savent que nous disposons d'une arme qui peut les atteindre sur leur rive.

— Et tu as fait une forte impression sur le chef de meute, dit Tad.

— Je voulais qu'elle sache qui d'elle ou moi est la plus méchante. Tu avais remarqué que c'était une femelle…

— En fait, non, avoua le griffon en rougissant. (Ensorcelé par la créature, ce détail lui avait échappé.) Mais ce n'est pas mon type.

— Je me demande si elle reste ici avec ses petits pour nous faire payer la mort de l'un eux… Ou parce qu'elle est tombée amoureuse de toi. Ou plutôt de ton superbe… corps.

Ses yeux brillaient de malice.

Je ne sais pas si elle s'en aperçoit, mais elle va beaucoup mieux. Dois-je lui casser autre chose, histoire d'avoir la paix ?

— Je ne crois pas, dit-il, rougissant de plus belle.

— Ah, non ?

Elle n'insista pas… Mais s'ils s'en sortaient, Tad n'avait pas fini d'en entendre parler.

— Tu sais, si nous éliminions la femelle, la meute serait désorganisée. Les wyrsa restant seraient probablement trop occupés à se disputer la place pour penser à nous poursuivre.

Tad se gratta le crâne.

— Oui, mais pour tuer un wyrsa en particulier, il faut le voir. Avec nos pièges, nous aurons les moins expérimentés… si nous réussissons à en avoir un !

— Celui que nous avons tué était peut-être un de ses petits.

Dague se laissa tomber sur le sol sans quitter des yeux la rive d'en face. Tad se tourna pour regarder dans la même direction. Au même moment, quelque chose fit bouger un buisson. Comme il n'y avait pas de vent, il en déduisit que c'était un des wyrsa. Apercevant un bout de peau noire écailleuse, il sut qu'il avait vu juste.

— Intéressant, dit Dague en se mordillant un ongle, les yeux plissés. Je ne crois pas que nous les verrons de nouveau à découvert. Ils apprennent vite.

Si vite ? C'était impressionnant. Tad se remémora ce qu'Aubri lui avait dit au sujet de l'intelligence collective d'une meute. S'il y avait davantage de wyrsa que ceux qu'ils avaient vus, ils pouvaient être aussi intelligents qu'un makaar.

Et c'étaient des créatures très intelligentes, n'en déplaise à papa.

Le buisson s'agita de nouveau ; il aperçut un autre bout de peau écailleuse.

Un croisement entre un lévrier et un serpent... Je peux difficilement imaginer une créature plus bizarre, même si Dague prétend que je n'ai aucune imagination.

Je me demande ce qu'ils voient avec leurs yeux étranges. Ont-ils une excellente vision nocturne ? Ce film blanc est-il une protection contre la lumière du jour ? « Voient »-ils la magie ? La sentent-ils ?

— Je voudrais bien savoir comment ils nous voient, dit Tad à voix haute, d'un ton pensif.

— Jusqu'à ce que je sorte ma fronde, je devais leur paraître inoffensive. Toi, ils te prennent sans doute pour un morceau de choix. Après tout, tu es une créature magique, ce qu'ils sentent probablement.

— Tu veux dire... qu'ils pourraient s'intéresser davantage à moi qu'à toi ?

— Ils te garderaient en vie le plus longtemps possible, pour pomper ton énergie magique chaque fois que tu en aurais reconstitué.

Il n'avait pas pensé à ça.

Ce n'était pas rassurant.

Ambredragon s'essora les cheveux en attendant des explications du chef de l'expédition. Le brouillard les enveloppait. Ils ne voyaient pas à plus de quelques pas.

— J'aimerais savoir ce qui s'est passé, ici, marmonna Regin, les yeux levés vers les deux leurres trempés. Aucune piste ne partait du camp, comme s'ils avaient voulu la brouiller. Pourtant, rien n'indique qu'ils étaient suivis. Et voilà que nous trouvons ça.

Le sol était piétiné au pied de l'arbre dont des morceaux d'écorce avaient été arrachés à coup de griffes. Mais il n'y avait pas trace de sang. Ils avaient trouvé un piège déclenché, mais rien n'indiquait qu'il avait pris quelque chose.

Ils auraient cru qu'un gros prédateur avait marqué son territoire s'ils n'avaient pas vu les leurres. L'un avait la forme d'un griffon et l'autre d'un humain.

Tout ça ne nous aide pas à comprendre…

— Ils ont peut-être été pris en chasse par des gros prédateurs ? avança le *kestra'chern*. Ce n'est pas parce que nous n'en avons pas la preuve qu'il faut ignorer cette hypothèse. Ça expliquerait pourquoi ils n'ont pas laissé de piste… et pourquoi ils ont quitté leur premier camp.

C'était la première trace des enfants qu'ils découvraient depuis qu'ils avaient décidé de retourner vers la rivière. Dragon voyait ça comme un signe favorable. Ils savaient maintenant que le duo était arrivé jusque-là… et qu'ils allaient dans la bonne direction.

— Peut-être. Mais pourquoi des leurres ? (Regin tournait autour de l'arbre.) La plupart des prédateurs chassent à l'odorat et auraient pu les pister jusqu'à leur abri…

— N'étant pas chasseur, je n'ai pas la réponse, admit Ambredragon.

Il se tut.

Skan prit le relais.

— Les créatures qui ont fait ça étaient des animaux... En tout cas, elles ne se sont pas servies d'outil. Il est possible que Dague et Tad aient pénétré sur leur territoire et placé ces leurres pour les occuper.

— Peut-être, concéda Regin. Les traces ne me disent rien... J'avoue que ça m'arrive souvent depuis notre entrée dans cette maudite forêt. J'en suis arrivé à me demander comment on peut y survivre sans branchies...

Il souleva son paquetage et reprit son chemin. Ambredragon lui emboîta le pas, mais Skan s'attarda un instant.

— Je n'aime pas ça, grommela-t-il en rejoignant son ami. Je n'aime *vraiment* pas ça. J'ignore quoi, mais quelque chose m'a semblé anormal...

— Je n'en sais pas assez sur les prédateurs pour t'aider, répondit le *kestra'chern*, agacé.

Il ne cessait de se répéter que les enfants allaient bien. D'accord, les traces de leurs poursuivants étaient impressionnantes, mais ils leur avaient échappé.

— Les créatures qui ont laissé ces marques doivent être de la taille d'un cheval... Si j'avais ce genre de monstres à mes trousses, je placerais des leurres dans un arbre et je dormirais dans les branches d'un autre.

A moins d'être trop mal en point pour grimper... Mais dans ce cas, comment les leurres seraient-il arrivés là-haut ?

— Mais, oui, c'est ça ! s'écria Skan. Je n'ai senti aucune magie résiduelle sur les leurres ! Pourtant, Tad est assez puissant pour placer une illusion sur deux malheureux mannequins de lianes... Si je mettais des leurres dans un arbre, je m'arrangerais pour qu'ils aient l'air aussi vrais que possible. Pourquoi n'en a-t-il rien fait ?

— Peut-être en était-il incapable ? suggéra Dragon. Si l'énergie magique de leur nacelle et de leur équipement a été absorbée, il est possible qu'il soit également privé de la sienne.

— Oh, fit Skan, un peu surpris.

Après réflexion, il acquiesça. Ambredragon en fut ravi, parce qu'il y avait une autre solution, plus sinistre...

Il est possible que Tad n'ait pas utilisé la magie parce qu'il n'est pas en état de le faire.

Mais les leurres étaient restés dans l'arbre deux jours. Autrement dit, les jeunes gens ne pouvaient pas être trop gravement blessés, car ils avançaient vite pour des fugitifs soucieux de brouiller leur piste.

Ambredragon préférait ne pas penser à l'effet qu'aurait la perte de son énergie magique sur un griffon... Le même qu'une lente hémorragie ? Cela affecterait-il sa faculté de pratiquer la magie ? Et s'il n'était plus du tout un mage ?

Les griffons étaient des créatures magiques pour une bonne raison, sinon pourquoi Urtho les aurait-il faits ainsi ? Si le Mage du Silence avait commis quelques erreurs, tout le monde s'accordait à dire qu'ils étaient son chef-d'œuvre. Ils fabriquaient de l'énergie magique à chaque inspiration ou battement d'aile. Elle permettait à leur corps de fonctionner, nettoyant leurs organes et les aidant à voler. Le *kestra'chern* ignorait ce qui arriverait si un griffon en était privé trop longtemps. Peut-être subirait-il une lente dégénérescence, comme sous l'effet d'un poison ?

L'équipe de secours avançait en file indienne, évitant de se perdre de vue.

Les enfants sont passés par là, nous en sommes sûrs, se rappela Ambredragon. *Ils ont avancé régulièrement et de manière réfléchie. S'ils ont des ennuis, le seul endroit où ils ont pu se réfugier, c'est au bord de la rivière. Là, ils savaient pouvoir trouver un abri, de l'eau et de la nourriture. Ils se débrouillent bien, surtout s'ils sont poursuivis par des prédateurs.*

Etait-ce pour cela qu'ils n'avaient pas vu de gros gibiers ? Ils avaient fait part de leur découverte par téléson aux autres équipes de recherche. Le mage Filix *pensait* avoir réussi à les contacter, mais sans énergie magique pour soutenir son effort, il ne pouvait pas en être certain. Enfin, que les enfants aillent au sud ou au nord en suivant la rivière, quelqu'un se portait à leur rencontre.

Leur équipe avait pris par le nord, sachant que celle d'Ikala remontait vers eux.

Maudit brouillard ! Il me rend encore plus nerveux que la pluie. Si... quand nous rentrerons de cette expédition, je ne quitterai plus jamais la ville, je le jure ! Sauf pour en visiter une autre. Pour moi, on peut bien enterrer à jamais le concept d'« expérience de la vie sauvage » !

Dragon n'avait pas oublié l'enfer qu'ils avaient vécu pour arriver à l'emplacement de Griffon Blanc. En se portant volontaire pour cette mission, il savait ce qu'il faisait.

Je le croyais... Mais je suis trop vieux pour crapahuter dans les bois. Je comprends pourquoi Judeth et Aubri sont restés à Griffon Blanc. Ils doivent me prendre pour un fou d'essayer de rivaliser avec les jeunes. Me laisser partir était sans doute le meilleur moyen pour Judeth de se venger de mes menaces...

Mais Dague n'était pas la fille de Judeth ni Tad le fils d'Aubri.

Non, et je préfère être ici que là-bas, bien au chaud et à l'abri. Au moins, j'agis. Bichehivernale et Zhaneel doivent éprouver la même chose, sinon elles seraient restées à la maison.

Le brouillard lui tapait sur les nerfs, mais ce n'était

pas tout. Il lui semblait apercevoir de grandes silhouettes du coin de l'œil. Et il se sentait observé. C'était idiot, bien sûr, juste son imagination…

— Dragon, murmura Skan, je ne sais pas ce que c'est, mais quelque chose nous suit et nous épie. Je le sens… et j'ai vu plusieurs fois des silhouettes dans le brouillard.

— Vous en êtes sûr ? demanda Regin, qui avait ordonné une halte en entendant le griffon chuchoter. Bern aussi a cru voir quelque chose…

— Alors, nous sommes trois, annonça Dragon d'une voix ferme. Moi aussi j'ai vu des silhouettes se découper dans le brouillard. Les créatures qui ont piétiné autour de l'arbre ?

— Si c'est le cas, je préfère qu'elles nous fichent la paix tant que le brouillard ne sera pas levé, dit le chef de l'expédition. Mais je doute qu'elles passent à l'attaque. Nous n'avons montré aucun signe de faiblesse.

— La plupart des gros prédateurs n'aiment pas s'en prendre à des groupes, dit Bern. Ils préfèrent les proies isolées.

Dragon dut avoir l'air sceptique, car Regin lui flanqua une grande tape dans le dos, sans doute pour le rassurer. Il réussit surtout à lui couper le souffle !

— Nous sommes trop nombreux, insista Regin, très confiant. Et aucun de nous n'est blessé. Nous n'avons rien à craindre. Ils se contenteront de nous suivre jusqu'à ce qu'ils aient trouvé une proie plus facile.

Ambredragon haussa les épaules.

— C'est vous le chef, dit-il.

Regin sourit. Sagement, il ne glosa pas sur le sujet.

Le *kestra'chern* continua de sentir des yeux braqués sur lui et d'imaginer des créatures aussi grosses que des chevaux, avec des serres comme celles qui avaient labouré la terre au pied de l'arbre. Un groupe composé de sept humains et un griffon leur semblerait-il si important que cela ? D'ailleurs, combien y avait-il de créatures dissimulées dans la brume ?

— Tu ne vas pas aimer ça, murmura Skan en tournant la tête dans toutes les direction comme une chouette affolée. Je crois que nous sommes encerclés.

Ambredragon frissonna. Il avait eu raison de ne pas partager la confiance de Regin.

Au même moment, celui-ci signala une autre halte. Bern lui chuchota quelque chose à l'oreille.

Le chef de l'expédition se tourna vers Skan.

— Bern dit que nous sommes encerclés. C'est la vérité ?

— Oui. Et nos poursuivants ne se montrent pas seulement curieux. Ils ne nous laisseront pas aller plus loin sans nous battre.

Regin se rembrunit, comme si Skan l'avait défié, mais il se tourna vers le brouillard avant de répondre.

— Le général Judeth dit que la meilleure défense, c'est de prendre l'offensive... Mais à quoi bon tirer des flèches sur un ennemi invisible.

— La pluie commencera à tomber dès que le brouillard se lèvera, chef, fit Bern. Elle nous empêchera aussi de les voir. Et on ne peut pas tirer avec une corde d'arc mouillée.

Regin regarda Filix.

— Pouvez-vous découvrir de quel genre de créature il s'agit ? Voire les faire déguerpir ? Je ne veux pas perdre plus de temps qu'il n'est nécessaire.

Le mage haussa les épaules.

— Peut-être. Je peux essayer. Si je réussissais à en assommer une, nous l'étudierions. Or, je n'ai pas besoin de voir une chose pour l'assommer, juste de savoir où elle est.

Regin écarta les mains.

— C'est vous le mage. Essayez !

Ambredragon ouvrit la bouche pour protester, mais il se ravisa. Que savait-il de la magie ? Rien de plus que des habitudes des prédateurs. Si leurs poursuivants étaient simplement curieux, en assommer un pour l'examiner ne changerait rien. S'ils avaient l'intention de les dévorer, voir tomber un des leurs pouvait les pousser à réfléchir. Le temps que les chasseurs recouvrent leur courage, ils seraient déjà loin.

Skan ouvrit le bec — le *kestra'chern* comprit qu'il avait aussi l'intention de protester —, mais trop tard. Filix avait repéré quelque chose et lui avait jeté un sort.

Le résultat fut surprenant…

Une ombre brilla soudain au cœur de la brume. Ambredragon éprouva au creux de l'estomac une curieuse sensation, mi-vertige, mi-désorientation. Au même instant, Filix et Skan jurèrent tout bas.

— Quoi ? lâcha Regin. *Quoi ?*

— Elle a dévoré mon sort…, commença Filix.

Skan l'interrompit en agitant frénétiquement le téléson qu'il portait autour du cou.

— Et le téléson ! rugit-il. Ces créatures sont responsables de l'accident de Tad et de Dague et nous leur avons donné ce qu'elles voulaient !

Skan se félicitait qu'ils aient prévenu les autres équipes de leur découverte *avant* que leur téléson ne devienne un « collier » inutile. Quand ils s'arrêtèrent pour camper, ce soir-là, ils durent se rendre à l'évidence : ce n'était pas le seul artefact à avoir souffert. Tout leur équipement magique était inutilisable.

Pourquoi les créatures avaient-elles attendu si longtemps avant d'agir ? C'était la question que tous se posaient. Avaient-elles attendu de rassembler leur courage ? Ou appelé des renforts ?

Peut-être s'étaient-elles contentées d'attendre qu'ils leur jettent un sort pour passer à l'action…

— Je ne suis pas responsable, se défendait sans cesse Filix. Comment aurais-je pu savoir ?

Effectivement, il ignorait que le voleur de magie

était une meute de créatures étranges. Mais puisqu'il *savait* que quelque chose, dans cette forêt, volait l'énergie magique, jeter un sort n'avait pas été très malin.

Skan était sur le point de le dire au moment où le mage avait lancé son attaque.

Il ne leur restait plus qu'à subir les conséquences de leurs erreurs. Ils allaient devoir monter les tentes — et couper des branches pour les soutenir —, faire du feu avec un instrument classique et d'autres choses encore dont ils n'auraient pas eu à se soucier en temps normal.

Avec un peu de chance, les créatures ne profiteraient pas de l'occasion pour les dévorer…

Si les tentes les gardaient à l'abri de l'humidité, elles n'étaient plus aussi imperméables qu'avant. Et elles n'éloignaient plus les insectes. Skan se demanda combien il faudrait de temps à Regin pour s'aviser que leurs rations étaient également protégées de la pluie et de la vermine par la magie. Mais s'il devait manger du pain de voyage détrempé et infesté de vers, ça serait bien fait !

Les deux tentes partageaient un « porche » en toile. S'il lui manquait un côté, il gardait leur feu au sec. Les sept hommes et le griffon s'étaient rassemblés autour. La pluie tambourinait sur la toile, au-dessus de leurs têtes.

— Tout va bien, dit Regin alors qu'ils prenaient place à huit dans un espace fait pour quatre. Inutile de nous inquiéter. Nos tentes nous protègent toujours de l'humidité, le bois que nous ramassons brûle bien et il nous reste l'aiguille-du-nord — qui n'est pas magique !

« Nous avons rejoint la rivière. Bientôt, nous trouverons les deux Argents disparus. Si une autre équipe y parvient avant nous, elle essaiera de nous contacter et comprendra ce qui nous est arrivé. Si nous les retrouvons les premiers, nous suivrons la rivière pour retourner au camp de base…

Skan ne partageait pas cet optimisme, mais il se garda de le dire. Regin était leur chef. Mieux valait ne pas le contredire devant ses hommes, pour ne pas les démoraliser.

Nous ne sommes pas en temps de guerre. Et nous savons maintenant que les voleurs de magie sont une meute d'animaux, pas une force ennemie. En restant prudents, nous devrions nous en sortir intacts... et avec les enfants.

— Ce soir, je double la garde : quatre hommes, dont un mage, à chaque tour.

Regin obtint quatre volontaires sans que Skan ou Dragon ne lèvent la main.

Le griffon n'avait pas la moindre intention de se proposer. Désireux de se racheter, Filix avait été si rapide qu'on aurait pu croire qu'il l'avait devancé. Skan se demanda ce qui pouvait se passer dans la tête du jeune mage. Pourquoi se porter volontaire ? Il n'avait rien d'un combattant. Et jeter des sorts à des créatures dévoreuses de magie était idiot !

Pas question d'en lancer un avant que nous soyons débarrassés de ces créatures ! *Si elles absorbent la magie, mieux vaut supposer qu'elle les rend plus fortes. Et plus elles sont fortes, plus nous risquons d'être attaqués.*

Même si Filix n'avait pas d'arme naturelle, contrairement à un griffon, il pouvait se servir d'un arc...

Il pourrait même se révéler très doué... à condition de penser avant d'agir.

Skan aurait voulu parler à Filix, mais une première tentative, plus tôt dans la journée, s'était soldée par un échec. Il pensait que le griffon dramatisait. C'était toujours la même chose avec les jeunes mages d'après le Cataclysme. Ils pensaient que la magie résolvait tout. Il leur restait à apprendre qu'elle était un outil et qu'on pouvait s'en passer en cas de nécessité. Les choses étaient moins faciles sans elle. Et alors ?

Etoileneige devrait les forcer à vivre une année sans s'en servir.

Regin hocha la tête, satisfait.

— Bien. Périmètre réduit — inutile de garder trop de terrain. Si vous avez une cible, n'hésitez pas à en profiter. Si nous réussissons à leur faire peur, les créatures nous ficheront peut-être la paix ?

Ou ça les poussera à attaquer ?

Skan dut se rappeler qu'il n'était *pas* le chef. Mais il décida de dormir entre Dragon et la toile de tente… D'un sommeil léger !

Bizarrement, il réussit à réveiller ses vieux réflexes de guerrier et à se reposer en gardant l'œil ouvert. Regin prenait la situation à la légère, pensant avoir affaire à de « vulgaires animaux ». Il était fier parce qu'ils avaient fait preuve d'ingéniosité et trouvé des substituts à tous leurs outils magiques.

Ce n'est pas le problème ! pensa Skan. *Le hic, c'est qu'il y a des créatures hostiles qui se nourrissent de magie ! Quel bien nous fera notre ingéniosité, si elles se décident à attaquer ?*

La pluie s'arrêta de tomber. Le feu mourut, laissant la seule lumière rougeoyante des braises. Alors que le camp s'endormait, les « vulgaires animaux » prouvèrent qu'un groupe de huit individus ne leur faisait pas peur.

Skan se réveilla en sursaut en entendant un corps tomber, puis des jurons étouffés et le bruit caractéristique de la corde d'un arc. Ce n'était pas Filix. Le mage était étendu sur le dos, devant la tente du griffon, essayant de reprendre son souffle.

Les trois humains qui n'étaient pas de garde sortirent précipitamment. Skan était déjà sur ses pattes, prêt à en découdre.

Regin tira le mage à l'abri.

— Que s'est-il passé ? demanda Skan.

Les deux combattants ressortirent pour prêter main-forte à leurs compagnons, laissant le griffon, Dragon et leur chef s'occuper de Filix.

Le *kestra'chern* se précipita au côté du jeune mage.

Regin secoua la tête.

— Je l'ignore, avoua-t-il. Il a vu quelque chose bouger. Je crois qu'il avait l'intention de jeter un sort — il a marmonné quelque chose au sujet de ses boucliers — puis il s'est écroulé. J'ai tiré sur l'ombre, mais je ne crois pas l'avoir touchée.

— Il a été vidé de sa magie, dit Ambredragon, les mains toujours sur la poitrine de Filix. J'ai déjà vu ça, pendant la guerre, quand des mages tiraient trop sur la corde.

Je m'en souviens, pensa Skan. *C'était sur l'ordre d'un commandant incompétent…*

— La différence, c'est que Filix n'a pas présumé de ses forces. Il a été piégé par le biais du sort qu'il jetait. Ayant déjà goûté à sa magie, les créatures ont pu passer ses boucliers et le vider de son énergie, comme avec le téléson.

— Stupide fils de… (Regin ravala l'insulte.) Va-t-il s'en sortir ?

— Peut-être. Probablement. A condition de ne plus donner une chance aux créatures de se nourrir de sa magie. (Dragon avait l'air en colère et un peu écœuré ; Skan ne pouvait pas l'en blâmer.) Je ferai ce que je peux pour lui, mais ça ne sera pas grand-chose. Dame Cinnabar elle-même ne ferait rien de plus. Il a besoin de repos, de repos, et encore de repos. Je doute qu'il reprenne conscience avant demain, et il aura la plus grosse migraine de sa vie… Pendant plusieurs jours.

— Nous voilà avec une sentinelle de moins… (Regin secoua de nouveau la tête.) Stupide…

Il regarda Skan, qui se redressa, très digne.

— *Je* ne suis pas stupide au point de jeter un sort à

proximité de ces créatures ! En cas de besoin, j'emploierai des méthodes plus directes pour défendre notre camp.

Ce crétin de mage pensait être en sécurité derrière des boucliers. Il ne lui est jamais venu à l'esprit que les boucliers sont magiques — et qu'ils tirent directement leur puissance du mage qui les génère. Il a jugé inutile d'employer une défense plus complexe, imaginant que ses boucliers suffiraient à contenir toute attaque de ces créatures…

Le résultat — prévisible — ne s'était pas fait attendre…

Le griffon tira Dragon dans la tente qu'ils partageaient.

— Notre place est ici, dit-il au *kestra'chern*. Lui, il restera là-bas.

— Regin pourra-t-il le surveiller ? demanda Ambredragon.

Skan secoua la tête.

— Quelle importance ? Tu ne peux rien faire de plus pour lui ! Et si ces créatures nous attaquent, nous aurons mieux à faire que défendre un mage inconscient.

La vérité, aussi dure et cruelle soit-elle… Ils étaient en guerre, n'en déplaise à Regin.

Dragon l'avait compris. Il grimaça, mais n'émit aucune protestation.

Leur priorité était de retrouver les enfants. Faire la part du feu, il connaissait…

Quelques instants plus tard, la seconde attaque se produisit.

Sans avertissement.

Ils n'eurent pas le temps d'éteindre la lanterne et de se rallonger.

Skan entendit Bern crier. Au même instant, une forme sombre déchira la toile et pénétra dans leur tente, renversant la lanterne et les plongeant dans le noir.

Jusqu'à ce que l'huile s'enflamme.

Le griffon renversa Dragon et se plaça devant lui pour défendre leurs peaux.

Skan ignora ce qui se passait hors de la tente. Pour lui, rien n'existait plus que cet espace clos. Il se concentra sur les courants d'air, les sons, les mouvements produits par ses adversaires. Ses serres griffèrent plusieurs fois ce qui semblait être de la peau écailleuse. Chaque fois qu'il le put, il ferma le poing, pour arracher un morceau de chair. Même s'il leur fit mal, les créatures émirent seulement quelques sifflements.

Aussi vite qu'elle avait commencé, l'attaque cessa. Le griffon n'était pas essoufflé et il n'avait pas eu le temps de s'échauffer.

Les créatures s'étaient évanouies dans la nature.

Skan resta campé devant son ami. Le *kestra'chern* avait eu le bon sens de rester tranquille. Quand il bougea, ce fut pour éteindre le feu avec une couverture et redresser la lanterne.

— Elles sont parties ? demanda Ambredragon.

— On dirait, répondit Skan.

Alors, il entendit les gémissements des blessés.

Bern appela.

— Nous sommes là ! répondit Dragon en rallumant la lampe avec un coin de couverture fumant. Nous allons bien… je crois.

— Vous avez plus de chance que nous, dit tristement l'éclaireur. Pourriez-vous venir m'aider ? Si je relâche le garrot, autour de ma cuisse, je me viderai de mon sang.

Ambredragon jura entre ses dents. Il se releva tant bien que mal, rassembla le kit médical et sortit de la tente. Skan lui emboîta le pas.

Quand ils eurent rallumé les lanternes pour constater l'étendue des dégâts, ils découvrirent que Regin et

Filix avaient péri. Probablement morts sur le coup, sans comprendre ce qui leur arrivait.

Au moins, ils ont eu une fin rapide.

Il ne restait pas grand-chose des deux hommes. Avec du sang partout, il était difficile de dire quel morceau de membre ou de tronc appartenait à qui.

Skan quitta précipitamment la tente, les images des victimes de Hadanelith lui dansant devant les yeux.

Et de celles de Ma'ar…

Je suis censé avoir l'habitude de ce genre de chose, mais peut-être ai-je vu trop de morts et trop de souffrances. Ou ne suis-je pas aussi endurci que je le croyais ? C'est une chose de faire la part du feu… et une autre de perdre des compagnons. Nous avons été pris par surprise, malgré toute l'expérience que j'ai accumulée.

Ambredragon sortit un peu plus tard. Son expression pensive surprit Skan. Alors que les hommes s'occupaient d'empaqueter ce qui restait des deux corps, il tira le griffon à l'écart.

— Ces créatures sont-elles de simples animaux ? demanda-t-il.

Skan cligna des yeux.

— Elles se battent comme des bêtes, répondit-il. Elles n'ont pas d'armes, seulement des griffes, des crocs et… une rapidité hors du commun. Je n'avais rien vu d'aussi vif depuis que les makaars se sont éteints.

« Pas étonnant que nous n'ayons pas aperçu de gibier. Elles ont tué tout ce qu'il y avait dans les parages. Nous aurions dû savoir qu'elles nous attaqueraient pour se nourrir. Sans proie, elles doivent être affamées. Des prédateurs aussi féroces et aussi gros ne peuvent pas survivre avec des lapins et des serpents à se mettre sous la dent !

Dragon hocha la tête, comme s'il avait su d'avance ce que lui répondrait son ami.

— Dans ce cas, pourquoi n'ont-elles pas emporté leurs victimes pour les manger à leur aise ? Et pourquoi se sont-elles contentées de tuer deux hommes ?

Skan ouvrit le bec pour répondre, puis le referma avec un claquement sec.

Oui, pourquoi, si ce sont seulement de très gros prédateurs qui peuvent absorber la magie ?

— Peut-être n'avons-nous pas bon goût ?

— Peut-être... Mais ça n'empêche pas les lions affamés de devenir mangeurs d'homme. J'ai le sentiment... que ces choses ont un plan. Elles n'ont pas l'intention de nous laisser partir. Skan, elles sont pires qu'il n'y paraît.

— Et moi qui les trouvais déjà assez féroces..., grommela le griffon. Mais je vois ce que tu veux dire.

Bern, nouveau chef de l'expédition, décida qu'ils ne dormiraient pas plus cette nuit-là. Ils restèrent assis en cercle jusqu'à l'aube, dos à dos, arme à la main.

Une nuit longue, froide et terrifiante. Chaque fois qu'une goutte d'eau atterrissait sur le sol, l'un d'eux sursautait. Dès qu'une ombre remuait, ils bondissaient sur leurs pieds, prêts à se défendre jusqu'à la mort.

Skan n'avait jamais vécu de nuit plus horrible que celle-là, même pendant la guerre, et il priait pour que personne n'eût jamais à refaire cette expérience. Le Col de Stelvi était un pique-nique comparé à une attente sans fin dans le froid et l'humidité. Il se demandait comment Dragon pouvait supporter cette angoisse. Lui y parvenait à peine, alors qu'il savait pouvoir s'envoler et trouver refuge dans les branches. Et il savait se défendre. Le *kestra'chern* n'était pas un combattant. A sa place, le griffon aurait été fou de terreur.

A l'aube, Bern donna l'ordre de se remette en route. Ils arrivèrent très vite au bord de la rivière, qu'ils entendaient depuis la veille. Elle était en crue. De l'autre côté, rien d'autre qu'une falaise et ce qui restait d'un sentier...

— Vous n'êtes pas des combattants. Traversez la rivière et attendez-nous de l'autre côté, ordonna Bern à Skan et à Ambredragon.

Après un regard à l'eau bouillonnante, le griffon pensa à se rebeller. Ambredragon se contenta de prendre un rouleau de corde et de lui faire signe de le suivre. Debout sur la berge, le *kestra'chern* se confectionna un harnais, pendant que Bern et ses hommes montaient la garde, tournés vers la forêt. Bientôt, le brouillard recouvrirait tout. Si les créatures revenaient à la charge, ils ne les verraient pas arriver.

Dragon, expert en cordes et en nœuds, travaillait plus vite que Skan ne l'aurait cru possible, surtout en de telles circonstances. Ses doigts volaient littéralement sur son ouvrage. Mais le temps dut quand même paraître long aux quatre combattants blessés.

— Dépêchez-vous ! cria Bern.

Le *kestra'chern* l'ignora. Il se tourna vers Skan.

— Tu ne peux pas me porter de l'autre côté, mais m'y tirer. Quoiqu'il arrive, je n'échapperai pas à ce harnais.

Il attacha le bout de la corde à un tronc, au bord de l'eau, sans rien ajouter. Mais c'était inutile. Son plan était très clair.

Le harnais lui permettrait de nager et d'être tiré facilement, ce que ferait Skan en volant au-dessus de la rivière. Dès que Skan aurait rendu ce service à son ami, celui-ci attacherait son extrémité de la corde sur l'autre rive et les quatre combattants les rejoindraient.

A condition qu'il n'y ait pas des créatures de l'autre côté de la rivière…

Si cette dernière pensée traversa également l'esprit de Dragon, il n'en montra rien. Sans hésiter, il se jeta à l'eau. Skan eut juste le temps d'attraper le bout de corde relié au harnais. Le courant était si fort qu'il faillit perdre l'équilibre. Puis il se lança dans les airs.

La tête d'Ambredragon disparut sous l'eau une seconde. Puis il revint à la surface, toussant et crachant.

— C'est plus sec ici que dans la forêt !

Le griffon ne fut pas mécontent que son ami soit un si bon nageur. Malgré la gravité de leur situation, il se permit un sourire. Le *ketsra'chern* réussissait à garder la tête hors de l'eau ; Skan n'avait qu'à le tirer.

Mais on croirait jouer à tirer la corde contre cinq équipages de chevaux !

Il comprit que la traversée serait bien plus difficile qu'il ne lui avait semblé.

Le griffon battait furieusement des ailes, les muscles des épaules et de la poitrine douloureux. Sous lui, Ambredragon luttait contre le courant. Parfois, il perdait la bataille, mais il s'était entraîné à nager dans les vagues, au pied des falaises de Griffon Blanc. Entre ses talents et la force de Skan, il parvenait toujours à remonter à la surface.

— Dépêchez-vous ! cria Bern. Elles arrivent !

Skan l'ignora, se concentrant sur la lutte acharnée qu'il livrait. Dragon se fatiguait. Chaque fois que le courant l'entraînait au fond, il mettait plus de temps à refaire surface.

Les deux amis étaient au milieu de la rivière quand une bataille éclata derrière eux. Cela aussi, Skan fit de son mieux pour l'ignorer.

Son monde était réduit au visage de son ami, à la corde entre ses pattes, à son corps douloureux, à la rive d'en face.

Ses poumons étaient en feu. Ses pattes de devant lui faisaient mal à force de tirer sur la maudite corde reliée à Dragon. La vision du griffon se brouilla, comme ça lui était arrivé quelques fois par le passé, quand il avait dépassé ses limites.

La rive n'était plus très loin… mais il n'avait plus une once d'énergie, de force ou d'endurance.

Il n'y arriverait jamais. Il pouvait lâcher la corde et

sauver sa peau, ou être emporté en même temps que son ami.

Non ! Il *refusait* d'abandonner alors qu'il avait presque atteint son objectif !

Allez, griffon ! S'il peut le faire, tu le peux aussi. Dragon et toi, vous êtes une équipe, tu te rappelles ? Il compte sur toi pour ne pas se noyer.

Pense à ce que te ferait Bichehivernale si tu le laissais mourir. Sans parler de Gesten…

Ambredragon a été à tes côtés toute ta vie, griffon, toute ta vie ! Il a farfouillé dans tes tripes, ton sang lui a giclé dans les cheveux chaque fois qu'il a dû remettre ta carcasse en état. Il ne t'a jamais abandonné. Cette pensée ne lui aurait jamais effleuré l'esprit.

Avec un cri de défi, il rejoignit la rive.

Il atterrit à moitié dans l'eau avec la grâce d'un canard abattu en plein vol. Grognant de douleur, il saisit la corde dans son bec et se hissa sur la berge avec son ami.

Skan aurait voulu rester immobile le temps de récupérer un peu. Mais quatre hommes comptaient sur eux, de l'autre côté de la rivière. Il se leva tant bien que mal et vit Ambredragon l'imiter en chancelant. Ensemble, ils se tournèrent vers leurs compagnons.

Ils virent des branchages cassés et piétinés, le bout de la corde que le *kestra'chern* avait attaché à un arbre et des taches rouges qui n'étaient sans doute pas des fleurs… La rive était déserte. Ne pouvant détourner les yeux, ils restèrent ainsi un long moment, appuyés l'un contre l'autre, alors que le brouillard descendait.

Ils étaient seuls.

Bientôt — une simple question de minutes — leurs assaillants trouveraient un moyen de traverser. A moins qu'il ne leur fallût très longtemps pour… manger.

Le griffon était en état de choc. Mais il avait participé à trop de combats et perdu trop de camarades pour que cela dure longtemps.

Les morts peuvent attendre. Pour le moment, tu dois trouver un abri sûr !

Dragon le regarda entre les mèches de cheveux emmêlées et trempées qui lui tombaient devant les yeux. Voyant l'espoir qui brillait dans son regard, Skan craignit qu'il n'ait perdu la raison.

— Dague…, souffla le kestra'chern d'une voix rauque.

Il fut interrompu par une quinte de toux et cracha de l'eau. Le griffon serra le poing et lui tapa dans le dos, jusqu'à ce qu'il cesse de tousser.

— Dague…, répéta Dragon. (Il montra la falaise du doigt.) Elle est par là. Je la sens. Je le jure, Skan !

Ils avancèrent en chancelant sur la rive caillouteuse. Vers le nord… où leurs enfants les attendaient.

Tad inspecta le dernier piège sans grand espoir d'y trouver quelque chose. Le premier wyrsa qu'ils avaient réussi à tuer était aussi le dernier. On eût dit que les créatures prenaient un malin plaisir à déclencher leurs dispositifs sans jamais s'y laisser prendre.

Jusque-là, les wyrsa n'avaient pas osé essayer d'affronter le dernier, la chute de pierre, à l'entrée de la grotte. Mais c'était une question de temps… Même si un ou deux de leurs adversaires devraient se sacrifier.

C'est peut-être ce qui nous sauvera…

Comme il s'y attendait, le dernier piège était vide. Bien. Ils trouveraient un meilleur usage à la corde…

Alors qu'il l'enroulait, il songea qu'il aurait aimé avoir au moins *un peu* de succès. Il avait les nerfs à fleur de peau, car il craignait que les wyrsa le vident de son énergie magique. Mais il n'avait pas osé se protéger de leur attaque derrière des boucliers… Magiques aussi, ils risquaient d'être absorbés par les créatures.

Quand ils avaient « emménagé » dans la grotte, le

griffon avait été persuadé que le fracas de la cascade couvrait tous les autres sons. A sa grande surprise, il avait découvert que ce n'était pas vrai. Habitué au bruit de l'eau courante, il parvenait à distinguer les autres… Dans une certaine mesure.

Mais il ne s'était pas attendu à entendre un bipède courir sur les rochers, à une vitesse suffisante pour se briser le cou. Un bipède qui glissait et haletait.

Et qui venait vers lui.

Ce n'était pas une attaque des wyrsa… Sauf si l'un d'eux avait trouvé et enfilé une paire de bottes de chasse.

Il eut à peine le temps d'enregistrer et de reconnaître ces bruits avant que leur source ne fasse irruption devant lui. S'il n'avait pas entendu approcher le deuxième individu, c'était parce qu'il volait, ses battements d'aile couverts par la chute d'eau.

Tadrith leva les yeux… et vit la fière silhouette du Griffon Noir se découper sur un fond de ciel gris.

— *Papa !* s'exclama le jeune griffon. Ambredragon…

— *Plus tard !* haleta Skandranon alors qu'Ambredragon passait devant son fils sans ralentir. Cours ! Nous sommes poursuivis !

Tadrith n'eut aucun besoin de demander par quoi. Skan atterrit lourdement, puis se retourna pour couvrir la retraite du *kestra'chern*. Le jeune Argent rejoignit son père. Deux griffons valaient mieux qu'un pour garder le sentier. Aucune chance que les wyrsa parviennent à passer !

Mais ils essayèrent quand même.

Le brouillard était aussi épais que du lait caillé. Les wyrsa le déchiraient de leurs griffes et de leurs crocs, essayant de mordre leurs adversaires. Mais deux d'entre eux seulement pouvaient affronter les griffons de front.

Les wyrsa étaient rapides. Tad et Skan reculèrent progressivement, se plaçant hors de portée des coups ;

Pas à pas. Attention ! Si tu glisses, tu seras déchiqueté. Remercie Urtho de t'avoir donné quatre pattes.

Ils rejoignirent la falaise à reculons. Les renforts attendaient à l'entrée de la grotte.

— Baisse-toi !

Tad obéit sans hésiter, vite imité par son père. Cette fois, ce ne furent pas seulement des billes de plomb qui passèrent au-dessus de leurs têtes, mais aussi deux couteaux. Les deux lames firent mouche. L'une fut fatale, s'enfonçant jusqu'à la garde dans la gorge d'un wyrsa qui mourut en gargouillant. L'autre pénétra dans l'épaule d'un second prédateur, qui détala en beuglant de douleur.

Tad et Skan profitèrent de ce répit pour se mettre à l'abri.

Quand ils se retournèrent pour faire face à l'ennemi, celui-ci s'était retiré.

Tad se laissa tomber sur le sol, la respiration laborieuse et le cœur battant. Son père l'imita, avec moins de grâce encore. Il s'affala dans le sable, le bec entrouvert.

— J'ai toujours su que ces couteaux de lancer me seraient utiles un jour, dit Ambredragon.

Il ne ressemblait pas à l'Ambredragon qu'avait toujours connu Tad. Ses longs cheveux emmêlés et mouillés. Ses vêtements tachés, déchirés, froissés et trempés… Son sac en piteux état…

Il portait à la ceinture une dague et un étui plein de petits couteaux semblables à ceux qu'il avait lancés.

— Oui… mais tu… as dû… apprendre à… t'en servir, répondit Skan d'une voix haletante. Toi et tes… occasions… à ne pas manquer !

— C'en était une ! insista le *kestra'chern*, indigné. J'en ai eu une douzaine pour le prix du couteau de combat que *tu* voulais que j'achète !

— Mais de celui-là, tu savais… déjà te servir !

Dague apporta de l'eau à son père et à Skan, qui burent avidement. Elle les regarda, évaluant leur état d'un œil expert.

— Inutile que je vous demande où sont les autres, dit-elle. Je crois que je le sais déjà.

Une petite lampe à huile éclairait Ambredragon et sa patiente. Dague était assise aux pieds de son père, qui examinait son épaule pendant que Tad et Skan montaient la garde à l'entrée de la grotte.

— Tu as fait du bon boulot avec l'aile de Tadrith, dit le *kestra'chern*. J'aurais aimé qu'il réussisse aussi bien avec ton épaule.

Elle comprenait maintenant pourquoi elle avait toujours mal.

— Tu ne vas pas être obligé de la recasser ? demanda-t-elle en essayant de ne pas tressaillir.

Il tapota son épaule valide. Etrange comme ce geste était réconfortant.

— Non… parce que la fracture n'a jamais été réduite. Immobilisée, oui, mais pas réduite. Je suis étonné que tu aies réussi à te débrouiller avec une clavicule dans cet état ! (Il posa le bout des doigts sur l'os fracturé.) Peut-être n'était-il que fendu, au début. Puis un geste malencontreux l'aura cassé… Ne bouge pas… Je sais que ça va faire mal.

La jeune femme fit de son mieux pour ne pas se raidir, car cela aurait été plus douloureux encore. Elle entendit un *snap !* et vit littéralement trente-six chandelles.

Quand sa vue s'éclaircit, elle était toujours assise et il n'avait pas retiré les mains de son épaule. Donc elle n'avait pas dû bouger. Elle s'adossa contre le rocher sur lequel il avait pris place.

— Reste tranquille encore un instant, dit-il. Je n'ai pas fait ça depuis longtemps…

J'avais oublié qu'il peut encore guérir... Plus assez pour être un Guérisseur, sauf dans certain cas. Jeune, il avait été envoyé par sa famille dans une école de Guérisseurs mais son Empathie l'avait empêché d'en devenir un. Pendant la guerre, il soignait n'importe qui, même les non-humains.

Ambredragon enleva ses mains de l'épaule de sa fille et soupira.

— Je suis désolé, cher cœur, mais je ne peux pas faire mieux.

— Tu en as déjà fait beaucoup, papa, crois-moi. J'espère que tu as gardé un peu d'énergie pour Tad. Pendant la guerre, tu étais spécialisé dans les traumas des griffons !

— C'est vrai... Je continuerai à travailler sur vous tout en récupérant. Malheureusement, je n'ai jamais été un bon Guérisseur et ressouder les os n'est pas ma spécialité... C'est difficile, d'autant plus que je n'ai pas appris à le faire. Si j'avais suivi le bon enseignement, dans ma jeunesse...

— Tu serais devenu Guérisseur. Dame Cinnabar aurait été ton apprentie, pas celle de Tamsin... et je ne serais pas là. Je t'aime tel que tu es, papa. Je ne t'échangerais pour rien au monde.

Pour la toute première fois de sa vie, elle s'avisa que c'était la vérité.

Dague savait que pour la guérir, son père avait dû abaisser ses boucliers. Il sentit ce qu'elle pensait grâce à son don d'Empathie. Son regard se brouilla de larmes.

Il avait besoin d'entendre ça autant que moi d'entendre son approbation ? Comment ai-je pu être aussi aveugle ? Penser que seul l'enfant cherche l'approbation de ses parents... Que je suis bête ! L'inverse est vrai aussi.

— Dague..., dit-il.

Sans le laisser finir, elle lui tendit les bras ; il fit de

même. Ils restèrent un long moment enlacés, mêlant leurs larmes.

Le *kestra'chern* s'écarta le premier. Il s'essuya le nez sur le dos de la main et réussit à lui sourire.

— Nous faisons une belle paire d'idiots sentimentaux…, commença-t-il.

— Non, une belle paire d'idiots *raisonnables*, coupa Skandranon. Même si ça semble incompatible.

« Il était grand temps, si vous voulez mon avis. Et si vous ne le voulez pas, je vous le donne quand même… Parce que je sais que j'ai raison, comme toujours.

« Dragon, dans quel état est-elle ?

— J'ai renforcé et ressoudé un peu l'os, et calmé la douleur, répondit le *kestra'chern* sans quitter sa fille des yeux. A ta place, Dague, je ne m'engagerais pas dans un corps à corps. Tu peux utiliser une lance, une fronde ou une épée — mais doucement. Pas de bouclier. Désolé, l'os ne le supporterait pas.

— De toute façon, nous n'en avons pas. Ni d'arc. Nous devions faire un choix. Transporter les objets dont nous pouvions nous servir nous a semblé la bonne solution.

— Eh bien… je peux fabriquer un bâton lanceur et les projectiles qui vont avec, si tu sais t'en servir…, dit Dragon. Ça devrait améliorer la portée. Il doit bien y avoir des branchages assez droits pour en faire des lances ?

Il sait fabriquer une arme ?

Mais la jeune femme contrôla son étonnement et se contenta d'acquiescer.

— Oui, pour les deux questions. Maintenant, je vais remplacer Tad, pour que tu… travailles sur lui.

Elle avait failli dire : « *Pour que tu utilises ta magie sur lui* ». Mais les wyrsa n'avaient pas réagi à l'énergie thérapeutique de son père. Ça devait vouloir dire qu'ils ne s'en nourrissaient pas. Une bonne chose. Ou peut-être était-elle trop localisée pour qu'ils puissent la voler.

La jeune femme se leva et, s'émerveillant de sa liberté de mouvement, alla relever son partenaire.

— Que sont ces cauchemars sur pattes ? demanda Skan. Le savez-vous ?

Il avait commencé à pleuvoir plus tôt, donc le brouillard avait dû se lever plus tôt aussi. Tout à leur avantage ! Avec quatre ennemis dans la grotte, Dague paria que les wyrsa ne se risqueraient pas à attaquer pendant la journée.

— Tad croit qu'il s'agit d'une variante de wyrsa née d'un orage magique. Ils sont de la taille d'un cheval et vous savez sûrement déjà qu'ils se nourrissent de magie.

— Tu peux le dire, oui ! grommela Skan.

— En contrepartie, ils semblent avoir perdu leurs griffes et leurs dents empoisonnées. Je doute qu'ils essaient de nouveau de nous hypnotiser, mais s'ils commencent à exécuter une sorte de danse, mieux vaut regarder ailleurs !

— Les wyrsa que j'ai chassés dans ma jeunesse excellaient à ce jeu-là, dit le griffon. Donc, ils ont perdu quelques attributs, mais ils en ont gagné un… Ça pourrait être pire. Une griffure ou une morsure d'un vrai wyrsa, et on était en piteux état — et ils avaient la taille d'un chien. Un wyrsa grand comme un cheval pourrait tuer sur le coup rien qu'en infligeant une égratignure à sa victime.

— Je suppose qu'il faut s'estimer heureux, alors, soupira la jeune femme. Il s'agit sans doute d'une meute composée d'une mère et de ses petits. Nous ignorons combien il y en a — mais deux de moins qu'au début, c'est sûr ! Je ne sais pas si tu l'as vu, mais papa en a eu un. Et Tad en avait tué un autre. Le problème, c'est qu'ils ne se laissent jamais prendre deux fois au même piège.

— Des wyrsa de la taille d'un cheval, marmonna Skan. Je préférerais affronter des makaars. Je me demande quelle autre charmante surprise de ce genre les orages magiques nous ont laissée ?

Dague haussa les épaules.

— Pour le moment, je me contente de celle-là ! Ces créatures se reproduisent assez vite. Si nous ne nous en débarrassons pas, elles viendront un jour chercher leur repas magique aux portes de notre cité. (Elle tourna les yeux vers Skandranon.) Qu'est-il arrivé à votre équipe ?

Skan lui raconta leur voyage en quelques mots. Elle ne connaissait aucun des Argents, sauf l'éclaireur Bern, qui avait été son professeur, mais il lui sembla qu'ils avaient agi avec stupidité et arrogance. N'ayant connu aucun problème au départ, avaient-ils supposé qu'ils n'en auraient pas ?

— Entre nous, ma chère..., dit le griffon à voix basse, j'ai peur que Regin ait été un imbécile. Puisque tu étais une bleusaille, probablement blessée et de sexe féminin, il a cru que tu avais eu peur de te frotter à des créatures inoffensives.

« Au début, il était prudent. Quand aucun mage renégat ni aucune armée ne sont apparus, il s'est comporté comme s'il s'agissait d'un exercice.

Dague crut devoir défendre l'Argent.

— Nous n'avons pas d'expérience, alors il était naturel de penser que nous avions pu paniquer et dramatiser. Mais j'aurais assommé Filix si, après avoir vu le lieu de l'accident et deviné que quelque chose absorbait la magie, il avait fait mine de jeter un sort devant moi. Pourquoi attirer ainsi l'attention ?

— Excellente question, répondit Skan. Si j'avais été aussi ferme...

La jeune femme lut ce qu'il pensait dans son regard — à moins que ça ne soit un effet de son Empathie ?

Si j'avais assommé Filix, ils seraient peut-être tous en vie. Et j'aurais pu user de ma position...

Dague regarda la rivière. Elle se sentait gênée de voir le Griffon Noir lui confesser ses faiblesses — tacitement —, mais aussi fière, car c'était la preuve qu'il la considérait comme une adulte. Et comme son égale.

— Tout ça nous ramène au moment présent, dit-elle tristement. Personne ne viendra nous sortir de ce guêpier. Et nous n'avons aucun moyen de prévenir les autres. D'ailleurs, ce qui nous est arrivé pourrait leur arriver aussi, à moins qu'ils ne soient plus intelligents que Regin.

— Oh, ça va sans dire…, répondit Skan. L'équipe la plus proche est conduite par Ikala.

La jeune femme serra plus fort sa lance.

Ikala… Si je dois être sauvée par quelqu'un…

Elle secoua la tête. Ce n'était pas un conte de fées haighlei.

— Ils sont en danger et nous ne pouvons pas les avertir. Ces maudites créatures deviennent plus intelligentes chaque fois que nous tentons quelque chose. Et il est probable que la magie a aussi cet effet sur elles ! Je doute qu'elles soient natives de cette forêt. Donc Ikala n'en a sûrement jamais entendu parler. Notre seule chance est de les éliminer toutes. Mais si elles partagent leurs informations, elles peuvent également partager leur force. Alors, plus nous réduirons leur nombre, plus celles qui resteront seront puissantes.

Dague se tut. Elle craignait que Skan la prenne pour une idiote, parce qu'elle avait osé suggérer qu'ils tuent la meute à eux quatre.

Mais le griffon hocha la tête.

— Tu as entendu ça, Dragon ? demanda-t-il.

— Oui, et je suis d'accord, répondit le *kestra'chern*. Il est insensé de croire que nous pouvons y arriver… Mais les actes insensés, ça nous connaît, pas vrai, vieil oiseau ?

— Et comment ! lança Skan.

Mais Ambredragon n'avait pas terminé.

— J'ai bien peur que ce soit un défaut héréditaire. Qu'en penses-tu, Tad ?

— J'en ai bien peur aussi, souffla le jeune griffon.

Skan fit un clin d'œil à Dague.

— Nous avons quatre esprits ingénieux et débrouillards et quatre corps sains pour mettre leurs idées géniales en pratique… Hum, entre vos os fracturés et nos vieux squelettes douloureux, disons plutôt que nous avons l'équivalent de deux corps sains. Mais ça pourrait être pire.

Dague pensa à tout ce qui aurait pu rendre leur situation encore pire et acquiesça.

— Bien, pendant que ces deux-là, au fond, sont occupés, voyons si mon vieil esprit retors et ton jeune esprit inventif parviennent à trouver une solution à notre problème.

Il sourit à la manière des griffons ; elle se surprit à lui rendre son sourire.

— Nous n'avons que ces armes, dit Tad.

— Dague ? appela le *kestra'chern*. N'as-tu pas dit que tu n'avais pas d'arc ?

— J'en ai un ?

La jeune femme quitta un instant son poste, pour aller retrouver son père et son équipier, près du feu. Il y avait bien un arc court avec ses flèches.

— D'où sort-il ?

— C'est moi qui l'ai apporté, dit Tad, penaud. Je sais que tu voulais l'abandonner, mais je me suis dit que tu pourrais utiliser tes pieds pour le tendre, ou qu'il nous servirait de bois de chauffage.

— Même dans son état actuel, Dague ne peut pas s'en servir… Mais *moi*, oui ! (Ambredragon regarda Skan et Tad.) Vous deux, allez remettre les pièges en état. Il faut que ce soit fait avant la nuit… Avant que nous soyons assiégés.

Dague espérait que les pièges réduiraient le nombre

de leurs adversaires, histoire qu'ils aient une chance de survivre. Si la maman wyrsa était furieuse à cause de la mort d'un de ses petits, comment réagirait-elle à la perte de plusieurs ?

Tad et Skan devaient piéger les alentours pendant l'absence des wyrsa. Ils savaient que les créatures étaient parties — sans doute pour chasser. Dague et Ambredragon s'en étaient assurés en utilisant leur Empathie.

Bien sûr, ils n'avaient pas fait ça de gaieté de cœur, mais ça avait donné des résultats. Avec un peu de chance, les wyrsa étaient trop loin pour sentir une magie mineure, car c'était ce qu'ils avaient prévu d'utiliser.

L'appât et le déclencheur des pièges seraient magiques — voilà pourquoi c'était un travail pour les griffons.

Quand les wyrsa « dévoreraient » la magie…

… Des pierres s'abattraient sur eux pour les écraser, des rondins taillés les transperceraient, des collets se refermeraient autour de leurs cous ou de leurs membres. Clou du spectacle, une chute de rochers leur barrerait la route s'ils s'aventuraient trop près de la grotte.

Tad et Skan devraient se montrer très malins et n'utiliser qu'un soupçon de magie à la fois. Pour la sentir, les wyrsa devraient avoir le nez sur le piège. Autrement, ils l'absorberaient à distance, actionnant les pièges devenus inutiles.

Pendant ce temps, Dague et Ambredragon rassembleraient leurs armes pour l'assaut final.

Il faut en terminer aujourd'hui, pensa la jeune femme. *Les wyrsa « grignotent » peu à peu les forces de Tad et ils feront la même chose à son père. Et plus ils mangent, plus ils sont forts. Nous devons les pousser à agir avant qu'ils ne soient prêts et les mettre tellement en colère qu'ils se fieront à leur instinct au lieu de prendre le temps de réfléchir.*

Et si nous attendons encore, l'autre équipe risque de subir le même sort que celle de papa et de Skan...

A l'idée qu'Ikala et Keenath puissent être en danger, elle éprouvait une colère froide, mêlée d'une détermination à toute épreuve.

Ambredragon fabriqua des lances courtes et des longues. Elles serviraient à Dague, en plus de son couteau et de son épée. Le *kestra'chern* aurait l'arc, son couteau de combat et la douzaine de petites lames, qu'il lançait avec une précision mortelle. La jeune femme avait toujours sa fronde, mais elle ne pourrait l'utiliser qu'au bon moment.

Si ce n'était pas beaucoup, ils en feraient bon usage. Dague divisa les armes en deux piles, l'une pour elle, l'autre pour son père. Puis elle s'installa près du feu, à côté de lui. Pendant qu'il taillait les pointes des lances, elle les fit durcir dans les flammes. Quand ils eurent épuisé leur stock de bâtons droits, la jeune femme récupéra une braise rougeoyante.

Puis Dragon éteignit le feu.

Dague en alluma un autre avec son brandon au fond de la grotte. Le but était de faire croire aux wyrsa qu'ils s'étaient retirés plus profondément dans leur abri. Elle installa autour leur bois le plus humide. Il devrait sécher avant de prendre, mais elle pensait qu'il serait prêt à temps.

Dommage que cette grotte soit si solide. Nous aurions pu les attirer dedans et leur faire tomber le plafond sur la tête !

D'une certaine façon, c'était ce qu'ils avaient l'intention de faire.

Dague aida Ambredragon à porter tout le bois qui leur restait le long de la barricade. Il y en avait beaucoup plus qu'elle ne l'aurait cru. Tad avait bien fait son travail !

Il vaut mieux que notre plan réussisse, parce que nous utiliserons toutes nos ressources en une seule fois. Que dit Judeth ? « Ne jette pas ton arme à l'ennemi ». J'espère que ce n'est pas ce que nous sommes en train de faire…

Mais trop de prudence ne les mènerait nulle part.

Bizarre. L'équipe la plus jeune s'est montrée excessivement prudente… Alors que la plus âgée est prête à tout risquer.

De temps en temps, son père ou elle fermaient les yeux et s'ouvraient aux wyrsa.

C'était le tour d'Ambredragon. Cette fois, il n'eut pas à « chercher » très loin. Portant les doigts à ses lèvres, il émit le sifflement aigu dont ils avaient convenu pour rappeler les griffons. Peu après, Skan arriva, volant à basse altitude juste au-dessus de Tad qui courait sur le sentier.

La nuit tombait déjà. Mais ils étaient aussi prêts qu'ils pourraient jamais l'être.

Dague fit une prière à la Déesse Aux Yeux Etoilés.

La Déesse Aux Yeux Etoilés ne vient en aide qu'à ceux qui s'aident eux-mêmes. Et les gens qui ont fait de leur mieux n'ont pas besoin d'elle. Souviens-toi toujours de ça, Dague. Si tu ne donne pas le meilleur de toi-même, inutile d'attendre l'aide de la Dame Aux Yeux Etoilés en cas de pépin…

La jeune femme s'accroupit derrière un écran de pierres et de branchages, non loin de leur abri, et attendit, une lance à la main. N'ayant pas eu le temps de s'entraîner, elle espérait réussir à toucher ses adversaires. Où elle se tenait, elle n'aurait pas besoin de frapper pour tuer, juste pour blesser ; la rivière ferait le reste. Les wyrsa ne pourraient pas profiter de l'obscurité, car il ne ferait pas vraiment nuit sur le champ de bataille. Skan avait rapporté quatre pièces de bois pourri couvertes de champignons phosphorescents. La consigne était de tirer sur tout ce qui passait devant.

Ils avaient tout préparé au mieux. Ce n'était plus qu'une question de temps…

Dire que je n'ai jamais aimé attendre !

Elle essaya de ne pas bouger et de tendre l'oreille.

Skan avait un avantage sur ses compagnons : il savait où étaient leurs pièges grâce à l'énergie qui en émanait. Si l'un d'eux se déclenchait — en disparaissant — il serait aussitôt alerté. En temps normal, les petites traces de magie qui les composaient auraient été noyées dans le flux ambiant. Mais il n'y en avait pas. Elles apparaissaient donc comme des « étincelles » devant sa vision magique.

Le griffon se raidit quand il sentit le premier piège « partir ».

Le collet étrangleur…

Il aurait voulu avoir l'Empathie de Dragon pour vérifier que tout avait fonctionné comme prévu.

Ils avaient pris soin d'employer des mécanismes différents — même s'ils espéraient que les jeunes wyrsa ne pourraient pas résister à l'attrait de la magie.

Les javelots viennent ensuite. Si les prédateurs se déplacent en groupe, nous pourrions en tuer plusieurs à la fois…

Les javelots étaient dissimulés dans les buissons, loin du déclencheur.

Et voilà !

Une autre « étincelle » disparut. Il en restait encore deux.

Le premier péril venait d'en haut, le deuxième de devant. L'un a tué un wyrsa, *l'autre plusieurs…*

Le piège suivant tuerait une seule créature par en dessous. Un simple collet… Skan se raidit, attendant que les wyrsa reprennent courage et continuent leur chemin.

Il savait qu'ils ne feraient pas attention à Tad et à lui, car ils n'avaient plus qu'une minuscule étincelle d'énergie magique après avoir piégé les alentours. Rien ne viendrait détourner les monstres des appâts.

Le temps passa lentement.

Skan se demanda si Tad et lui n'avaient pas trop bien travaillé, décourageant les wyrsa d'attaquer… A moins que la perte de leurs camarades ne les incite encore plus à la vengeance.

Seuls Dague et Dragon pouvaient le savoir, et seulement s'ils étaient ouverts aux réactions de leurs ennemis !

Alors que Skan était sur le point de se redresser pour avancer à découvert, la troisième « étincelle » mourut.

Le griffon se tapit de nouveau sur le sol.

Ils entendirent — sentirent — tous le quatrième piège se déclencher. A l'origine, c'était la chute de pierres de l'entrée de la grotte, celle qui pouvait être actionnée à distance.

Espérons qu'elle a tué plusieurs wyrsa…

La terre trembla. Skan n'eut pas besoin d'Empathie pour savoir que leurs adversaires étaient furieux. Les survivants se déployèrent sur les rochers en lâchant des hurlements de rage. Même le tumulte de la chute d'eau ne parvint pas à les couvrir.

Ils sont encore nombreux…

Mais il était trop tard pour revenir en arrière. Ils devaient suivre leur plan jusqu'au bout. Le griffon plongea de la falaise, visant le dos du wyrsa de queue.

Le prédateur tourna la tête et lui plongea les crocs dans l'épaule, sous l'articulation de l'aile. Etouffant un cri de douleur, Skan lui mordit la nuque, résolu à le décapiter.

La créature refusa de lâcher prise. Lui aussi ! Elle essaya de le déloger, mais il la tenait entre les serres de ses pattes de devant et de derrière. Elle serra plus fort les mâchoires ; la vision du griffon se brouilla. La douleur le força à refermer le bec, sectionnant du même coup la chair de son adversaire.

Le bec puissant traversa la peau, les muscles, les cartilages…

La colonne vertébrale… Il devait la sectionner…

Ambredragon s'était levé et tirait une flèche après l'autre sur le wyrsa qui avait eu la mauvaise idée de passer devant son « témoin lumineux ». Il avait enduit les hampes de champignon phosphorescent. Dès que l'une d'elles se ficha dans la peau de son assaillant, il eut une cible toute trouvée.

Pendant que les wyrsa approchaient, il avait dû étouffer un nombre considérable d'émotions. Maintenant que la bataille faisait rage, il avait recouvré son calme et se concentrait sur la silhouette noire hérissée de plusieurs bâtons luminescents.

Tôt ou tard, il toucherait un organe vital.

Il sut qu'il y était parvenu quand la créature chancela au bord de l'eau puis tomba.

Sans attendre, il choisit une autre cible.

Tad était suffisamment près pour voir que son père s'en sortait mal. Peu importait que cela ne soit pas inclus dans leur plan ! Il bondit à découvert et saisit l'assaillant de Skan à la gorge. Un flot nauséabond lui coula dans le bec. Puis la créature expira.

Le jeune griffon cracha le sang du wyrsa, pendant que son père se débarrassait de sa tête, toujours accrochée à son épaule. Puis il lui laissa le temps de récupérer, le défendant à coups de serres et de bec.

Quelques instants plus tard, le Griffon Noir vint se battre à ses côtés.

— Bon travail, dit-il. Je t'en dois un !

— Alors prends celui de gauche ! répondit Tad.

— Seulement si tu prends celui de droite !

Skan bondit sur son adversaire.

Tad l'imita. On eût dit qu'ils avaient combattu côte à côte toute leur vie.

L'arme de Dague n'était pas conçue pour frapper à répétition, contrairement à celle de son père. Elle devait donc choisir soigneusement sa cible. Et si Ambredragon avait de nombreuses flèches, elle disposait seulement d'une poignée de lances.

Mais quand elle mettait dans le mille, son arme était *très* efficace. Elle fit tomber trois wyrsa dans la rivière et en blessa deux autres, en faisant des proies faciles pour les griffons.

Alors qu'elle allait être à court de lances, elle vit — ou sentit — venir le moment que tous attendaient. La femelle wyrsa faisait entrer ses petits survivants dans la grotte, espérant sans doute inverser les rôles en envahissant leur « retraite ».

— Elle se réfugie dans la grotte ! cria Dague.

Elle prit la plus longue lance et sauta de son rocher. Un instant plus tard, son père arriva près d'elle. Tad et Skan vinrent fermer le demi-cercle, empêchant les wyrsa de s'échapper.

Les petits semblaient en avoir assez de se battre. Ils n'étaient plus que trois. S'ils n'appréciaient pas le feu, ils avaient encore moins envie de se frotter aux humains et aux griffons.

Mais la wyrsa n'avait pas l'intention d'abandonner. Elle bondissait d'un bout à l'autre de la grotte pour ne jamais offrir une cible, harcelant sans cesse ses petits. Dague comprit qu'elle les poussait à reprendre le combat. Ambredragon et elle avancèrent, suivant leur plan. En théorie, si le père et la fille, les deux plus faibles adversaires, prenaient ce risque, cela inciterait la wyrsa à faire ce qu'ils attendaient d'elle…

— Elle essaie de les pousser à charger ! cria Ambredragon. Tenez-vous prêts !

Dague leva sa lance, espérant ne pas devoir s'en servir…

— Maintenant ! cria le *kestra'chern.*

La femelle avait convaincu ses petits, qui se précipitaient sur les quatre compagnons.

Au signal, Tad et Skan utilisèrent ce qui restait de leur énergie magique et enflammèrent le bois imbibé d'huile de lampe placé derrière la barricade de branchages et de pierres. S'ajoutant à celle du feu, au fond de la grotte, une épaisse fumée noire s'échappa par la cheminée naturelle. Les flammes s'engouffrèrent vers l'intérieur, comme si elles voulaient ne faire qu'un seul brasier.

La grotte devenait un four, et les wyrsa étaient prisonniers dedans.

La femelle se tourna vers Dague, le regard brûlant de haine. La jeune femme n'eut pas besoin de se servir de son Empathie pour le voir.

A côté d'elle, Ambredragon lâcha sa lance et se prit la tête entre les mains. Ses genoux se dérobant, il s'affaissa.

Sans hésiter, Dague prit son arme et visa.

La wyrsa reçut la lance dans la poitrine. Elle continua à charger, défiant l'humaine de ses beuglements.

Un instant, elle sembla suspendue dans les airs ; Dague crut qu'elle allait franchir la barricade. Son cœur cogna plus fort dans sa poitrine — elle n'entendait plus que lui et les cris de la femelle.

La wyrsa tomba en avant, entraînée par son élan. Un tiers de la lance dépassait de sa poitrine. Elle fit un pas en titubant. Ses pattes de devant se dérobèrent… L'extrémité de la lance butta contre le sol de pierre, s'enfonçant plus profondément dans la chair de la créature.

Dague s'accroupit et tira son couteau sans quitter des yeux la wyrsa noire aux yeux blancs qui retombait en arrière pour être consumée par les flammes.

— Nous avons gagné ! dit Tad pour la centième fois.

Alors que la pluie nettoyait les rochers du sang des wyrsa, il enfonça ses serres dans une autre carcasse, la traîna au bord de la rivière et la jeta dedans. Dague espérait qu'un animal, dans les eaux tumultueuses, apprécierait la chair des créatures… et que celle-ci n'empoisonnerait pas les autres poissons.

Les flammes éteintes, ils étaient retournés dans la grotte pour voir ce qui restait des wyrsa. Ils avaient rassemblé les crânes et les avaient nettoyés, accomplissant ce travail écœurant avec une grande solennité. Les familles des victimes seraient heureuses de les avoir pour leurs rituels de vengeance, pendant la période de deuil.

La grotte était encore bien chaude et les deux pères exténués y prenaient un repos bien mérité. Pendant ce temps, leurs enfants s'occupaient de déblayer le champ de bataille.

— C'est le dernier, louée soit la déesse, dit Dague alors que Tad et elle transportaient l'ultime cadavre sans tête.

Ils le jetèrent dans la rivière, puis regagnèrent la grotte.

— Dragon cuit quelques poissons pour toi, Dague, annonça Skan quand il les vit enjamber les vestiges de la barricade. Zhaneel désapprouverait, c'est certain… Les deux autres équipes de secours étaient suffisamment proches pour que je les contacte en utilisant la parole par l'esprit… Nous n'aurons pas besoin de manger du poisson très longtemps !

Le cœur de Dague bondit de joie… Mais sa gorge se serra quand elle réalisa à quel point les autres avaient couru des risques, la nuit précédente.

Il aurait pu leur arriver la même chose qu'à l'équipe de papa…

La veille, elle se demandait s'ils avaient raison de tout miser sur un seul coup… Aujourd'hui, elle savait qu'ils avaient fait ce qui fallait.

— Quand arriveront-ils ? demanda Tad, alors que la jeune femme acceptait avec un sourire le poisson que lui tendait Ambredragon.

— Demain, probablement. Ta mère est tout excitée, Dague. Tad, ta mère et ton frère seraient venus à tire-d'aile s'il n'avait pas plu. Je leur ai promis que nous ne fondrions pas avant qu'ils n'arrivent.

— Très judicieux, approuva la jeune femme. Que leur as-tu dit, à part que nous étions sains et saufs ?

Skan ferma le bec et baissa la tête.

— Je leur ai *tout* dit, ravi que vos mères soient trop loin pour nous écharper parce que nous avions osé mettre nos vies en péril. (Il toussota.) Je connais Zhaneel, et je crois Bichehivernale capable des mêmes réactions extrêmes.

« Quand elles arriveront, elles seront trop fatiguées pour se rappeler que nous avons tué une meute de wyrsa à nous quatre.

— Zhaneel, peut-être…, dit Dragon Mais pas Bichehivernale. Elle ne me pardonnera jamais de m'être conduit comme une tête brûlée, à décocher des flèches dans le noir sur de maudites créatures ! Et si je devais admettre devant elle que… eh bien… je n'étais pas mauvais…

Dague lui tapota le genou et sourit, le cœur plein d'amour.

— Ne t'inquiète pas, papa. Je te protègerai.

Pour la première fois depuis des jours, voire des semaines, Tad prenait un bain de soleil. *Enfin*, il s'était arrêté de pleuvoir. On aurait bien dit que le temps redevenait « normal ».

Tad cria, puis sauta de son rocher pour accueillir son frère. Keeth atterrit devant la grotte. Alors que les deux frères se donnaient l'équivalent griffonnique d'une accolade, l'équipe des « mères » apparut au détour du chemin.

Dague bondit sur ses pieds et courut se jeter dans les bras de Bichehivernale, Ambredragon sur les talons. Tad sourit à son frère en voyant sa partenaire verser quelques larmes de joie. Il était temps qu'elle agisse comme n'importe quelle jeune humaine !

Pendant que Bichehivernale essuyait ses larmes, la deuxième équipe arriva. Avec un petit cri, Dague abandonna sa conversation avec sa mère et se précipita vers son chef.

Ikala parut surpris, mais extrêmement content quand la jeune femme l'enlaça... Il aurait fallu un expert pour dire qui embrassa l'autre le premier.

Tad jeta un coup d'œil à Ambredragon et à Bichehivernale. Ils avaient l'air surpris. Mais peu à peu, leur surprise se transforma en... joie ?

Probablement. Après tout, ils ont enfin ce qu'ils voulaient !

— Que se passe-t-il ? lança Keeth. Elle n'avait jamais fait ça !

— C'est un peu compliqué, mais je devrais pouvoir tout t'expliquer. Dragon voit enfin Dague comme une personne à part entière — et plus seulement comme sa fille unique. Ils ont combattu côte à côte.

« Quant à Dague... Eh bien, je crois qu'elle sait enfin qui elle est. Ni une copie de son père, ni un double de sa mère. Alors, plus besoin de travailler dur pour être leur opposée.

« C'est... Eh bien, je crois qu'elle est libre. Libre d'être elle-même.

— Et toi ? demanda malicieusement Keeth.

— Après avoir vu papa en action, je suis content d'être le fils du Griffon Noir. Maintenant qu'il a combattu à mes côtés, il sait que je suis davantage qu'un bon coureur d'obstacles.

« Le monde continuera de tourner... Un jour, il devra se faire à l'idée qu'on se réfère à lui en l'appelant « le père du Griffon d'Argent ». Ça ne serait que justice !

Keeth sourit et s'appuya sur son frère.

— Nous y gagnerons la paix... et la liberté.

La liberté, pensa-t-il. *C'est pour ça que ça ne serait que justice.*

Etre libre...

Achevé d'imprimer sur les presses de

BUSSIÈRE

GROUPE CPI

à Saint-Amand-Montrond (Cher)
en juin 2002

POCKET - 12, avenue d'Italie - 75627 Paris Cedex 13
Tél. : 01-44-16-05-00

— N° d'imp. : 23311. —
Dépôt légal : juillet 2002.

Imprimé en France